Margot Berger

Sommer, Glück und Pferdeträume

Als »Reiterhof Birkenhain«-Sammelband liegen vor:
Sonne, Wind und Pferdeliebe
Ein Pferdesommer ohne Ende
Grenzenlose Pferdeliebe

Margot Berger
begann ihre Journalistenlaufbahn als Redakteurin bei Tageszeitungen und Frauenzeitschriften. Die begeisterte Reiterin und Pferdeexpertin lebte und arbeitete als selbstständige Journalistin und Buchautorin in Hamburg.

Margot Berger

REITERHOF BIRKENHAIN

Sommer, Glück und Pferdeträume

Sammelband:
Ein starkes Team
Achtung: Pferde in Not!

Arena

FSC
www.fsc.org
MIX
Papier aus verantwortungsvollen Quellen
FSC® C110508

1. Auflage 2016

Dieser Sammelband enthält die Einzeltitel »Ein starkes Team«
© 1998 Ensslin im Arena Verlag GmbH, Würzburg, und
»Achtung: Pferde in Not!«
© 2001 Ensslin im Arena Verlag GmbH, Würzburg,
aus der Reihe »Reiterhof Birkenhain«
Einbandillustration: Carmen Hochmann
Gesamtherstellung: Westermann Druck Zwickau GmbH
ISBN 978-3-401-45447-4

Besuche uns unter:
www.arena-verlag.de
www.twitter.com/arenaverlag
www.facebook.com/arenaverlagfans

REITERHOF BIRKENHAIN

Ein starkes Team

Inhalt

1. Kapitel
Hubschrauber auf der Weide 9

2. Kapitel
. . . und wer füttert die Pferde? 23

3. Kapitel
Oberschlaue am Werk 37

4. Kapitel
1000-Teile-Puzzle 48

5. Kapitel
Hilfe für Flecken-Paula 56

6. Kapitel
Wie schmeckt Lederfett? 70

7. Kapitel
Ponyfell am Hemdkragen 80

8. Kapitel
Intensivstation Heuboden 93

9. Kapitel
Das gibt's doch nicht! 112

10. Kapitel
War alles umsonst? 134

1. Kapitel

Hubschrauber auf der Weide

»Sieht ziemlich verboten aus, wie Herr Jensen auf der Leiter steht.«

Jule warf einen Blick zum Stallbesitzer hinauf, während sie eine Schubkarre aus der Geräteecke zerrte. In mehr als drei Metern Höhe balancierte Kai Jensen vor dem Giebel seines alten Bauernhauses auf einer Leiter und machte sich am Dachbodenfenster zu schaffen.

»Nun mal keine Panik.« Conny, ebenfalls zwölf wie ihre Freundin, stieß sie belustigt an. »Der Mann steht nicht zum ersten Mal auf der Leiter.«

»Trotzdem ...« Jule schaute weiterhin stirnrunzelnd zu, wie der Besitzer des Reiterhofs Birkenhain an der Bodenluke herumschraubte.

»Neulich, als ich mit Sally unterwegs war, da bin ich von der Leiter gefallen. Aber wie! Wenn ich nicht im Gras gelandet wäre – dann läge ich jetzt im St. Martin, das kannst du mir glauben.« St. Martin, damit meinte sie das große Unfallkrankenhaus in der Hamburger City.

Am Fuß der Leiter stapelten sich acht Strohballen, teilweise auseinandergeplatzt. Vorhin hatte Harry, der Strohbauer aus Seedorf, mit Trecker und Gitterwagen 280 Ballen auf den Reiterhof in Großmoorstedt gebracht. Nachdem er die gesamte Fuhre mit Herrn Jensen auf den Boden verfrachtet hatte, holte Harry jetzt Nachschub.

Eigentlich passte die Lieferung Herrn Jensen an diesem Tag gar nicht. Montags hatte nämlich sein Assistent Axel Rakete frei. Andererseits – Heu und Stroh konnten nur bei Trockenheit geliefert werden und dafür war dieser sonnige Juninachmittag ideal.

»Harry kommt noch mal«, rief Herr Jensen von oben herunter. »Bis dahin muss dieses verdammte Fenster richtig hängen.«

Er ruckelte an den Aufhängezapfen in der Mauer. »Ihr seht ja, es hängt total schief. Entweder klemmt es oder es fliegt plötzlich auf. Hat mir vorhin die Strohballen regelrecht aus der Hand geschlagen, das blöde Ding.«

»Soll ich die Leiter festhalten?«, bot Jule an. »Damit sie nicht rutscht?« Sie nutzte jede Gelegenheit, um Herrn Jensen einen Gefallen zu tun. Sozusagen als Wiedergutmachung. Sie rechnete es ihm hoch an, dass er keinen Krach geschlagen hatte, als sie kürzlich fünf Tage verschwunden war. Das war hochanständig von ihm – immerhin hatte sie sein Schulpferd Sally mitgenommen.

»Nicht nötig«, brummte Herr Jensen, lehnte sich zur Seite und holte eine Handvoll Schrauben aus seinen Jeans.

Jule gab nicht auf.

»Dann schiebe ich aber wenigstens das Stroh hinter die Leiter.«

Sie bückte sich, griff einen Ballen nach dem anderen und verteilte sie gleichmäßig rund um die Leiter.

»Persönlicher Aufprallschutz«, sagte sie. »Eine Art Airbag. Besser gesagt *Strohbag*. Für alle Fälle . . .«

»Sieh lieber zu, dass du bald auf der Weide bist«, tönte es von oben. »Pferdeäpfel absammeln. Die anderen sind gleich schon fertig, so wie ich das von hier überblicke.«

Auch noch undankbar, der Mann.

Er sollte sich für ihre Vorsicht lieber einen Pokal in Aussicht stellen. Jule schleckte eine entsprechende Bemerkung herunter. Schließlich musste sie alles daran setzen, dass Herr Jensen wieder einen guten Eindruck von ihr bekam – nach ihrer Flucht mit Sally.

Jule schnappte sich die Schubkarre und schob los in Richtung Weide. Das schlappe Gummirad eierte durch den Sand des Auslaufs.

Luisa, ihre zehnjährige Reiterfreundin, kam ihr mit voll beladener Karre entgegen. »Warum gibt es für Pferde eigentlich keine Katzenklos?«, beschwerte sie sich. »In groß natürlich. Man läuft sich ja die Füße wund, bis man alle Pferdeäpfel eingesammelt hat.«

»Ich möchte bloß wissen, was Herr Jensen ohne uns tun würde«, sagte Jule. »An Tagen wie heute müssten wir noch einen Härte-Zuschlag bekommen.«

»Wegen der Hitze?«

»Das auch. Aber vor allem, weil die Pferde auf der Weide sind. Dann kommst du doch gar nicht zum Arbeiten. Die betteln dich nur an.«

Luisa nickte. »Stimmt. Guck mal, wie die Fjordies sich an Conny ranmachen.« Sie drehte sich um. »Kalle wieder voll der Frechdachs! Ah, jetzt auch noch Rocky . . .«

»Kein Leckerli geben, Conny«, brüllte Herr Jensen von seinem Ausguck zur Weide hinüber. »Sonst hast du gleich alle Pferde an der Socke. Und dann gibt es das schönste Gebeiße . . .«

Conny kratzte sich am Ohr und tat so, als ob sie ihr blondes Haar zurückstreichen wollte. Ihrem Reitlehrer entging aber auch nichts. Natürlich hatte sie ein paar Leckerli in der Faust. Klar, sie wusste, dass man die nicht auf der Weide verfüttert. Aus Futterneid-Gründen. Aber ihr Lieblingspferd konnte so dramatisch betteln . . .

Rocky roch die Leckerli und wollte sich die Beute auf keinen Fall entgehen lassen. Er holte hörbar Luft und zog seine Mitleidsnummer an. Der schwarze Traber setzte den Blick »unschuldig verurteilt« auf. Alles Leid der Welt lag in seinem Gesichtsausdruck.

»Heute gibt's leider nichts, Rocky«, sagte Conny.

Unbeeindruckt von der Absage behielt Rocky seine anklagende Miene bei. Als die nach weiteren zwei Minuten immer noch keine Wirkung bei Conny zeigte, neigte der Traber den Kopf zur Seite und ließ seine Unterlippe zittern. Eine überwältigende Vorstellung.

Rocky sah jetzt aus, als ob er aus einer zerrütteten Familie stammte. Seine Lieblingsrolle. Auch die anderen Schulpferde beherrschten sie ganz ordentlich, aber keines so eindrucksvoll wie Rocky.

»Steck ihm bloß nichts zu, wenn der Chef zuguckt«, warnte Jule und griff zur Schaufel. »Du weißt, dass er recht hat.«

Conny hob die Schultern. »Hast es ja gehört, Rocky«, sagte sie zu ihrem Lieblingspferd.

Rocky blieb einen Moment stehen. Dann begriff er, dass er bei dem Mädchen heute ausnahmsweise auf Granit biss.

Unwillig trottete der Traber weg, galoppierte dann plötzlich los und stürzte sich auf Nappo. Bevor der Haflinger sich in Sicherheit bringen konnte, hatte Rocky ihm schon in den Hals gebissen. Laut quiekend flüchtete der Fuchswallach zu den anderen Schulpferden.

»Natürlich – der arme Nappo muss es wieder ausbaden«, seufzte Luisa, die vom Misthaufen zurückkam. »Na ja, jedenfalls müssen wir uns das nicht mehr lange mit ansehen. Sophie und Theresa lösen uns hier gleich ab.«

Gerade wollte Luisa die leere Schubkarre absetzen, als sich plötzlich etwas ereignete, was alles andere bedeutungslos machte.

Gellend drang der Schrei eines Mannes zu ihnen herüber. Fast gleichzeitig schrie auch Conny auf. Jule schlug sich entsetzt die Hände vors Gesicht. Wie vom

Donner gerührt starrten die beiden Mädchen auf das Stallgebäude.

Luisa schnellte herum, denn sie hatte nicht mitbekommen, was passiert war.

»Ich hatte so eine Ahnung«, flüsterte Jule leichenblass. »Hoffentlich ist er auf die Strohballen gefallen.«

»Komm, Luisa!« Conny zog ihre Freundin herum und alle drei stürmten über den Paddock zum Hof.

»Ich habe es genau gesehen«, keuchte Jule atemlos. »Das Fenster flog plötzlich auf – und da hat er das Gleichgewicht verloren.«

Als sie auf dem Hof ankamen, waren schon zwei Reitermädchen bei Herrn Jensen.

Der Verunglückte lag auf dem Rücken. Unter ihm fünf oder sechs Strohballen, einige waren durch den Aufprall zur Seite geschleudert worden. Sophie redete auf ihren Reitlehrer ein. Theresa schaffte die Leiter beiseite. Herr Jensen stöhnte leise. Auf den grauen Pflastersteinen breiteten sich Blutflecken aus.

Jule blieb stehen, als sie das sah. Ihr Herz hämmerte wie wild. In ihrem Kopf herrschte plötzlich eine große Leere.

»Furchtbar«, war alles, was sie herausbrachte. Conny wusste auch nicht, was sie tun sollte. Wie gelähmt standen die beiden am Gatter.

Nur Luisa trat beherzt näher. Von allen Reitermädchen verstand sie am meisten von Erster Hilfe, schließlich war ihre Oma Krankenschwester und hatte ihr viel beigebracht. Sophie rückte zur Seite.

»Können Sie sich bewegen?«, fragte Luisa. Das wollte Herr Jensen jedes Mal als Erstes wissen, wenn ein Reiter vom Pferd gefallen war.

Herr Jensen wollte den Kopf schütteln, stöhnte aber beim ersten Versuch auf.

»Nein«, sagte er mit schmerzverzerrtem Gesicht. »Unmöglich. Meine Schulter . . . und das linke Bein . . .«

»Wir holen sofort Hilfe«, sagte Luisa so ruhig wie möglich. Sie sah zu Jule hoch, die jetzt mit Conny näher gekommen war. »Los, hol den Humanmediziner.« Sie warf einen Blick auf die Uhr. »Kurz nach drei. Er müsste noch zu Hause sein. Die Praxis fängt doch erst um vier wieder an.«

Humanmediziner – das ist lateinisch und heißt »Menschenarzt«. So nannten die Mädchen den Mediziner Dr. Völker, einen absolut klasse Typ.

Jule nickte erleichtert. Bloß weg von diesem Ort. Schrecklich, jemanden leiden zu sehen und nicht helfen zu können. Sie wollte gerade loslaufen, da hörte sie die Stimme von Kai Jensen.

»Jule?« Und als sie sich umdrehte: »Das Stroh . . . dein Aufprallschutz. Mensch, Mädchen – danke!«

»Och«, sagte Jule nur verlegen. Dann rannte sie hinauf zum Birkenweg. Trotz des Unfalls erfüllte sie ein unbeschreibliches Hochgefühl. Sie wusste – wahrscheinlich hatte sie Herrn Jensen das Leben gerettet.

Der Humanmediziner wohnte nur ein paar Häuser

weiter. Jule selbst war gerade bei Dr. Völker in Behandlung. Bei ihrer Flucht mit Sally hatte sie sich eine Bronchitis geholt.

Fünf Minuten später war Jule mit ihm zurück. Der sportliche Arzt mit dem kurzen braunen Vollbart räumte einige Strohballen beiseite und kniete sich neben Herrn Jensen.

Die Mädchen zogen sich an die Stallmauer zurück. Der Mediziner fühlte Jensens Pult. Danach holte er ein Blutdruckmessgerät aus seinem Notfallkoffer, schloss die Manschette um den Arm des Verletzten und kontrollierte die Werte.

»Wissen Sie, was passiert ist?«, fragte Dr. Völker den Reitlehrer und schob dessen Augenlider hoch. Mit einer winzigen Taschenlampe leuchtete er in die Pupillen. Ein Brummen war alles, was er zur Antwort bekam.

»Wo befinden wir uns hier im Moment?«

Unwilliges Knurren.

»Wie viele Schulpferde haben Sie?«

»Was soll das?«, sagte Kai Jensen, sichtlich angestrengt. »Wollen Sie mich veralbern?«

»Das sind wichtige Testfragen.« Der Humanmediziner blieb sachlich. »Um zu klären, ob Sie eine Kopfverletzung haben.«

»Siebzehn.«

Dr. Völker hob den Blick und sah die Mädchen fragend an. Alle beeilten sich zu nicken.

»Wie heißt Ihr ältestes Schulpferd?«

»King Louis.«

»Welche Pferde sind neu im Stall?«

»Ole und Kalle.«

Der Arzt richtete sich auf. »Na, das Gehirn scheint jedenfalls nicht viel mitgekriegt zu haben bei Ihrem Sturz.«

Die blutenden Wunden stellten sich nur als Schürfwunden heraus, die mit Pflaster versorgt werden konnten. Kleinigkeiten im Vergleich zu den Problemen mit dem Bein. Über sein Handy rief der Humanmediziner bei der Leitstelle für Notarzteinsätze an. Er sprach abgewandt von den Mädchen, sodass sie kaum etwas aufschnappen konnten, nur so viel: »Was, ganz in Blankenese? ... Unmöglich ... denken Sie an den Feierabendverkehr in der City ... Das wäre das Beste ... Wo? Moment ... « Er ließ das Telefon sinken und fragte in die Runde: »Könnte hier ein Hubschrauber landen?«

»Oha«, kam es schwach von Herrn Jensens Lippen. »Ja ... vielleicht auf der Friesenwiese. Die ist trocken.«

Dr. Völker gab der Leitstelle noch ein paar Lagehinweise. »Sie schicken den Rettungshubschrauber«, sagte er und schaltete sein Handy ab. »Alle Notarztwagen sind bei einem Massenunfall an der Elbe, also auf der anderen Seite der Stadt.«

»Hubschrauber?« Conny fuhr auf. »Die Pferde sind noch draußen! Die müssen rein, bevor der Hubschrauber kommt. Die drehen ja durch ... «

»Mann, du hast recht. Zuerst die Friesenweide«, sagte Jule und lief los. »Kommt schon.«

Sie rannten den Reitweg Richtung Wald entlang und holten Ankum, Brinkum und Sally von der Weide.

»Mäuschen, ich bin stolz auf dich«, flüsterte Jule Sally zu und hakte den Strick ins Halfter. Wer hätte das vor einigen Wochen gedacht, dass die nervöse Holsteiner Stute mit den beiden Friesen auf der Weide stehen konnte, ohne auszurasten? Bei allem Unfallstress – Sally war immer ein Lichtblick!

Theresa und Sophie sperrten inzwischen die Stelle rund um Herrn Jensen mit rot-weißem Flatterband ab. Das war nötig, denn die Pferde, die auf der großen Weide standen, mussten auf dem Weg zum Stall über den Hof laufen. Auf keinen Fall durfte man das Risiko eingehen, dass sie die Strohballen anrempelten, auf denen der Reitlehrer lag.

Sobald Conny und ihre Freundinnen Sally, Ankum und Brinkum in die Boxen gebracht hatten, öffnete Theresa das Gatter für die anderen Pferde. Währenddessen trafen die Gerlach-Zwillinge ein, was bedeutete, dass die Arbeit sich nun verzögerte. Mia-Mathilde und Dina-Dorothee, die beiden Zwölfjährigen, waren zu nichts zu gebrauchen. Jedenfalls zu fast nichts. Höchstens als schlechtes Beispiel.

Diesmal halfen sie immerhin, die Schulpferde in den Stall zu bringen. Zunächst ging das einfach – bis die Vierbeiner die ungewohnte Absperrung auf dem Hof entdeckten. In großem Bogen wichen sie dem rot-weißen Hindernis aus. Rocky und Nappo suchten sich sogar aufgeregt schnaubend einen Weg über den Misthaufen. Lotta und Flecken-Paula sprangen einen Meter zur Seite. Kalle, Ole und Turbo tänzelten und schossen dann mit großen Sätzen auf die Stallgasse.

Der alte King Louis kam wie immer als Letzter. Ein Flatterband auf *seinem* Hof? Das musste untersucht werden. Unerschrocken streckte der hellbraune Leithengst seinen großen Kopf über die Absperrung und versuchte, Herrn Jensen anzustupsen.

»Pass gut auf deine Herde auf, alter Junge«, flüsterte Kai Jensen. »Ich bin bald wieder da. Versprochen.«

King Louis schien mit der Mitteilung zufrieden zu sein, denn er trottete daraufhin in seine Box.

Ein Polizeiwagen aus Großmoorstedt traf auf dem Hof ein. Der unübersehbare Bauch von Polizeiobermeister Karl Brammer schob sich aus der Autotür. Automatisch griff der Polizist nach seiner Dienstmütze, warf sie dann aber wegen der Hitze zurück auf den Sitz.

»Wo steckt euer Herr Jensen?«, rief er zu den Mädchen hinüber. »Wir müssen seinen Reiterhof kurzzeitig absperren.« Mit dem Uniformärmel wischte er sich den Schweiß von der Stirn. »Wegen der Landung eines Rettungshubschraubers. Ist auf seiner Weide vorgesehen.«

Erst dann entdeckte Karl Brammer den verunglückten Kai Jensen. »Sie selbst? ... Oh mein Gott! Das ... das konnte ich ja nicht ahnen.«

Kai Jensen hob die Hand. »Halb so schlimm«, sagte

er schwach, aber jeder merkte, dass er das nur sagte, um sich selbst zu beruhigen.

Aus der Ferne hörte man leises Knattern, das rasch lauter wurde.

Der Polizist legte die Hand über die Augen und verfolgte den Anflug des Hubschraubers mit der Aufschrift SAR.

»Wir müssen uns beeilen«, stellte Karl Brammer fest. »Der ist gleich unten.« Er ging zu seinen beiden Kollegen, die soeben aus einem weiteren Polizeiwagen stiegen.

Das Knattern verstärkte sich zu unerträglichem Lärm. Der olivgrüne Rettungshubschrauber drehte eine Runde über der Friesenwiese. Sofort entstand unter seinen Kufen ein Wirbelsturm, im Umkreis von mindestens 50 Metern.

Der Orkan wütete in den Ästen der Birken und Holundersträucher. Große Zweige brachen unter dem Luftstrom ab wie Streichhölzer. Zwei Spring-Hindernisse, die frisch gestrichen neben der Wiese zum Trocknen standen, wurden wie Spielzeugteile zur Seite geschleudert.

»Ich dachte, der Hubschrauber ist knallrot«, rief Mia-Mathilde Gerlach überrascht aus.

»Du siehst zu viele Fernsehserien, Gerlach«, schrie Jule gegen den Krach an.

Kaum berührten die Kufen des Hubschraubers den Boden, wurde auch schon die hintere Tür aufgeschoben. Zwei Männer in grauen Overalls sprangen heraus. Mit eingezogenen Köpfen holten sie eine Trage hervor und kamen im Laufschritt zum Hof, begleitet von einem dritten Mann.

»Die haben ja nicht mal rote Uniformen«, stellte Dina-Dorothee fest, der andere Gerlach-Zwilling.

»Mann, Dina! So was gibt es nur im Film«, brüllte Luisa ihr ins Ohr. »Das hier ist Wirklichkeit . . .«

Immer noch drehten sich weit hinten die Rotorblätter, während der Notarzt – er stellte sich als Dr. Andresen vor – auf dem Hof bereits mit dem Humanmediziner Informationen austauschte.

Aus respektvoller Entfernung sahen die Mädchen zu, wie Herr Jensen auf eine rote Spezialmatratze gelegt wurde. Durch Luftentzug konnte der Notarzt die Vakuum-Unterlage so formen, dass das linke Bein darin unverrückbar festgehalten wurde. Wie von einer Schiene gestützt.

»Ist ein Familienangehöriger hier?«, fragte der Notarzt und legte eine Infusion an. Der Sanitäter hielt den Plastikbehälter hoch, aus dem ein dünner Schlauch in den Arm von Herrn Jensen führte.

»Jemand, der ins Krankenhaus nachkommen könnte? Ins St. Martin. Wegen des notwendigen Papierkrams.«

»Ich wohne allein hier«, antwortete Kai Jensen langsam. Man merkte, dass ihm jedes Wort schwerfiel. »Aber – vielleicht eins der Mädchen? Luisa? Du kennst doch das St. Martin gut, von deiner Oma.«

Dr. Andresen rastete den breiten Bauchgurt über der

Trage ein und gab den beiden Trägern ein Zeichen zum Abmarsch. Er selbst trug die Flasche mit der Infusion nebenher. Luisa lief ein Stück mit; Herr Jensen wollte ihr noch etwas mitteilen.

»Meine Brieftasche liegt im Schreibtisch«, sagte er. »Unten links. Die brauche ich.« Und: »Sagt Axel Rakete Bescheid. Wenn er nicht kann, müsst ihr heute Abend füttern. Und denkt an Harry, wegen des Strohs. Und ...«

»Ruhe jetzt«, sagte der Notarzt. »Sie dürfen sich nicht so anstrengen.«

Die Trage wurde in den Hubschrauber geschoben, quer vor die Sitze der Rettungsbesatzung. Dr. Andresen hängte den Tropf an einen Haken, setzte sich zu den anderen Männern, die bereits eingestiegen waren, und schnallte sich an.

»Wenn die Rotorblätter sich drehen, gibt es einen Wahnsinnswirbel«, sagte er und stülpte seinen Helm über. »Wir können erst starten, wenn du wieder oben auf dem Hof bist.«

»Klar.« Luisa nickte. »Keine Sorge«, rief sie Herrn Jensen noch zu. »Wir kriegen das alles in den Griff.«

Natürlich hatte sie keine Ahnung, *wie* sie das schaffen wollten. Aber konnte man das vielleicht jemandem sagen, der vor den Füßen eines Notarztes lag? Wohl kaum.

Luisa machte, dass sie vom Startplatz wegkam.

2. Kapitel

. . . und wer füttert die Pferde?

»Eine Reitschule zu führen«, war einer von Kai Jensens Lieblingssprüchen, »ist schwieriger, als ein 1000-Teile-Puzzle zu legen.« Bei jeder Kleinigkeit, die im Stall danebenging, pflegte er, düster zu prophezeien: »Wenn ich mal krank werde, bricht hier das totale Chaos aus.«

Die Mädchen waren zwar überzeugt, dass der Chef des Reiterhofs Birkenhain maßlos übertrieb. Aber tatsächlich ging prompt etwas schief, wenn er ein paar Stunden weg war. Daran dachte Luisa unwillkürlich, als sie von der Friesenwiese zurück auf den Hof lief.

Polizeiobermeister Brammer stand mit Jule und Conny zusammen und nahm ihre Aussagen zu Protokoll. Als Luisa eintraf, unterbrach er gerade seine Befragung, denn der Rettungshubschrauber startete. Die Rotoren machen einen ohrenbetäubenden Lärm, der jedes Wort übertönte.

Mit zurückgelegten Köpfen verfolgten alle den Start. Der olivgrüne Hubschrauber flog einen Halbkreis und drehte gegen die Sonne nach Südwesten ab. Richtung Hamburg-City.

»Ich friere«, sagte Jule. »Und das bei dieser Bullenhitze.«

»Ich auch«, stellte Conny jetzt ebenfalls fest und erschauderte. Karl Brammer nickte verständnisvoll. »Das ist die Aufregung«, sagte er, »die geht auf den Kreislauf. Aber zu eurer Beruhigung: Herr Jensen ist in fünf Minuten im St. Martin. Die sind dort auf Unfälle spezialisiert. Passt mal auf, den Mann habt ihr eher wieder hier, als euch lieb ist.«

Er merkte selbst, dass sein gequälter Aufmunterungsversuch nicht ganz passend war, und hielt nun lieber den Mund.

Ächzend bückte er sich, um die Gummifüße der Unglücksleiter auf ihre Rutschfestigkeit zu prüfen.

»Er hat noch Glück im Unglück gehabt, dass der Hubschrauber gerade frei war«, fuhr der Polizist geschäftsmäßig fort und machte sich Notizen. »Und vor allem, dass die Julia ihm diesen ... äh ... Airbag unter die Leiter gelegt hat.«

Natürlich war das Auge des Gesetzes nicht blind. Der ungewöhnliche Aufprallschutz aus Stroh hatte gleich Karl Brammers Interesse geweckt. Er ließ sich von Jule genau erklären, warum das Stroh ausgerechnet unter der Leiter lag. Ob Kai Jensen bereits häufiger heruntergefallen sei? Ob die Leiter etwa Schwachstellen habe? Jedenfalls nahm er jede einzelne Sprosse in Augenschein, brummte dann aber zufrieden und kritzelte etwas in sein Notizbuch.

»Wozu brauchen Sie das denn?«, wollte Luisa wissen. »Die Leiter ist total okay. Und es war doch kein Verbrechen.«

Karl Brammer schob das kleine Buch in seine Hosentaschen. »Ist Pflicht bei Unfällen«, sagte er. »Und die Versicherung verlangt später das Protokoll. War ja wohl ein Arbeitsunfall.«

Er trat einen Schritt zurück und sah mit zusammengekniffenen Augen zum Dachbodenfenster hinauf. »Wie komme ich von innen an das Fenster?«

»Vom Heuboden.« Conny streckte den Arm aus. »Über die Stallgasse und dann die Treppe hoch. Ich zeig's Ihnen mal.«

Eine Viertelstunde später – der Humanmediziner war schon in seine Praxis gegangen – wollte auch die Polizei aufbrechen. Nur unwillig machte eine Gruppe Schaulustiger dem Einsatzwagen Platz. Neugierig verfolgten sie jeden Schritt der Polizisten. »Oh, nein«, flüsterte Jule auf einmal und zeigte auf ein älteres Ehepaar. »Die *Typen!* Das war ja klar, dass die alles wissen müssen.«

Die »Typen« – sie hießen so, weil die Mädchen ihren Namen nicht kannten – waren berüchtigt in Großmoorstedt. Jedem ging das Ehepaar auf die Nerven. Die beiden, sie mochten um die 60 sein, hatten nur ein Hobby: Leute anzeigen. Parkte ein Autofahrer falsch, riefen sie sofort die Polizei. Auch wenn jemand seinen Hund nicht anleinte. Oder wenn ein Reiter zweieinhalb Zentimeter neben dem Reitweg trabte.

Karl Brammer kannte sie. »Hier gibt es nichts zu sehen«, sagte er schroff und winkte sie zurück.

Sie gingen zwar. Aber – was jetzt noch niemand ahnen konnte – später würden sie noch reichlich Ärger machen.

»Ich gucke nachher noch mal herein«, kündigte Karl Brammer an. »Um sicher zu sein, dass der andere Reitlehrer gekommen ist.« Der Polizeiobermeister klemmte sich hinter das Lenkrad seines Wagens.

In letzter Minute zog er sich noch den Groll der Mädchen zu. Er sagte nämlich: »Wenn euer Axel Rakete nicht kommt, muss ich mich darum kümmern, dass jemand die Tiere versorgt. Vorschrift.« Und dann folgte sein demütigender Satz: »Ihr seid dafür ja wohl zu jung.«

Selbst die Gerlach-Zwillinge ärgerten sich darüber und bedachten den Polizisten mit flammenden Blicken. Unverschämt!

Sie waren zwar auch erst zwölf. Aber – versorgten sie nicht ihre Privatpferde Godewind und Nordlicht fast ganz allein? Die beiden Holsteiner Wallache standen auch auf dem Reiterhof von Herrn Jensen.

Ziemlich aufgebracht darüber, dass der Hüter des Gesetzes ihnen nichts zutraute, nahmen die Mädchen Kurs auf Jensens Büro.

Während Conny, Jule, Sophie und Theresa einen vorläufigen Notplan aufstellten, packte Luisa Jensens Brieftasche und den Ordner »Versicherungen« in ihren Stallrucksack. Der Tipp mit den Versicherungsunterlagen kam von Jule.

»Endlich habe ich mal etwas davon, dass meine Mutter bei einer Versicherung arbeitet«, sagte sie. »Die brauchen im Krankenhaus bestimmt Adressen und Informationen.«

Conny warf voller Frust den Hörer auf die Gabel. Sie hatte den Telefondienst übernommen.

»Heute habe ich nur Blechstimmen dran. Überall läuft das Tonband. Axel ist nicht da. Harry auch nicht. Hoffentlich ist er nicht schon wieder mit dem Stroh unterwegs. Zum Abladen haben wir jetzt keine Zeit.«

»Aber wir brauchen doch Stroh!«, warf Theresa ein. »Ich denke, der Vorrat oben ist fast aufgebraucht?«

Conny winkte ab. »Ich war vorhin auf dem Boden. Was da liegt, das langt mindestens noch für eine Woche.«

Luisa nahm Conny den Apparat aus der Hand. »Ich muss meiner Oma sagen, dass ich in die Stadt fahre.«

Hilla Steffen, Luisas Oma, bei der sie wohnte, hatte auch auf Tonband geschaltet. Es half nichts – Luisa konnte nicht abwarten, bis sie wieder zu Hause war. So schilderte sie dem Anrufbeantworter, was passiert war und dass sie jetzt ins St. Martin fahren würde.

»Drei Stunden bin ich sicher unterwegs«, schätzte sie. »Wartet ihr hier? Ich muss doch wissen, wie es weitergeht!«

»Darauf kannst du Gift nehmen«, sagte Jule. »Wir müssen ja füttern. Hier, nimm sein Handy mit.« Sie steckte Luisa Kai Jensens Mobiltelefon in den Rucksack.

»Handys sind im Krankenhaus verboten«, gab Luisa zu bedenken. Aber dann steckte sie es doch ein. Für alle Fälle.

Luisa fuhr mit der U-Bahn-Linie U 1 bis Hauptbahnhof-Süd. Unter der Erde war es angenehm kühl. Als sie am Bahnhof die Treppe hochstieg, schlug ihr die Hitze darum mit doppelter Wucht entgegen.

»Oh, Mist«, rutschte es ihr heraus, als sie an sich heruntersah. Sie trug noch ihre Gummistiefel und die enge Reithose. Kein Wunder, dass sie schwitzte. Und durstig war sie!

Luisa schlug den kürzesten Weg zum St. Martin ein, über die Lange Reihe. Ihre Oma hätte das ungern gesehen. Das Viertel zählte nämlich zu den größten Drogen-Umschlagplätzen in Hamburg.

Aus schmalen Spielhallen lärmten unzählige Automaten. Luisa wich einigen Kleiderständern aus, die den Bürgersteig versperrten. Die winzigen Änderungs-Schneidereien, die sich zwischen Wohnhäuser und kleine Geschäfte zwängten, hatten wegen der Wärme die Türen geöffnet. Eintönig drang das gleichmäßige Rattern der Nähmaschinen nach draußen.

Sehnsüchtig streifte Luisas Blick die Auslagen der türkischen Obstläden, an denen sie vorbeikam. Im Schatten von Markisen lagen Unmengen von Früchten, säuberlich sortiert. Erdbeeren. Himbeeren. Kirschen. Und wie die aufgeschnittenen Melonen dufteten ...

Blöd, dass sie nur etwas Geld für die U-Bahn eingesteckt hatte. Zu gern hätte sie eine Tüte Kirschen gekauft. Aber sie konnte sich ja schlecht an Herrn Jensens Brieftasche vergreifen.

Außerdem – es war schon spät! Zehn Minuten brauchte sie sicher noch bis zur Klinik.

Vor dem Glashaus am Eingang ging es zu wie in einem Taubenschlag – Besuchszeit. Der Pförtner sah nicht einmal hoch, als Luisa den roten Schlagbaum passierte. Vor ihr lagen die fünfzehn alten Backsteinhäuser der ausgedehnten Krankenhaus-Anlage. Dahinter drei neue weiße Hochhäuser. An jeder Abzweigung standen Wegweiser, hinter denen sich die Besucher in verschiedenen Richtungen zerstreuten – »Augen«, »Hand-Chirurgie«, »Blutspende«, »Notaufnahme«.

Zielstrebig steuerte Luisa das Haus »Notaufnahme« an. Auf dem Platz dahinter leuchtete ein weißes Kreuz in einem Kreis – der Hubschrauber-Landeplatz. Luisa dachte an Herrn Jensen auf der Trage. Sie schluckte und schlüpfte durch die automatisch zurückweichende Tür der Aufnahme-Station.

Die Unterlagen, die Luisa mitgebracht hatte, genügten der Frau am Computer. Sie gab alles ein und druckte dann zwei Formulare aus.

»Die bringst du auf seine Station«, schärfte sie dem Mädchen ein. »Dort drüben, das neue weiße Hochhaus. Unfall-Chirurgie. 3. Stock, Station 1A. Im Schwesternzimmer abgeben. Wer war der Nächste?«

Vor dem Hochhaus herrschte Verkehr wie auf einer

Hauptstraße. Unfall- und Notarztwagen fuhren vor und wieder ab. Blaulicht flackerte auf Autodächern. Martinshörner heulten. Sanitäter trugen Kranke und Verletzte ins Gebäude.

Luisa drückte sich an der Wand entlang, um nicht im Weg zu sein. Sie kannte das alles. Mindestens zehnmal hatte sie ihre Oma früher besucht, als sie hier arbeitete. Damals hatte sie diesen Betrieb spannend gefunden. Aber heute? Heute gehörte sie ja selbst zu den Betroffenen.

Sie nahm den Fahrstuhl und fuhr in den dritten Stock.

Dort angekommen überquerte Luisa den Vorraum und suchte im Flur nach Herrn Jensens Zimmer. Sie studierte die Anmeldung – Zimmer 3 112. Dieselbe Nummer wie sein Handy, dachte Luisa. Sie wertete das als gutes Zeichen.

Zimmer 3 112 lag gleich vorne rechts. Eine Dreibettzimmer, das erkannte Luisa am Namensschild. »Mehmet Kütük« stand auf dem obersten Streifen. Der mittlere fehlte, dann kam »Kai Jensen«.

Na also.

Luisa holte tief Luft und drückte die Klinke hinunter.

Auf dem Bett am Waschbecken hockte ein schwarzhaariger Mann im hellblauen Trainingsanzug und aß Kirschen. Auf seiner Matratze lagen Gehstützen und die Zeitung »Hürriyet«. Das Bett daneben stand leer, am Fenster klaffte eine Lücke. Herr Jensen war nicht da, sein Bett auch nicht.

»Herr Kütük?«, fragte Luisa zögernd.

»Na klar«, sagte Herr Kütük freundlich und nickte. Freigiebig hielt er ihr seine braune Papiertüte hin. »Obst?« Er sprach es aus wie »Oppst«.

»Hmm«, sagte Luisa, »rasend gern«, und griff sofort zu. Sie fand, dass der Türke – Name, Sprache und Aussehen verrieten ihn als solchen – das zweite gute Omen auf der Station war. Wegen seiner Kirschen.

Herr Kütük angelte eine Brechschale aus Pappe von seinem Nachttisch und stellte sie zwischen sich und Luisa.

»Känne«, sagte er und zeigte hinein.

»Okay«, sagte Luisa und wusste, dass er »für die Kerne« meinte.

Während sie abwechselnd ihre Kerne in die Brechschale spuckten, versuchte Luisa herauszubekommen, was der Türke von Herrn Jensen wusste. Er wusste aber leider nichts, denn Herr Jensen war noch gar nicht in dem Zimmer aufgetaucht.

Luisa kannte den Ablauf in einem Krankenhaus. »Wahrscheinlich musste er erst zum Röntgen«, vermutete sie.

»Papa?«, fragte Herr Kütük und zeigte auf die Lücke, in der das Bett fehlte. Luisa schüttelte den Kopf.

»Bruder?«

»Stallbesitzer«, sagte Luisa. Als Herr Kütük das nicht verstand, versuchte sie es mit »Ihm gehört der Stall, also der Reiterhof. Nein? Hmm . . . Er ist der Boss. Chef, der Chef.«

»Schäffe«, wiederholte Herr Kütük. »Na klar.«

»Und mein Reitlehrer ist er auch«, sagte Luisa. Reitlehrer kannte Mehmet Kütük nicht. Aber Luisa ließ nicht locker. »Reiten ... Pferde ... Galopp ...«

Sie hielt ihm ihre Reitstiefel unter die Nase, aber Mehmet Kütük guckte nur fragend. Kurzerhand drehte Luisa den Stuhl am Bett und galoppierte mit der Lehne nach vorn damit durchs Zimmer.

»Asooo«, sagte Herr Kütük lang gezogen. Jetzt hatte er verstanden.

Im nächsten Moment wurde die Tür aufgerissen.

»Was ist denn hier los?«, schimpfte ein junges Mädchen, ungefähr 17 oder 18 Jahre alt. Sie trug die blassblaue Schwesterntracht des St. Martin. Unwirsch zog sie Luisa vom Stuhl herunter. »Spinnst du oder was?«

Am liebsten wäre Luisa vor Scham in den Fußboden versunken. Tausendmal konnte man sich vorbildlich benehmen, ohne dass jemand davon Notiz nahm. Aber wehe, einmal nicht – schon wurde man erwischt.

Die Tür stand weit offen. Einige Besucher blieben stehen und starrten in das Krankenzimmer. Eine ältere Schwester, die im Laufschritt vorbeiging, stutzte und kam herein.

»Ach, du bist sicher die Enkelin von Hilla Steffen?« Mit einer Kopfbewegung schickte sie ihre junge Kollegin hinaus. »Ich bin Stationsschwester Heike«, stellte sie sich vor. »Dein Reitlehrer hat dich schon angekündigt. Deine Oma hat also auch mal hier gearbeitet? Sagt Herr Jensen.«

Sie nahm die Anmeldepapiere von Herr Kütüks Bett und schüttelte einen Kirschkern, der sich auf die Unterlagen verirrt hatte, zu den anderen in die Brechschale.

»Ärger dich nicht über das Mädchen von vorhin.« Routiniert überflog sie die Formulare. »Sie lernt noch, wird aber wohl aufhören. Das hier ist nichts für sie.«

»Pille«, sagte Herr Kütük grinsend.

Schwester Heike musste auch lachen. »Ja, das ist ihr Spitzname. Weil sie meistens die Tabletten verteilt. Fieber und Blutdruck messen darf sie auch.«

Zu Mädchen in Pilles Alter musste man Luisa nichts erklären. Schließlich trieben sich genug von der Sorte auf dem Reiterhof herum. »Killerbienen« wurden sie heimlich genannt. Die wussten alles besser. Und rissen lieber Jungs auf als einen Ballen mit Heulage. Pille hätte super zu denen gepasst.

»Wissen Sie, wie es Herrn Jensen geht?«, fragte Luisa. »Und wie lange er bleiben muss? Sein Stall und die Pferde . . .«

Die Tür wurde weit aufgestoßen. Ein Pfleger schob Herrn Jensen mit seinem Bett herein und bugsierte das Gestell in die Lücke am Fenster. Herr Jensen sah ungewöhnlich rot aus, aber für seinen Zustand ziemlich zufrieden.

»Schäffe?«, fragte Herr Kütük.

»Na klar«, sagte Luisa.

»Endlich ein vertrautes Gesicht.« Herr Jensen freute

sich, als er Luisa erkannte. »Tja, Mädchen ... ich falle wohl ein paar Wochen aus. Aber immerhin, die Wirbelsäule hat nichts abgekriegt, und das ist ...«

»... und das ist die Hauptsache.« Energisch schaltete sich Schwester Heike ein. Sie half dem Pfleger, Herrn Jensens linkes eingegipstes Bein in eine Schlaufe zu hängen, die von einem Gestell über seinem Bett hing.

»Hüftknochenfraktur, also ... Bruch«, erläuterte Schwester Heike, »morgen früh wird operiert. Das geht heutzutage problemlos, mit Schrauben und Platten. Hält ewig. Das gebrochene Schienbein haben wir gleich in Gips gelegt.«

Sie richtete Herrn Jensen ein wenig auf und zog den Rucksackverband zurecht, der auf seinem Rücken über Kreuz verschnürt war. »Und das Schlüsselbein heilt von allein.«

»Die Polizei will wissen, wer sich jetzt um den Stall kümmert«, richtete Luisa aus. »Axel war nicht zu Hause.«

»Dann müsst ihr heute füttern. So oft, wie ihr schon geholfen habt! Das könnt ihr inzwischen genauso gut wie ich.«

»Nein, eben nicht.« Luisa zuckte die Achseln. »Die Polizei sagt, es muss ein Erwachsener da sein. Wegen der Vorschriften.«

»Vorschriften«, wiederholte Herr Kütük aus seiner Ecke und sah etwas angewidert aus.

»Vor-schrif-ten?« Herr Jensen schoss ein Stück hoch,

sank aber sofort wieder auf sein Kissen zurück. »Wenn ich so etwas höre! So ein Schwachsinn! Von Vorschriften werden meine Pferde nicht satt.«

»Sie dürfen sich nicht so aufregen«, beschwichtigte Schwester Heike. »Ihr Blutdruck! Luisa, du gehst jetzt besser. Komm doch morgen wieder. Am späten Nachmittag ist Herr Jensen sicher ansprechbar nach der Narkose.«

»Erst muss ich wissen, wer die Pferde versorgt«, beharrte Luisa.

»Fragt Steffi Keck von der Damenreitabteilung, ob sie heute die Aufsicht übernimmt«, fiel dem Stallbesitzer nach einigem Nachdenken ein. »Oder sonst Fritz Voß.«

»Gute Idee«, sagte Luisa und schob Herrn Jensen das Handy in die Nachttisch-Schublade. Für alle Fälle.«

»Nein, noch besser – ruf Theo an«, sagte Herr Jensen. »Der sollte sowieso wissen, dass ich krank bin.«

Theo, der war in Ordnung als »Aufsichtsperson«. Dr. Theo Teichmüller, der Tierarzt des Reiterhofs Birkenhain, kannte sich bestens im Stall aus.

Luisa warf ihren Rucksack über. »Okay«, sagte sie. »Und gute Besserung. Ich komme dann morgen wieder.«

»Axel soll mir ein paar Sachen zusammenpacken«, trug Herr Jensen ihr auf. »Zahnbürste, Seife, Schlafanzug, Handtücher . . . na, er weiß schon.«

Herr Kütük drückte Luisa im Hinausgehen seine halb volle Tüte mit Kirschen in die Hand.

Luisa war später froh, dass sie die Kirschen zur Erfrischung hatte, denn inzwischen war es auch in der U-Bahn heiß geworden.

3. Kapitel

Oberschlaue am Werk

Natürlich – man hätte froh sein müssen, dass die Damenreitabteilung bereit war, das Füttern zu übernehmen. Aber die Sache drohte, in ein Chaos auszuarten, gerade, als Luisa wieder im Stall eintraf.

Das Erste, was sie sah, war Doris Vogel, die vor der geöffneten Futterkiste stand. Klar, die Vogel spielte sich wieder auf. Verächtlich schob Luisa die Unterlippe vor. Die machte gern auf oberschlau. Dabei hatte die noch nie beim Füttern zugesehen. Geschweige denn geholfen.

Doris Vogel füllte die Schüssel bis zum Rand, schüttete einen Teil zurück, um kurz darauf erneut wieder Hafer hineinzuschaufeln. Sie war umringt vom Rest der Damengruppe. Deren Tipps schwirrten laut durcheinander.

»Weniger.«

»Nein, mehr. Mehr schadet nie.«

»Quatsch, davon bekommen sie Kreuzverschlag!«

»Was ist das denn?«

Steffi Keck, die Einzige, die sich auskannte, war heute nicht zum Reiten gekommen. Ausgerechnet am Unfalltag.

Die Pferde merkten, dass es mit dem Füttern nicht voranging. Sally und Lotta konnten aus ihren Boxen in die Futterkammer hineinsehen. Die Stuten regten sich schrecklich auf und steckten die anderen an. Fordernd gellte ihr Wiehern über die Stallgasse und übertönte die Stimmen der Damenreitabteilung. Fuchsi drehte sich wie ein Kreisel in seiner Box. Hinten hörte man Rocky mit voller Wucht gegen die Holzwände treten. Flecken-Paula schabte geräuschvoll mit den Zähnen an den Boxenstäben entlang. Mit einem Wort: Es ging so ruhig zu wie bei der Fütterung in einem Raubtierkäfig.

»Warum macht *ihr* das denn nicht?«, sagte Luisa leise, warf ihren Rucksack auf die Bank neben der Sattelkammer und quetschte sich neben Conny und Jule.

»Wollten wir ja gerade. Aber die Vogel, die hat uns einfach weggedrängt.« Jule kochte. »Diese Oberschlaue, diese alte Ziege. Was bildet die sich ein?«

Conny seufzte. »Was sollen wir denn tun? Axel hat sich immer noch nicht gemeldet. Und Theo auch nicht.« Den Tierarzt hatte sie auf eigene Faust alarmiert, weil sie Axel Rakete nicht erreichte.

Als ob er nur auf sein Stichwort gewartet hätte, erschien Dr. Theo Teichmüller in der Tür. Gerade rechtzeitig, um das Theater vor der Futterkiste mitzuerleben. Theo tat das einzig Richtige – er marschierte auf Doris Vogel zu und entzog ihr energisch den Napf.

»So, nun mal alle weg von der Haferkiste«, ordnete der fast zwei Meter große Mann an. Sein Ton duldete keinen Widerspruch. Als Doris Vogel nach Luft schnappte, um zu einer (sicher sehr hässlichen) Bemerkung auszuholen, nahm er ihr rasch den Wind aus den Segeln: »Ich bin Tierarzt.«

Beim Wort »Tierarzt« klappte sie den Mund wieder zu.

Theo wandte sich an die Mädchen. »Wer von euch hilft am häufigsten beim Füttern?«, fragte er.

»Ich«, rief Conny, ohne zu zögern, und das stimmte.

»Wie viel gebt ihr ihnen?«, wollte Theo wissen.

Conny nahm eine von den Futterschüsseln und tauchte sie in das Kraftfutter, das aus gepressten, kleinen Pellets bestand. Sie hielt dem Tierarzt die halb volle Schüssel hin.

»So viel füttert Herr Jensen dreimal am Tag. Bei zwei Stunden Reitunterricht«, sagte Conny. »Abends mit Hafer. Außerdem natürlich Heu und Stroh.«

»In Ordnung.« Theo nickte ihr zu. »Also Conny – du übernimmst das Füttern, wenn Axel nicht da ist. Ich weiß, dass ich mich auf dich verlassen kann, Mücke.«

Herr Teichmüller kannte Conny nicht nur vom Reiten. Als überzeugte Tierschützerin schleppte sie ständig kranke oder angefahrene Tiere in seine Praxis. Sie setzte Frösche, die sich »verhüpft« hatten, zurück ins Gras und trug verirrte Spinnen nach draußen. Und wenn einer nur eine Fliegenklatsche hervorholte, dann rief Conny schon beim Naturschutzbund an. Jedenfalls fast. Der Spitzname *Mücke* passte zu ihr, daran gab es nichts zu rütteln.

Während Conny die Futterschüsseln füllte und Doris Vogel wütend nach draußen rannte, erzählte Luisa vom Krankenhaus. Dass Herr Jensen morgen operiert werde und ein paar Wochen im St. Martin bleiben müsse.

»Morgen Nachmittag dürfen wir ihn besuchen, um alles zu besprechen«, schloss sie.

»Ihr seid klasse, Mädchen«, sagte Theo Teichmüller. »Ich muss leider wieder los. Ein Kolikpferd wartet. Aber ich sage noch fix bei der Polizei Bescheid, dass ich hier war. Ruft mich unbedingt an, falls Axel Rakete nicht kommt.«

Aus den Boxen drang jetzt das gemütliche Geräusch malmender Pferdezähne. Die Raubtiere von vorhin verwandelten sich allmählich in schnurrende Kätzchen. Was ein bisschen Futter doch ausmachte!

In der nächsten Stunde waren die Mädchen, zu denen sich noch Theresa, Sophie, Merle und Nicky gesellt hatten, mit dem Verteilen von Heu und Heulage beschäftigt. Das heißt: Nicky nicht, sie litt unter Heuschnupfen und räumte inzwischen vergessene Gerten und Reitkappen weg.

Später am Abend, es war ja Juni und lange hell, kam Harry mit seinem Trecker und einem Gitterwagen voller Strohballen. Connys Information auf seinem Tonband hatte ihn alarmiert. Er musste für einige Tage verreisen und brachte darum noch Stroh. Auf keinen Fall wollte er die Reitschule ohne Einstreu und Futterstroh zurücklassen.

»Wenn ich weg bin, arbeitet eine Aushilfe bei mir«, sagte er. »Der Mann bringt euch noch Heu vorbei. Jensen wollte 600 Ballen haben.«

Bevor er zurück nach Seedorf fuhr, schärfte er den Mädchen ein, dafür zu sorgen, dass nachts jemand im Stall schlafe.

»Stellt euch mal vor, es brennt hier«, sagte er, »und niemand ist da, um die Pferde herauszulassen. Das mag man sich ja gar nicht ausmalen . . .«

Daran hatten die Mädchen noch gar nicht gedacht. Wieder eine neue Hürde!

»Wenn Axel nicht kommt, schlafe ich mit Oma im Pflegerzimmer«, sagte Luisa nach einer Weile und sah Harrys lärmendem grünem Trecker nach, wie er die Anhöhe zum Birkenweg hochzuckelte. »Das macht sie. Bestimmt.«

Aber das war dann doch nicht nötig, denn Axel Rakete erschien kurze Zeit später. Die Nachricht von seinem verunglückten Chef hatte ihn ziemlich geschockt. Vor allem deswegen, weil er nicht wochenlang für Kai Jensen einspringen konnte. Der Assistent-Reitlehrer studierte Jura. Und gerade jetzt standen entscheidende Prüfungen bevor.

»Ich kann hier zwar schlafen«, sagte Axel. »Das geht. Aber was wird tagsüber? Und abends? Ich muss büffeln ohne Ende. Wenigstens die nächsten zwei Wochen. Erst danach sieht es besser aus.«

Nach heißen Diskussionen beschloss Axel schließlich, die drei Reitställe in der Nähe anzurufen. »Vielleicht können die aushelfen«, hoffte er, aber es klang wenig zuversichtlich.

Tatsächlich wurde es eine Pleite. Die Besitzerin des ersten Reiterhofs erwartete ein Baby, der zweite Stallmeister kam selber gerade aus dem Krankenhaus. Den dritten Stall gab es gar nicht mehr.

»Also – dann tritt wieder Plan eins in Kraft«, sagte Conny.

»Und der wäre?«

»Wir teilen uns die Stallarbeit. Vor der Schule und nachmittags. Wir finden bestimmt noch mehr, die mitmachen.«

Axel Rakete meinte, das müsste man mit Herrn Jensen besprechen. Aus rechtlichen Gründen. Der künftige Jurist kam in ihm durch.

Auf jeden Fall wollte er über Nacht im Stall bleiben, am nächsten Morgen das Füttern übernehmen und dann zur Uni fahren. Conny und Jule versprachen, gleich nach der Schule zu kommen und auszumisten.

Der Schwachpunkt blieb der Vormittag. Nicht nur der morgige, sondern alle Vormittage in den nächsten Wochen, außer an den Wochenenden. Die Mädchen saßen in der Schule, Axel in der Uni.

»Wenn morgens etwas passiert«, sagte Axel Rakete, »merkt das niemand. Und das ist ziemlich schlecht.« Er musste jemand finden, der zumindest nach den

Pferden sehen konnte. »Reitet morgens nicht eine von den Hausfrauen?«

Wie auf Kommando schrien die Mädchen auf.

»Nein . . . nein, bloß nicht die«, stöhnte Jule.

»Nur über meine Leiche«, sagte Conny.

»Die macht doch nur Mist«, fand auch Luisa.

Alle sahen im Geiste nur eine einzige Reiterin vor sich – und das war Doris Vogel.

»Es hilft nichts«, sagte Axel, der das Gleiche gedacht hatte, und suchte die Nummer von Frau Vogel heraus. Er rief sie gleich an und stellte auf Mithören.

Für ihre zwanzig Euro Reitstundengebühr, sagte Doris Vogel spitz, wolle sie reiten und keine Stallarbeiten machen. Nein, sie möchte nicht ungefällig sein – so ein Unglück mit Herrn Jensen! Aber sie verspüre wenig Lust, sich von den verzogenen Gören anmachen zu lassen.

Jule stürzte sich gleich aufs Telefon, aber Axel wehrte sie mit ausgestrecktem Arm ab. Zur Empörung der Mädchen schmierte er seiner Gesprächspartnerin auch noch mächtig Honig um den Bart und versicherte, dass die »dummen Gören« ja in der Schule säßen. Wie konnte er nur!

Immerhin willigte Frau Vogel widerstrebend ein. Sie wollte morgen nach dem Reiten einen Blick auf die Pferde werfen. Selbstverständlich völlig unverbindlich.

»Nun kriegt euch mal wieder ein«, sagte Axel. »Ohne Süßholzraspeln hätte sie das nie gemacht. Und wir brauchen diese Dame nun mal.«

Jule raufte sich ihre roten Haare.

»Wahrscheinlich hast du recht«, gab sie zu. »Wer weiß, wie oft meine Eltern mich überhaupt in den Stall lassen. Wenn ich schon wieder eine Ausnahme will, laufen die Amok. Sie haben sich gerade erst beruhigt.«

Jule hatte kürzlich von ihren Eltern Stallverbot bekommen und war daraufhin mit ihrem Lieblingspferd Sally untergetaucht. Natürlich hatte ihre Flucht einen Heidenaufstand ausgelöst.

»Ist doch nur für zwei Wochen«, meinte Luisa. »Erlauben sie das auch nicht?«

Jule zuckte die Achseln. »Kaum.«

»Doch«, sagte Conny plötzlich. »Wir müssen zwar ein bisschen tricksen, aber mir ist etwas eingefallen.«

Als Axel Rakete sich im Stall häuslich eingerichtet hatte, fuhr Jule mit Conny und Luisa zu sich nach Hause.

»Erwachsene muss man mit ihren eigenen Waffen schlagen«, flüsterte Conny, während sie ihre Stiefel auszog und vor Ahrends Haustür abstellte. »Die wollen doch immer, dass man Verantwortung übernimmt.«

Als sie hinter den anderen die Treppe zu Jules Zimmer hochstieg, rief sie in Richtung Wohnzimmer, wo sie das Ehepaar Ahrend vermutete: » . . . dabei könntest du doch super Mathe lernen, Jule. Mann, was es da alles auszurechnen gibt.«

Im Wohnzimmer wurden Sessel gerückt. Ah – gut! Brigitte und Peter Ahrend hatten die Worte offenbar gehört und waren neugierig geworden.

Jule hielt sich die Hand vor den Mund, um nicht laut loszulachen. Sofort ging sie auf Connys Spiel ein, räusperte sich und antwortete unüberhörbar: »Ja, das schon. Aber ich darf doch nicht mehr jeden Tag in den Stall. Versprochen ist versprochen. Ich will meine Eltern nicht enttäuschen.«

Jetzt kam Luisas Einsatz. »Oh, Jule, das schaffen wir nie ohne dich. Der arme Herr Jensen.«

Unten öffnete sich die Wohnzimmertür und die drei schoben sich hastig in Jules Zimmer.

»Nein, ich frage meine Eltern nicht«, rief Jule durch die geschlossene Tür ins Treppenhaus. »Die würden keine Ausnahme machen. Hundertpro.«

»Was erlauben deine Rabeneltern wieder nicht?« Jules Mutter schob ihren Kopf durch die Tür. Dahinter erschien Peter Ahrend im Rahmen. Connys Trick schien zu klappen. Jules Eltern waren zumindest gesprächsbereit.

»Habt ihr den Rettungshubschrauber nicht gehört?« Jule fing gleich dramatisch an.

»Doch.« Der Krach war bis in Peter Ahrends Bank gedrungen.

»Das war bei uns, auf dem Reiterhof«, fuhr Jule fort. »Herr Jensen ... er ist von der Leiter gefallen.«

Brigitte Ahrend bekam eine weiße Nasenspitze. »... und?«, fragte sie bestürzt.

»St. Martin. Er muss mindestens vier Wochen im Krankenhaus bleiben.«

»Und der Stall?«

»Das ist es ja eben.« Conny nahm den Faden wieder auf. »Axel Rakete hat keine Aushilfsleute gefunden. Er selbst kann in den nächsten zwei Wochen nur das Nötigste erledigen, weil er so viele Prüfungen hat. Und darum wollen *wir* die meiste Arbeit machen. Das heißt – Jule darf ja nicht.«

»Wer sagt das?«

Die Mädchen wechselten verdutzte Blicke. War ihre Aktion tatsächlich so schnell erfolgreich?

»Zuerst mal«, sagte Herr Ahrend, »glaubt bloß nicht, dass ich euch nicht durchschaue. Ihr habt euch doch vorhin bewusst laut unterhalten, damit wir stutzig werden, stimmt's?«

Seine Tochter bekam einen roten Kopf.

»War gut eingefädelt«, gab er zu. »Aber ich möchte mal wissen, warum wir bei euch als Rabeneltern verschrieben sind.«

Warum? Na, wenn er das nicht wusste ...

Ahrends ließen sich noch mehr Einzelheiten über Kai Jensens Unfall erzählen. Und über die Stallarbeit, die die Mädchen übernehmen wollten.

Zum Schluss sagte Brigitte Ahrend: »Besondere Ereignisse erfordern besondere Maßnahmen, ist es nicht so, Peter?«

Peter fand, dass es haargenau so war.

Seit die beiden aus Angst um ihre Tochter schlaflose

Nächte verbracht hatten, waren sie einsichtiger geworden. Kurz – die Ahrends erlaubten Jule, zwei Wochen lang täglich auf dem Reiterhof auszuhelfen. Ja, noch mehr.

»Sagt Bescheid, wenn seine Unfallversicherung einen Fragebogen schickt«, bot Jules Mutter an, die in einem Versicherungs-Büro arbeitete. »Darin wimmelt es nur so von verzwickten Fragen. Ich helfe ihm dabei.«

Wenn es nicht so total uncool gewesen wäre, wäre Jule ihrer Mutter um den Hals gefallen. Bei Ahrends ließ man sich außerdem nur selten zu Zuneigungs-Beweisen hinreißen. Darum machte sie es lieber nicht.

Dafür bekam sie aber von ihrer Mutter einen Kuss, als Conny zum Abschied sagte: »Übrigens – wissen Sie, dass Jule Herrn Jensen das Leben gerettet hat? Sie hat ihm nämlich Strohballen unter die Leiter geschoben. Sonst wäre er voll auf die Steine geknallt.«

4. Kapitel

1000-Teile-Puzzle

»Hast du dir schon überlegt, was du Herrn Jensen sagen willst? Und vor allen Dingen, *wie?*«

Conny stieß die Forke unter das nasse Stroh in Rockys Box und beförderte die Pferdeäpfel in die Schubkarre.

»Hey, Conny, pass doch auf!« Luisa sprang gerade noch rechtzeitig zur Seite. Soeben war sie, komplett umgezogen, vom Heuboden des Reiterhofs heruntergekommen, um ins Krankenhaus zu fahren.

Während Conny weiter ausmistete, besprachen die beiden Mädchen ausführlich die Stallereignisse von gestern und heute.

Zwei Tage waren seit Herrn Jensens Unfall vergangen. Gestern, am Operationstag, war Luisa vergebens im St. Martin gewesen. Herr Jensen hatte noch bombenfest geschlafen.

Heute, am späten Mittwochnachmittag, rüstete sie sich zum zweiten Besuch. Mit Block und Kuli, um alles aufzuschreiben, was der Stallbesitzer für wichtig hielt.

»Seine Tipps hätten wir gestern gebraucht«, seufzte Luisa und schnallte ihren Rucksack auf. Der Alltag in der Reitschule war nämlich bei Weitem nicht so problemlos, wie die Mädchen gedacht hatten. »Irgendwie hat Herr Jensen recht.« Sie ahmte seinen Tonfall nach: »Ein Stall ist wie ein 1000-Teile-Puzzle.«

In der U-Bahn musste sie sich etwas einfallen lassen – wie konnte sie ihm schonend beibringen, was schiefgegangen war?

Sein gebrochenes Bein lag nicht mehr in der Schlinge. Das war das Erste, was Luisa feststellte, als sie eine knappe Stunde später Jensens Krankenzimmer betrat. Das mittlere Bett stand immer noch leer. Mehmet Kütük hockte auf seinem Bett und blätterte in seiner türkischen Zeitung.

»Hallo, Luisa.« Kai Jensen freute sich über den Besuch. Mit einer Hand zog er sich an dem Plastikdreieck hoch, das als Hilfe zum Aufrichten über seinem Kopf hing. Dann stutzte er. »Wie siehst du denn aus? Bist du in einen Farbtopf gefallen?«

Verlegen strich Luisa ihr langes Haar zurück. Gestern hatte sie es hennarot gefärbt. Nur so zum Spaß.

»Schwarz stand dir besser«, entschied Herr Jensen. »Jetzt aber zum Stall. Wie kommt ihr klar? Läuft alles?«

Luisa zog sich einen Stuhl ans Bett. »Kein Problem«, sagte sie, sah aber an Kai Jensen vorbei, als der sie zweifelnd musterte.

»Komm schon, erzähl«, drängte er. »Ich sehe dir an der Nasenspitze an, dass etwas nicht stimmt.«

»Doooch«, sagte Luisa lang gezogen, »nur . . .«

»Nur was?«

»Axel fragt, wie man den Zaun repariert. Also – wie man diese langen Gummistreifen am Pfosten befestigt. Ob er die Löcher für die Schrauben mit der Bohrmaschine reindrehen soll?«

»Um Gottes willen«, sagte Herr Jensen. »Nein. Das geht nur mit dem Stanzeisen. Liegt im Werkzeugschrank. Das setzt er auf das Gummi und treibt mit dem Hammer ein Loch hinein.«

»Meint Theo Teichmüller auch«, sagt Luisa zufrieden.

Argwöhnisch sah der Stallbesitzer Luisa an. »Was hatte denn Theo am Zaun verloren?«

»Ach«, sagte Luisa leichthin, um ihren Reitlehrer möglichst wenig aufzuregen. »Der war sowieso gerade auf der Weide. Wegen Fuchsi.«

»So, wegen Fuchsi«, wiederholte Herr Jensen. Seine Nackenhaare sträubten sich. Fuchsi, so hieß sein großer Westfalen-Wallach.

»Darf man fragen, warum?«

»Ach, Herr Jensen.«

Luisa nestelte an einer Haarsträhne. Weshalb musste sie hier eigentlich Rede und Antwort stehen? Die anderen, die hatten es gut, die blieben im Stall und schickten sie los.

»Das ist einfach dumm gelaufen«, versuchte Luisa

zu erklären. »Wir hatten Fuchsi auf der Weide die Fliegendecke übergelegt. Die mit den großen Maschen, Sie wissen schon. Als er sich kratzen wollte, ist er wohl mit dem Huf irgendwie darin hängen geblieben.«

». . . und jetzt lahmt er und hat eine Bänderzerrung«, ergänzte Herr Jensen. »Und die Decke liegt im Mülleimer, weil sie total zerfetzt ist.«

»Genau«, bestätigte Luisa kleinlaut. »Woher wissen Sie das?«

Herr Jensen richtete sich mithilfe seines blauen Dreiecks höher auf. »Weil man verdammt noch mal kein Pferd mit einer Fliegendecke aus den Augen lässt«, wetterte er. »Und weil ich den Job schon ein paar Tage länger mache als ihr.«

Herr Kütük drehte sich zum Fenster um. »Schäffe, nicht brüllen«, sagte er. »Blutdruck.«

Kai Jensen winkte ab. »Wir sind noch nicht fertig«, sagte er zu Luisa. »Du schuldest mir noch eine Erklärung, warum der Zaun kaputt ist.«

Luisa wandt sich wie ein Aal. Nächstes Mal musste ein anderer im Krankenhaus Bericht erstatten, das schwor sie sich.

»Frau Löwe hat kein Wort gesagt«, begann sie jetzt schnell. »Nicht mal geschimpft, nichts. Echt stark.«

»Was hat die denn damit zu tun?« Frau Löwe war eine Nachbarin, die einige Häuser weiter am Birkenweg wohnte.

»Na, Ole und Kalle haben doch alle Blumenbeete in ihrem Vorgarten leer gefressen.«

»Ach.« Da war Herr Jensen platt. »Darf man erfahren, wie die Fjordpferde in Frau Löwes Garten gekommen sind?«

»Vorher haben sie natürlich den Zaun niedergetrampelt«, erklärte Luisa. »Ist doch logisch. Darum musste Axel ihn ja jetzt flicken.«

Mit einer gewissen Bewunderung starrte Kai Jensen Luisa an. Sie erzählte ihm die Sachen so locker, als ob sie von einem Schulausflug berichtete.

»Natürlich«, sagte er. »Sonst noch was?«

In diesem Moment kam Pille herein und holte die leer gegessenen Tabletts vom Abendessen ab. »Tee?«, fragte sie uninteressiert, und als Herr Jensen nickte, setzte sie ihm unsanft eine Schnabeltasse auf den Nachttisch.

Herr Jensen und Mehmet Kütük warfen sich vielsagende Blicke zu. Die Lernschwester schien bei den beiden nicht gerade einen Stein im Brett zu haben.

Ein schnippischer Vogel, diese Pille. Aber gut, dass sie hereingeguckt hat, dachte Luisa. Nun kapierte Herr Jensen hoffentlich, welches Glück er mit seinen Reitschülerinnen hatte. Sie alle waren doch wirklich ein Ausbund an Freundlichkeit und Hilfsbereitschaft und ...

»Ich weiß wirklich, was ich an euch habe«, sagte Kai Jensen, als ob er Gedanken hätte lesen können. »Aber ich drehe hier halb durch, wenn ich mir vorstelle, dass der Stall noch wochenlang alleine ist.«

»Ist er ja nicht«, widersprach Luisa. Und dann zählte sie auf, wie sie alles organisiert hatten.

»Axel gibt Reitunterricht für Kinder und Jugendliche ... Die Erwachsenen reiten allein ... Nach der Schule lassen wir die Pferde auf die Weide und misten aus ... Axel füttert morgens und abends, Conny mittags ... ach ja, Harry hat Stroh gebracht.«

Kai Jensen lag inzwischen wieder flach auf dem Kopfkissen und hörte sich den Bericht an.

»Klingt gut«, sagte er. »So, und jetzt schreib dir Folgendes auf ...«

Dann diktierte er:

»Fuchsi verträgt keine Heulage; abends Heu füttern.«

»Lotta und Flecken-Paula dürfen nicht zu viel Stroh haben – wegen Koliken.«

»King Louis braucht zweimal pro Woche Mash. Axel kennt das, das ist eine Leinsamen-Kleie-Mischung.«

»Turbo muss beim Reiten Gamaschen tragen.«

Vorwurfsvoll sah Luisa auf. »Herr Jensen«, sagte sie, »Turbo hat *immer* seine Gamaschen angehabt, seit Sie im Krankenhaus sind.«

»Umso besser«, antwortete Herr Jensen und fuhr mit seiner Arbeitsliste fort.

»Sallys Hufeisen vorne täglich überprüfen, das rechte läuft sie schnell schief.«

»Rockys Tränke wackelt. Nachgucken, ob Wasser daneben läuft.«

»Handtücher und Satteldecken jede Woche waschen; in der Stallwaschmaschine auf dem Boden.«

»Und, bevor ich es vergesse: Harry muss unbedingt Heu bringen. 600 Ballen.«

Luisa ließ den Kuli sinken. »Hat er schon angekündigt«, sagte sie. »Er will einen Vertreter schicken – Harry selbst muss ein paar Tage verreisen.«

Das behagte Herrn Jensen gar nicht.

»Oha«, sagte er. »Hoffentlich weiß die Aushilfe, dass wir nur abgelagertes Heu gebrauchen können. Und dass man feuchtes Heu nicht in Ballen pressen darf. Das kann den schönsten Brand geben.«

»Wieso? Nasses Heu brennt doch nicht.«

Kai Jensen zog sich wieder an seinem Plastikdreieck hoch.

»Hast du eine Ahnung, Mädchen. Der Druck ist es! Wenn feuchte Heumassen übereinander liegen . . . Was glaubst du, welche Hitze da entsteht. Das Heu kann sich sogar selbst entzünden. Hab ich alles schon erlebt.«

Luisa fand, dass der Chef übertrieb. Brennendes Heu auf dem Dachboden? Davon hatte sie noch nie gehört und sie ritt nun schon seit zwei Jahren. Ach was, Kai Jensen sah im Moment einfach alles zu schwarz.

Sie überflog ihre Gebrauchsanweisung für das »1000-Teile-Puzzle« namens Reiterhof Birkenhain und verstaute dann ihre Schreibsachen im Rucksack.

»So ein Mist, dass Sie nicht telefonieren können«, sagte Luisa und guckte auf Herrn Jensens eingebundene Schulter. Das Telefon stand zu weit weg. »Kann

Herr Kütük rangehen, wenn es klingelt? Falls wir etwas Wichtiges fragen wollen.«

»Na klar«, rief Mehmet Kütük von seinem Bett herüber. »Kein Problem.«

5. Kapitel

Hilfe für Flecken-Paula

»Julia Ahrend kommt jetzt an die Tafel und zeigt uns, wie man den gemeinsamen Nenner findet.«

Langsam schob sich Jule von ihrem Stuhlsitz hinunter. Im Zeitlupentempo ging sie nach vorn, um Zeit zu gewinnen. Mathelehrer Dr. Träger trat einen Schritt beiseite, um seiner Schülerin – sie gehörte zu seinen schlechtesten – Platz zu machen.

Jule fixierte die vier Brüche an der Tafel. Doch, das konnte sie packen. Bastians Nachhilfestunden zahlten sich aus. Obwohl sie schon tagelang nicht mehr mit ihm gelernt hatte. Seit Montag war ihr Reiterfreund mit seiner Foto-AG unterwegs. Bastian wusste noch nichts von Herrn Jensens Unfall.

Jule seufzte, nahm das Kreidestück und löste zwei der Aufgaben gut, eine etwas umständlich. Bei der letzten war wenigstens der Ansatz richtig.

Dr. Träger wirkte nicht unzufrieden, als Jule ihm die Kreide wieder in die Hand drückte. »Wenn ich bedenke«, sagte er, »wie katastrophal das noch vor vier Wochen bei dir aussah! Gut, dass du eingesehen hast, dass Pferde nicht das Wichtigste im Leben sind.«

Jule verdrehte die Augen, als sie zu ihrem Platz zurückging, und prompt kicherte die ganze Klasse.

Dr. Träger ahnte natürlich, dass Jule hinter seinem Rücken eine Grimasse zog, und ärgerte sich darüber. Während er überlegte, ob er ihr noch eine Aufgabe stellen sollte, ging die Tür auf. Die Schulsekretärin guckte durch den Spalt.

»Entschuldigung, kann Julia Ahrend kurz ans Telefon kommen?«

»Was, mitten in der Stunde?« Solche Unterbrechungen liebte Dr. Träger. »Kommt gar nicht infrage!«

»Aber die Dame am Telefon machte es dringend.«

»Geht es ... um meine Mutter?«, fragte Jule schnell.

»Nein, nein. Die Dame sagt, sie ruft vom Reiterhof Birkenhain an.« Die Angestellte hob die Schultern. »Ein Pferd sei eventuell krank. Sie fragte nach Conny Clasen oder Julia Ahrend. Connys Klasse ist aber im Hallenbad.«

»Also doch wieder Pferde!« Jules Mathelehrer warf die Kreide auf die Tafelablage. »Dass du dich jetzt schon in der Schule anrufen lässt ... So etwas Dreistes!«

Jule sprang sofort auf. »Das ist bestimmt wichtig!« Mit beiden Händen umklammerte sie die Tischkante. »Unser Stallbesitzer ist doch im Krankenhaus. Ich *muss* ans Telefon!«

Dr. Träger studierte Jules Miene und suchte nach

verräterischen Zeichen. Sicher war die ganze Sache ein übler Trick.

Nicht das erste Mal, dass Schüler angeblich dringend wegmussten. Mit allen möglichen Alarmmeldungen am Telefon. Manche schreckten nicht einmal davor zurück, ihren Eltern einen Unfall anzudichten. Fast alle »SOS-Rufe« hatten sich später als gelogen herausgestellt. Wahrscheinlich versuchte eine Freundin, Julia aus der Schule loszueisen. Bestimmt wollten sie an diesem sonnigen Donnerstag ausreiten.

Und wenn es doch ein Notfall war? Der Mathelehrer überlegte, während er im Rechenbuch blätterte.

»Gut. Aber ich komme mit zum Telefon. Ihr löst die Aufgaben auf Seite 64«, sagte er zu seiner Klasse und dann, an Jule gewandt: »Wehe, wenn du mich austricksen willst.«

Der Hörer lag mitten auf dem Schreibtisch des Schulbüros. Dr. Träger hielt seinen Kopf schief, um alles mitzuhören. Misstrauen auf zwei Beinen! Aber Jule achtete gar nicht auf ihren Lehrer, so aufgeregt war sie.

»Frau Vogel . . . Was, Flecken-Paula? . . . Ihr Futter liegt noch drin? . . . Sie scharrt ständig mit den Hufen? . . . Wie oft hat sie sich hingeworfen? . . . Und springt danach sofort wieder auf? . . . Mensch, Frau Vogel . . . das ist eine Kolik, ja Kolik . . . Wann kommt Dr. Teichmüller? . . . Das glaube ich nicht, Sie haben ihn wirklich noch nicht angerufen? . . . Die Nummer hängt über der Haferkiste . . . Nein, bloß nicht in der

Box lassen ... in die Halle ... Na, führen natürlich ... Ja, ich komme.«

Dr. Träger nahm ihr den Hörer aus der Hand. Ungeduldig trat Jule von einem Fuß auf den anderen. Jetzt wollte der sich noch lang und breit vergewissern, ob das keine Finte war. Als wenn sie mit solchen Taschenspielertricks arbeiten würde!

Die Klingel im Flur setzte dem Gespräch ein natürliches Ende. Große Pause.

»Ich begleite dich«, beschloss Dr. Träger. »Mit dem Wagen. Nach der Pause habe ich eine Freistunde.«

»Was? In den Stall?«

Das war genau das, was Jule jetzt gebrauchen konnte! Ein krankes Pferd, Doris Vogel und dann noch ihr Mathelehrer! Der würde ihr garantiert nur vor den Füßen herumlaufen und dumme Fragen stellen. War so viel Misstrauen noch normal?

»Meinetwegen«, sagte sie, schließlich eilte die Sache. »Dann aber los.«

Dr. Träger nahm Jule sogar in seinem Auto mit, damit sie schneller zum Reiterhof kam. Kaum hielt der Wagen am Ziel an, sprang sie hinaus und stürzte in den Stall. Ihr Mathelehrer folgte im Laufschritt.

Jule verschwendete keinen Blick an Doris Vogel, die am geöffneten Tor zur Reithalle lehnte und verstört auf das Pferd in der Halle starrte. Zum ersten Mal verschlug es Frau Vogel die Sprache, aber das fiel Jule erst hinterher auf.

Im Moment hatte sie nur Augen für Flecken-Paula. Regungslos lag die Stute in den Sägespänen, alle vier Beine von sich gestreckt. Ihre verschwitzte Mähne klebte am Hals. Die halb geschlossenen Augen sahen ins Leere. Wäre da nicht ihr heftig pumpender Brustkorb gewesen – man hätte Paula für tot gehalten.

»Sie hat sich einfach fallen lassen, als ich sie führen wollte«, sagte Frau Vogel unglücklich. Sie schien fast zu erwarten, dass Jule ihr Vorwürfe machen würde.

»Ist schon okay«, sagte Jule und setzte sich neben Paulas Kopf in die Hocke. In diesem Moment war sie froh, dass sie schon öfter Pferde mit Kolik gesehen hatte. Sie erinnerte sich genau, wie entsetzlich das beim ersten Mal gewesen war. King Louis – das Herz war ihr fast stehen geblieben, so schlimm hatte der alte Herdenchef damals ausgesehen. Als ob er die nächste Stunde nicht überleben würde.

Und jetzt Flecken-Paula. Jule zwang sich ruhig zu bleiben, obwohl sie einen Kloß in der Kehle hatte. Sie musste die Nerven behalten. Schließlich konnte sie von den beiden am Halleneingang keine Hilfe erwarten. So glühend wie jetzt hatte sie Herrn Jensen noch nie herbeigewünscht.

»Hey, meine Süße«, flüsterte Jule mit weicher Stimme. »Theo kommt gleich und hilft dir.«

Paula schien Jule gar nicht wahrzunehmen. Vor Schmerzen konnte sie sich nicht rühren. Das gepunktete, seidige Fell glänzte vor Schweiß. Jule sah zu Frau Vogel hinüber, die neben dem Mathelehrer stand. »Wann kommt der Tierarzt?«

Dr. Träger rieb sich das Kinn. Dass die Lage so dramatisch war, hatte er ja nicht gewusst (aber was wissen Mathelehrer überhaupt über Pferde?).

»Mein Gott, das ist entsetzlich«, sagte er. »Das tut mir so leid. Er scheint wirklich todkrank zu sein.«

Jule stand auf. Ruhe war das Wichtigste, was das Pferd jetzt brauchte.

»Hab ich doch gesagt«, murmelte sie und zwängte sich an den Erwachsenen vorbei in die Stallgasse. In der Geräteecke hob sie Forke und Schneeschieber aus der Halterung. »Übrigens – *er* ist eine Stute.«

Die Pferde steckten ihre Köpfe aus den Boxen, als sie Jule sahen, und begrüßten sie mit Wiehern und Schnauben. Die Schwalbenjungen, die in zahlreichen Nestern unter der Decke hockten, starteten ein aufgeregtes Gezwitscher. »Hallo, Mäuschen«, flüsterte Jule ihrem Lieblingspferd Sally zu. »Ich komme später zu dir rein.«

Während sie mit Schubkarre und Geräten zu Paulas Box loszog, rief sie Frau Vogel zu: »Behalten Sie Paula im Auge. Ich nehme das Stroh heraus.«

Sie rechnete damit, dass Frau Vogel nicht auf die Idee gekommen war ... Natürlich nicht! Die Boxentür stand offen und Jule schob die Karre genau in den Eingang. Mit geübtem Schwung warf Jule Stroh und Mist in die Schubkarre.

»Warum lässt du das Stroh denn nicht drin?«, wollte Dr. Träger wissen, der Jule gefolgt war. »Er kann doch nicht auf dem harten Beton stehen – und das bei der Krankheit.«

»Muss *sie* ja auch nicht.« Jule betonte »sie«. »Aber das Stroh kann nicht drinbleiben. Wenn sie das frisst, wird die Kolik noch schlimmer. Darf ich mal?«

Dr. Träger rückte zur Seite, als Jule die volle Karre anhob und sie zum Misthaufen auf dem Hof brachte. Danach kratzte Jule mit dem Schneeschieber die feuchten Reste in der Box zusammen und beförderte sie auch nach draußen.

Als sie wiederkam, schleifte sie einen großen Sack Sägespäne neben sich her. Sie stieß das schwere Einstreu-Paket mal vor sich, mal zog sie es hinter sich her. »Kolik-Pferde müssen auf Sägespänen stehen«, belehrte sie ihren Mathelehrer und riss die Folie auf.

»Na, Sie sind aber nicht gerade ein Kavalier«, ertönte Theos Stimme hinter ihr. Er meinte Dr. Träger. Jule musste innerlich lachen. »Wie können Sie zulassen, dass die zarte Dame alles allein schleppt? Nun schütten Sie mal die Späne schön gleichmäßig in die Box, junger Mann. Jule brauche ich als Arzthelferin.« Er zog das Mädchen einfach am Arm mit zur Reithalle.

»Aber Herr Teichmüller . . . das ist mein Mathelehrer«, flüsterte Jule.

»Umso besser«, grinste Theo. »Dann kriegt er selber auch mal eine Unterrichtsstunde.« Er wurde aber gleich wieder ernst, als er Paula so jämmerlich in der Halle liegen sah.

»Oh«, sagte er. »Das gefällt mir gar nicht. Der Kreislauf. Sie muss hoch, es hilft nichts.«

Mit lauter Stimme versuchte er, das liegende Pferd hochzutreiben.

Mühselig rappelte sich Flecken-Paula auf. Nur mit größter Mühe hielt sie sich aufrecht. Ihre Beine zitterten. Der ganze Körper schwankte.

Der Tierarzt führte sie einige Meter weiter auf die Stallgasse und legte ihr dort eine Infusion an. Die Nährstoffe wirkten Wunder. Man konnte förmlich zusehen, wie das Zittern sich legte. Jule atmete auf. Paula bekam noch eine krampflösende Spritze. Als sie schließlich sicher auf den Beinen stand, untersuchte Dr. Teichmüller sie genauer.

»Sie muss etwas Falsches gefressen haben«, vermutete er. »Auf jeden Fall gebe ich ihr noch ein Abführmittel. Durch die Nasenschlundsonde – das kennst du ja.«

Jule nickte. »Ja.« Unwillkürlich zog sie den Kopf ein, weil ein Schwalbenpaar niedrig über sie hinwegzischte.

Bereits zweimal hatte sie bei einer Kolik geholfen und den Beutel mit Paraffinöl hochgehalten. Koliken gehörten in einem Reitstall zum Alltag. Wenn man sie schnell behandelte, waren sie nach wenigen Tagen vergessen. Kam man aber zu spät, konnte es passieren, dass das Pferd qualvoll starb.

Wäre Frau Vogel nicht im Stall gewesen . . .

Jule verscheuchte diesen Gedanken.

Sie hielt Paula am Halfter fest, hängte den Beutel an den Zinken einer Forke auf und hielt ihn damit hoch.

Theo schob einen dünnen Schlauch durch Paulas Nase in die Speiseröhre. Das Abführmittel lief nun durch den Schlauch in den Magen. Blut tropfte aus Paulas Nase. Schrecklich, wie das aussah! Dabei war nur ein Äderchen in der Nase geplatzt – das ließ sich nicht vermeiden beim Hantieren mit dem Schlauch.

Dr. Träger kam mit Doris Vogel aus Paulas Box.

»Er kann jetzt rein«, sagte der Mathelehrer stolz. Vergeblich versuchte er, den feinen Sägemehlschleier von seinem Oberhemd zu klopfen. »Seine Box ist fertig eingestreut. Eure Frau Vogel hat mir geholfen.«

Das glaubt mir keiner in der Schule, schoss es Jule durch den Kopf. Und im Stall auch nicht.

»Na, dann wischen Sie mal das Blut weg«, forderte Theo Dr. Träger auf und zwinkerte Jule unmerklich zu. »Sonst rutscht das Pferd darauf aus.«

Dr. Trägers Gesicht nahm einen Ausdruck von Verwirrung an, den Jule in der Schule noch nie an ihm bemerkt hatte. Man sollte Mathelehrer öfter in den Reitstall mitnehmen ...

Er flüsterte mit Doris Vogel, dann schütteten sie Sägemehl auf die Blutflecken und schoben die roten Späne mit dem Besen auf den Misthaufen.

»Ich muss zurück«, sagte Dr. Träger nach einem Blick auf die Uhr.

»Ich habe gleich die 7 b. Du kannst wieder mitfahren, Julia. Was hast du jetzt verpasst?«

»Bio«, sagte Jule. »Aber das hier war ja auch so etwas Ähnliches, oder?«

»Schade, dass es für Praxis keine Zensuren bei uns gibt«, sagte Dr. Träger. Das klang ehrlich. »Was ich hier gesehen habe – dafür wäre dir eine glatte Eins sicher, wenn ich dein Biolehrer wäre.«

Ein Kompliment aus einem Lehrermund! Das durfte man der Nachwelt nicht vorenthalten! Jule wollte sich nachher den Wortlaut aufschreiben und in ihr Tagebuch kleben.

Dr. Teichmüller führte Paula in die Box.

»Das Pferd kann nicht allein bleiben«, sagte er, ging zum Wasserhahn am Ende der Stallgasse und wusch sich sorgfältig die Hände. »Die Gefahr ist noch nicht vorbei. Kann sein, dass es wieder losgeht. Wann erscheint denn Axel Rakete ... Oh, ihr kommt ja wie gerufen.«

Die letzten Worte galten den Gerlach-Zwillingen und Imke Zavelstein, die von hinten mit Sätteln und Zaumzeug aus der Sattelkammer kamen. Jule konnte keine der drei leiden.

»Kolik?«, fragte Mia-Mathilde Gerlach fachmännisch. Die Nervis, auch wenn man sie manchmal am liebsten auf den Mond schießen würde, hatten Erfahrung mit Pferden. Schließlich besaßen sie eigene, die auf dem Hof von Herrn Jensen standen.

Theo nickte und packte seine Tasche zusammen. »Behaltet ihr Paula im Auge, bis Ablösung kommt? Und sofort anrufen, wenn es ihr wieder schlechter geht.«

Die drei sahen nicht gerade begeistert aus.

»Eigentlich wollten wir gerade ausreiten«, sagte Imke Zavelstein zögernd, die kleinste der Nervis. »Wo ist denn Luisa?«

Jeder wusste, dass die gepunktete Stute Paula das Lieblingspferd von Luisa Steffen war.

»Was für eine hohle Frage«, fuhr Jule sie an. »In der Schule natürlich. Sonst würden wir dich bestimmt nicht fragen, Zavelstein.«

Da lenkte Dina-Dorothee ein, der zweite Gerlach-Zwilling. »Reitet ihr beiden doch aus«, schlug sie ihrer Schwester und Imke vor. »Ich bleibe ganz gern hier. Ich wollte sowieso den Schweif waschen.« Sie sprach von Nordlicht, ihrem braunen Holsteiner Wallach.

»Wenn es um ein krankes Pferd geht, passe ich *auch* auf«, sagte Imke Zavelstein kratzbürstig. »Ist doch logisch. Aber die ...«, ihre Schulter mit dem Zaumzeug war jetzt auf Jule gerichtet, »... die soll nicht immer so tun, als ob ihr der Stall gehört.«

»Muss ich Schiedsrichter spielen?«, fragte Dr. Teichmüller.

»Quatsch«, fauchte Imke Zavelstein und verschwand nach draußen.

Dina-Dorothee übernahm die »Krankenwache«.

Als Jule vier Stunden später wieder im Stall erschien, erfuhr sie, wie wichtig das gewesen war. Dina hatte Dr. Teichmüller tatsächlich ein zweites Mal zu Paula rufen müssen. Doch als Luisa auf dem Reiterhof eintraf, war das Pferd endgültig auf dem Weg der Besserung. Luisa schenkte Dina spontan ihren neuen Hufkratzer.

Axel half gerade seiner ersten Donnerstags-Kindergruppe beim Satteln.

»Jule, machst du nachher den Anfangsreiter?«, fragte er aus Kalles Box. Er hielt das Fjordpferd an seiner Stehmähne fest, damit die kleine Lara eine Chance hatte, ihm den Sattel auf den Rücken zu legen. »Und rufst du vorher in der Mühle an und gibst meine Futter-Bestellung durch? Die Liste liegt auf dem Schreibtisch.«

Jule und Luisa gingen in Jensens kleines Büro. Bei der Mühle war ständig besetzt, darum rief Luisa erst Herrn Jensen im Krankenhaus an.

»Kein Wort über Flecken-Paula«, schärfte Jule ihrer Freundin ein. »Der Mann ist in der Lage die nächste U-Bahn nach Großmoorstedt zu nehmen.«

Mehmet Kütük nahm wie verabredet den Hörer ab und hielt ihn Kai Jensen ans Ohr. Der Schulterverband hinderte ihn nach wie vor, den Hörer selbst zu halten. Zuerst ging alles ganz glatt. Der Stallbesitzer schöpfte keinen Verdacht. Seine Hauptsorge galt dem Heu, das morgen kommen sollte.

Bis . . .

Ja, bis Mia-Mathilde Gerlach laut durch die offen stehende Tür rief: »Axel sagt, du sollst noch fünf Kilo Leinsamen mitbestellen. Für Paula.«

Sofort stürzte Jule nach draußen! Leinsamen! Jedes Kind wusste, dass man die an Pferde verfüttert, die eine Kolik hinter sich haben. Herr Jensen war doch nicht blöd! »Psst«, machte Jule und formte mit den Lippen das Wort *Jensen.*

»Oje«, sagte Mia-Mathilde.

»Wie kommen Sie darauf?« Luisa versuchte gerade zu retten, was nicht mehr zu retten war. »Warum sollte Paula eine Kolik haben, Herr Jensen?«

»Ich bin zwar eingegipst«, bellte der Chef so laut in die Sprechmuschel, dass Luisa den Hörer ein Stück vom Ohr fernhielt. Musste der halbe Stall seinen Anfall mitbekommen? »Aber es handelt sich nur um mein Bein. Mein Kopf funktioniert einwandfrei. Was habt ihr also mit Paula gemacht?«

Die Formulierung war die reinste Unverschämtheit – *was habt ihr mit Paula gemacht?* Als ob die Mädchen loszögen und den Pferden Krankheitskeime ins Futter mischten.

Mehmet Kütük erwies sich als klasse Mitpatient. Er nahm Herrn Jensen den Hörer weg und sagte zu Luisa: »Schäffe Blutdruck. Hole Schwester Heike.« Bevor er auflegte, hörte Luisa Herrn Jensen brüllen: »Theo soll mich anrufen.«

Mia hatte sich aus dem Staub gemacht. »Du kannst es drehen und wenden, wie du willst«, sagte Jule, »die Nervis sind immer schuld.«

Erstaunlicherweise erklärten die drei sich bereit, künftig bei der Arbeit mitzuhelfen. Ob Theo ihnen ins Gewissen geredet hatte? Conny meinte, die Nervis wollten nur in der Nähe von Axel Rakete sein, ihrem Schwarm. Einen anderen Grund für ihre plötzliche Arbeitswut konnte sie nicht erkennen.

Abends, kurz vor den Erwachsenen-Reitstunden, erschien Doris Vogel auf dem Reiterhof. Zum zweiten Mal an diesem Tag. Sie lief überall herum und erzählte, dass sie Flecken-Paula gerettet habe.

Die Mädchen reagierten stinksauer. Schließlich war es ja wohl Jule gewesen, die das meiste für Paula getan hatte. Pausenlos schimpften sie über Frau Vogel und ihre maßlose Übertreibung, bis Axel sagte: »Immerhin hat sie bei Jule angerufen. Sonst wäre vielleicht wirklich ein Unglück passiert. Insofern hat Frau Vogel recht.«

Das stimmte auch wieder.

6. Kapitel

Wie schmeckt Lederfett?

Natürlich hatte Bastian damit gerechnet, Doris Vogel am Freitagmorgen im Stall zu treffen. Sie ritt ja fast jeden Vormittag. Aber er hatte gehofft, ihr entgehen zu können.

Bastian war direkt von der Gesamtschule, wo der Bus ihn nach der Klassenreise abgesetzt hatte, zum Reiterhof gejoggt. Konnte er ahnen, dass Doris Vogel sich sofort auf ihn stürzen würde? Um ihm haarklein alles über das Unglück zu erzählen, das er »verpasst« hatte?

Frau Vogel hatte die Sache von Jensens Unfall längst hundertmal herumgetratscht und jedes Mal mehr aufgebauscht. Inzwischen spielte sie selbst die tragende Rolle in der Geschichte. »Hätten wir nicht die Strohballen unter Jensens Leiter gelegt«, prahlte sie, »wäre der Sturz tödlich gewesen.«

Sie sagte tatsächlich *wir*. Am liebsten wäre sie wohl höchstpersönlich von der Leiter gefallen. Aber das konnte sie ja schlecht behaupten.

»Jedenfalls sähe der Stall ganz alt aus«, sagte sie, »wenn ich nicht meine Vormittage opfern würde, um hier alles unter Kontrolle zu behalten.«

Doris Vogel sagte *opfern* und *unter Kontrolle,* ohne mit der Wimper zu zucken.

Da konnte man sie fast wieder so fies finden wie vor der Sache mit Flecken-Paula.

Frau Vogel gab Bastian keine Chance, Zwischenfragen zu stellen. Sie spuckte ihre Wörter aus wie ein Vulkan die heiße Lava. Irgendwann wurde es dem Jungen zu dumm. Mitten im Lavastrom ging er einfach weg.

Er musste sich um die kranke Knabstrupper-Stute kümmern. Paula stand mit dem Gesicht zur Wand in ihrer Box, eine Decke über dem Rücken. Die Stute nahm den hoch aufgeschossenen 14-Jährigen zwar zur Kenntnis, drehte sich aber nicht um.

Bastian warf einen Blick in ihren Trog. Einige Leinsamenkörner klebten am Rand, was darauf hindeutete, dass Axel Rakete ihr heute schon einen Kolikbrei gekocht hatte.

»Na, Paula, dann bist du ja übern Berg«, stellte er fest.

Der Unfall ging ihm nicht aus dem Kopf. Er glaubte kein Wort davon, dass Frau Vogel Strohballen unter die Leiter gelegt hatte. Die wusste doch nicht mal, wie man Stroh schreibt! Egal. Wichtiger war, dass die Mädchen die ganze Arbeit mit Axel Rakete geschafft hatten. Bloß gut, dass er wieder zurück war und mit anpacken konnte.

Jetzt aber nichts wie hin zu King Louis.

Sein Lieblingspferd scharrte erwartungsvoll mit den

Hufen. Der King machte Platz, um Bastian in seine Box zu lassen. Kurz und heftig rempelte er den Jungen mit dem Kopf an. »Hoffentlich rückst du bald ein Leckerli raus«, hieß das.

»Ich hab nichts, mein Alter«, lachte Bastian. »Ich komme doch direkt vom Müritzsee.« Reiten hatte in Mecklenburg leider nicht zum Schulprogramm gehört, obwohl sie tolle Pferde gesehen hatten.

»Ob ich ihn wohl reiten darf?«, rief Bastian zu Frau Vogel hinüber, die beleidigt an Lotta herumstriegelte. »Wenn hier alles auf Sparflamme läuft, fällt sicher auch der Unterricht aus.«

»Ich denke schon.« Frau Vogel zuckte die Schultern. »Die Pferde müssen ja bewegt werden.« Der erste vernünftige Satz von ihr.

Bastian hatte sich gerade auf dem Dachboden umgezogen, auf dem die Jugendlichen ihre Reitsachen zurückließen, als Conny eintraf.

»Oh, stark, dass du zurück bist«, freute sie sich. Zur Begrüßung schlugen sie sich zweimal auf die Handflächen. »Sag mal, weißt du schon ...«

»Alles«, unterbrach er sie und fuhr leise fort: »Frau Vogel war so freundlich ...«

»Dann bist du ja bestens informiert.«

»Oh ja.« Bastian grinste und schob King Louis das Trensengebiss ins Maul. »Zum Beispiel weiß ich, dass sie Herrn Jensen unter Einsatz ihres Lebens gerettet hat ... und gestern auch noch Flecken-Paula.« Er zog den Sattelgurt nach. »Und dass sie jetzt die Leitung des Reiterhofs übernimmt. Sag mal ... willst du nicht mitreiten? Auf Rocky?«

»Gute Idee«, sagte Conny.

Zwanzig Minuten später folgte sie Bastian in die Reithalle, die sie ganz für sich allein hatten. King Louis wollte mit aller Macht zeigen, was für ein toller Kerl er noch war – trotz seiner mehr als 30 Jahre. Bastian musste ihn zurückhalten, sonst hätte der alte Herdenchef sich übernommen.

Rocky dagegen »durfte«.

Conny nutzte die Gelegenheit (wann hatte man schon mal eine leere Halle?) für einen herrlichen Galopp. »Guck mal ... schnell!«, rief sie Bastian zu. »Wie schön mein Rocky auf dem Zirkel galoppiert. Immer, wenn es niemand sieht.«

Bastian lachte. Wirklich, Rocky hatte es faustdick hinter den Ohren. Im Reitunterricht entzog er sich gern, wenn es hieß: »Auf dem Zirkel geritten!« Statt einen großen Kreis zu galoppieren, fetzte der Traber meistens geradeaus. Damit brachte er jeden Reiter zur Verzweiflung. Ging es aber um nichts – wie jetzt –, galoppierte Rocky problemlos im Kreis.

»Ich werde es am Schwarzen Brett anschlagen«, versprach Bastian.

Im Schritt zuckelte er am langen Zügel auf King Louis durch die Sägespäne. Die Sonne stand jetzt genau über dem Stall, das wirkte sich hier drinnen aus. Trotz des gemächlichen Tempos kam Bastian ins Schwitzen. Die Hitze kroch unter die Reitkappe. Conny ließ den Traber jetzt ebenfalls Schritt gehen. Auch ihr war es zu warm geworden. Schmale Sonnenbündel drangen durch die Ritzen der Holzwände, Millionen Staubkörner wurden darin sichtbar.

»Die Beregnungsanlage«, sagten Conny und Bastian wie aus einem Mund und guckten nach oben.

»Sind wir nicht die geborenen Stallmeister?«, schwärmte Conny.

»Wir denken doch wirklich an alles.«

Gleich nach dem Reiten mussten sie den Hahn öffnen, dann regnete es aus der Wasserleitung unter der Decke. So machte es Herr Jensen bei Trockenheit. Aus hundert kleinen Löchern rieselte es von oben herab. Vergaß man das Anstellen, wirbelten die Hufe große Staubwolken auf. Man konnte glauben, mitten durch einen Sandsturm in der Sahara zu reiten. Das war nicht sehr komisch, weil Reiter und Pferd dabei husteten wie die Weltmeister.

Sägespäne anfeuchten – das gehörte auch zu dem 1000-Teile-Puzzle »So leitet man einen Reiterhof«!

Trockener Husten kam von der Tribüne herüber. Wie zum Beweis, dass der Hallenboden dringend eine Dusche brauchte.

»Hi, Jule!« Bastian wendete mit King Louis ab und ritt sofort an die Bande. »Oh Mann, was ist hier alles passiert, als ich auf Klassenreise war.«

Ein dünnes, klägliches Miauen war die Antwort. Aber nicht weil Jule sich über Nacht in eine Katze verwandelt hatte. Nein, sie hielt Blaumann auf dem Arm, den Stallkater.

Wie sah der aus! Sein blaues Plüschfell total zerzaust, der Schwanz verklebt. Ein tiefer, blutiger Riss quer überm rechten Auge zeugte davon, dass er eine heftige Katerschlacht geschlagen hatte.

Bastian streckte die Hand nach ihm aus. »Na, mein Blaumann? Warst du wieder auf Brautschau? Bin ich froh, dass ich dich wiedersehe, alte Socke.« Er kraulte den Kopf des Katers, sah dabei aber unentwegt Jule an. »Du hast mir echt gefehlt am Müritzsee.«

Es war klar, dass Bastian viel lieber *ihren* Kopf gestreichelt hätte als den von Blaumann. Und *wen* er in Mecklenburg mehr vermisst hatte, den Kater oder Jule, das konnte man sich auch an zehn Fingern abzählen.

Jule hielt Blaumann hoch und tat so, als müsse sie sich dringend seine Kratzer ansehen. Das auch. Aber vor allem wollte sie ihr Gesicht verbergen. Bastian musste ja nicht sehen, dass sie vor Verlegenheit nicht wusste, wohin sie gucken sollte.

»Klasse, dass du wieder da bist«, sagte sie noch schnell, bevor Conny und Rocky an der Bande erschienen.

»Blaumann! So ein Mist.«

Jetzt war es Conny, die fast aus der Fassung geriet. »Den haben wir ja total vergessen.«

Dass ihr das passierte! Wo sie doch im Stall als die große Tierschützerin galt. Die war sie ja im Grunde auch. Aber all die Aufregung wegen des Unfalls – da konnte auch ein Tierschützer mal kopflos werden. Oder?

Ohne vorschriftsmäßig in der Mitte der Halle abzusteigen (Kai Jensens Blutdruck wäre bei dieser Schlamperei rasant angestiegen), sprang Conny an Ort und Stelle aus dem Sattel. Rocky bekam nicht mal sein gewohntes Leckerli. Der Kater – er brauchte sofort frisches Wasser und Futter.

Reiterhof Birkenhain – ein 1000-Teile-Puzzle ...

Rocky rächte sich für die nachlässige Behandlung mit einer Kopfnuss in Connys Kniekehle. »Frechdachs.« Sie zog ihm die Ohren lang. »Mann, Rocky, das ist ein Notfall. Du bleibst doch immer mein Liebling.«

Mit Rocky am Zügel verließ sie die Halle und kümmerte sich dann erst mal um die Versorgung von Blaumann, später um das Wässern der Halle.

Jule und Bastian knöpften sich mehrere Sättel und Trensen vor. Gemeinsam brachten sie die Teile nach draußen und breiteten sie nebeneinander vor dem Paddock aus.

Der Holunder warf ein wenig Schatten. Nicht viel, aber genug, dass man es auf der Bank am Auslauf aushalten konnte. Während sie das Leder einfetteten, konnten sich die beiden in Ruhe unterhalten. Jedenfalls so lange, bis die Nervis auftauchten und dumme Sprüche absonderten.

Die drei bauten sich vor Jule und Bastian auf. Man sah gleich, dass sie ihre überheblichen fünf Minuten hatten.

»Es ist wohl nötig, dass wir mit anpacken«, meinte Mia-Mathilde. Wohlgefällig betrachtete sie ihre Fingernägel, die tiefschwarz lackiert waren, wie die der anderen beiden Nervis auch. »Bevor der ganze Reiterhof den Bach runtergeht.«

»Genau«, stimmte ihre Zwillingsschwester Dina-Dorothee zu. »Schließlich haben wir eine Masse Erfahrung. Tut mir leid – aber wir wissen einfach mehr als ihr.«

»Ach, sag bloß.« Bastian blinzelte gegen die Sonne. Er wog die offene Dose in seiner Hand, als ob er zum Wurf ausholen wollte.

»Weißt du zum Beispiel, wie ... Lederfett schmeckt?«

»Wag es nicht, Bastian Bachmann«, kreischte Dina-Dorothee und streckte abwehrend die Arme aus. »Oder ich ...«

Bastian wartete das Ende des Satzes nicht ab. »Na gut, ihr Oberschlauen«, sagte er. »Dann schrubbt schon mal die Futtertröge. Und die Tränken auch. Die Schwalben werfen nämlich ganz schön viel Dreck nach unten.«

»Nein.«

»So? Was macht ihr dann?«

Jetzt schaltete sich Imke Zavelstein ein. »Wir bereiten die Heulage für heute Abend vor, wenn du es genau wissen willst«, sagte sie. »Damit der Axel nicht so viel Arbeit hat.«

Die kleine Zwölfjährige mit den schwarzen Locken ging zu den vier großen Ballen am Ende des Hofes. Unter weißer Folie lagerte feuchtes Spezialheu, das abends verfüttert wurde.

»Oh ja, der arme Axel.« Bastian äffte Imkes Ton nach.

Jule zuckte mit den Schultern. »Lass sie doch«, sagte sie und räumte die Ledermittel zusammen. »Muss ja auch gemacht werden. Dann kümmern wir uns um die Wäsche.«

Erwartungsgemäß streikte die Stallwaschmaschine.

Was lief auf dem Reiterhof schon normal seit Jensens Unfall?

Warum aber ausgerechnet die Waschmaschine?

»Dann müssen wir die Sachen eben zu Hause waschen«, verkündete Conny. Sie bückte sich nach der Wäsche. Sandige Gurtschoner, schmutzige Handtücher und verschwitzte Satteldecken stapelten sich auf dem Boden. Gerecht wurde alles verteilt. Luisa, Merle, Theresa und Nicky bekamen Handtücher und Decken. Den Rest nahmen Bastian, Jule und Conny mit.

»Passt auf, dass keine Mutter etwas merkt«, warnte Conny. »Mütter können zickig sein, wenn es um ihre Waschmaschinen geht.«

Erst mal wurde aber jemand anders zickig, und zwar Axel Rakete. Anlass waren die Nervis. Wer sonst?

». . . Ihr könnt froh sein, dass ihr den Schaden nicht bezahlen müsst.« Er war bis auf den Dachboden zu hören, auf dem die anderen vor der Waschmaschine standen. »Aber *Kinder* wie euch kann man ja nicht mal haftbar machen.«

So viel Bosheit in Axels Stimme, wenn er mit seinen größten Fans sprach? Was war passiert?

Die Gerlach-Zwillinge und Imke Zavelstein hatten nicht nur von einem Ballen die zähe Folie abgewickelt, sondern von allen vier. Zugegeben, in guter Absicht. Sie wollten ihrem angebeteten Reitlehrer die Arbeit abnehmen.

Aber das Ergebnis war – keine Hilfe, sondern mehr Umstände als vorher. Denn offene Heulage kann man nicht unbegrenzt lange liegen lassen. Sie hält höchstens vier Tage, dann schimmelt sie. In der Zeit konnte Axel unmöglich mehr als zwei Ballen verfüttern. Also musste er herumtelefonieren, um einen Bauernhof zu finden, der den Rest gebrauchen konnte.

Was hatte Dina-Dorothee gesagt: »Wir wissen einfach mehr als ihr.«

Ehrlich gesagt: Auch die anderen Mädchen hatten bisher nichts von dem Schimmel-Problem geahnt. Normalerweise durfte ja keine von ihnen die Folie aufreißen. Nur Kai Jensen und Axel Rakete hatten die Lizenz zum Öffnen. Jetzt wusste man auch, warum – weil der Chef Pannen wie heute verhindern wollte.

Zum Glück gelang der Verkauf der Ballen problemlos. Trotzdem sollten die drei Nervis einen kleinen Denkzettel haben, fand Axel Rakete.

»Seid ihr mit einer Strafarbeit einverstanden?«, fragte er.

So kam es, dass die Nervis an diesem Freitagnachmittag doch die 17 Futtertröge der Schulpferde schrubben mussten.

7. Kapitel

Ponyfell am Hemdkragen

»Imke Zavelstein wird sich beim Schrubben die Fingernägel ruinieren«, sagte Conny, als sie später mit ihren drei Reiterfreunden in der U-Bahn saß.

Grinsend betrachtete sie das Foto, das Imke bei ihrer demütigenden Strafarbeit zeigte. Der raue Schwamm und Imkes Fingernägel ergaben keine glückliche Paarung. Das erkannte man leicht.

»Herr Jensen bekommt sicher vor Schreck einen Herzanfall«, prophezeite Bastian, »wenn er die Nervis bei der Arbeit sieht.«

Er lehnte sich zu Conny hinüber, um sich einen Blick auf den putzenden »Obernervi« zu gönnen.

Der erste große Krankenbesuch bei Kai Jensen stand bevor. Bastian hatte mit seiner Polaroid-Kamera vorhin rasch ein paar Sofortbilder für den Chef geschossen. Die sechs Fotos wanderten nun in der U-Bahn von Hand zu Hand. Die Nervis beim Putzen. Conny mit Schubkarre.

Luisa beim Ausmisten. Jule beim Einfetten vom Lederzeug. Theresa, Merle und Sophie striegelten die

Pferde. Axel Rakete und Nicky trugen die Sättel für den Unterricht herbei.

Ein starkes Team!

An der U-Bahn-Station Hauptbahnhof-Süd stiegen sie aus und machten einen Umweg an der Außenalster entlang. Dort weitet sich der Fluss Alster zu einem richtigen See aus. Über das flache Gewässer bläst immer eine erfrischende Brise, auch an fast windstillen Tagen wie diesem. Zehn oder zwölf Segelboote auf dem Wasser schienen sogar richtig Geschwindigkeit aufzunehmen.

»Vom St. Martin kann man auch auf die Alster sehen«, wusste Luisa. »Zumindest von den Fluren aus.«

Sie erreichten das Krankenhaus diesmal durch den Hintereingang, wo die Unfall-Chirurgie lag. So sparten sie sich den langen Marsch über die große Anlage.

»Oha«, sagte Herr Jensen, als die vier in sein Zimmer kamen. »Der halbe Stall.«

Mit einer Hand zog er sein grünes T-Shirt zurecht, das Schwester Heike ihm über den Schlüsselbein-Verband gezogen hatte (die mürrische Hilfe von Pille hatte er abgelehnt). Kai Jensen strahlte. Er zog sich an dem Plastikdreieck hoch, das über ihm schaukelte. Das ging schon viel zügiger als noch vor zwei Tagen.

Mehmet Kütük, wie immer in Hellblau, saß auf seinem Bett am Waschbecken und überflog die Zeitungs-Schlagzeilen in der Hürriyet.

»Hallo, Herr Kütük.« Luisa gab ihm die Hand. »Super, wie Sie das mit dem Telefon machen. Ich meine, wie Sie den Hörer für Herrn Jensen halten.«

»Kein Problem«, sagte Mehmet Kütük.

Ein paar Minuten lang herrschte eine verlegene Stimmung im Krankenzimmer. Es »fremdelte«. Komisch, den Stallbesitzer an diesem ungewohnten Ort zu sehen. Und in Gips.

Nur Luisa fand nichts daran merkwürdig. Schließlich kannte sie das Zimmer. Sie brach das Eis, indem sie die Arbeitsfotos auf der Bettdecke ausbreitete.

»Gucken Sie mal, so fleißig sind wir.«

Jule kramte in ihrem Rucksack. »Halt – ich habe ja auch etwas.«

Ein Gurtschoner kam zum Vorschein, den sie zum Waschen mit nach Hause nehmen wollte. »Hier.« Sie hielt Herrn Jensen den verschwitzten Teddybezug unter die Nase. »Damit Sie den Stallgeruch nicht vergessen.«

Die Tür ging auf. Schwester Heike mit dem Blutdruck-Messgerät. »Hmmm . . . riecht gewaltig nach Pferd hier.« Sie schnupperte. »Habt ihr etwa eins mitgebracht?« Sie zwinkerte den Besuchern zu und linste unter die Betten, als ob sie wirklich nach einem versteckten Vierbeiner suchte.

Die Mädchen lachten.

»Mögt Ihr Kopenhagener?«, fragte die Stationsschwester, während sie Herrn Jensens Blutdruck überprüfte. »Wir haben noch welche von der Kaffeezeit übrig.« Sie sah auf das Messergebnis. »140 zu 85«, murmelte sie und notierte sich die Werte. »Ganz ordentlich.«

»Aber immer.« Bastian rieb sich den Bauch. Seit der Busfahrt heute Morgen hatte er nichts mehr gegessen.

Schwester Heike brachte ein Tablett mit frischem Gebäck, dazu eine große Flasche Apfelsaft und Plastikbecher.

»Kleine Spende vom St. Martin«, lächelte sie. »Um euch bei Laune zu halten. Schließlich seid ihr so etwas wie Medizin für unseren Patienten Jensen. Ohne euch würde er sicher nicht so schnell gesund. Also – bis später.«

Mehmet Kütük fragte, ob er den Fernseher anstellen dürfe. Fußball. Galatasaray Istanbul spielte. Während die Fußballfans im Apparat johlten, sah Herr Jensen ein Bündel Rechnungen durch, das Jule mitgebracht hatte.

»Diese vier haben Zeit.« Er sortierte die Briefe aus. »Aber die 620 Euro hier müssen bezahlt werden. Das ist die Tierärztliche Verrechnungsstelle.«

Jule steckte das Formular ein. »Macht mein Vater«, versprach sie. »Wofür arbeitet der schließlich bei einer Bank?«

Das Geschrei und die Pfeifkonzerte aus dem Fernseher brachen ab. Halbzeitpause. Jetzt lief Werbung.

Auf einmal sprang Luisa auf. »Unsere Räuberwaffel ... nicht abschalten, Herr Kütük!«

Aufgeregt zeigte sie auf den Fernseher. Tatsächlich! Die Kutsche des Reiterhofs war zu sehen, davor die

Friesen Ankum und Brinkum. Dann Sally mit Robin Hood im Sattel. Der Werbespot für die *Räuberwaffel* war vor einigen Wochen mit Pferden und Reitern auf Jensens Hof gedreht worden. Inzwischen war die Werbung mehrfach gesendet worden.

»Super«, rief Mehmet Kütük, als er Luisa auf dem Bildschirm erkannte. »Super, super«, sagte er noch einmal andächtig und zog einen eingebildeten Hut vor Luisa.

Sie zeigte auf Jule. »Und das war Robin Hood! Jule. Jedenfalls beim Sprung. Da ... jetzt ... sehen Sie doch! Sie ist mit Sally gesprungen.«

»Gesprungen?«, wiederholte Herr Kütük ratlos und zuckte die Schultern.

»Zeig es ihm doch einfach«, schlug Bastian vor.

»Macht keinen Quatsch, Kinder«, warnte Herr Jensen. »Dies ist ein Krankenhaus.«

Zu spät. Jule ergriff kurzerhand die Hürriyet und faltete daraus eine Räuberkappe für ihr Haar. Eine Mullbinde, die auf dem Nachttisch lag, wurde abgerollt. Sie fasste die weißen Streifen wie Zügel zwischen Ringfinger und kleinem Finger, »ritt« eine Runde durchs Zimmer und sprang dann mit einem Satz auf das leere Bett in der Mitte.

Kai Jensen stöhnte: »Das halte ich nicht aus.«

Na ja, passend war der Sprung nicht gerade in einem Krankenhaus. Aber Herr Kütük verstand auf jeden Fall nun, dass er von lauter klasse Schauspielern und Reitern umgeben war.

Selbstverständlich erschien »Pille« genau in dem Moment in der Tür, als Jule mit der Zeitung auf dem Kopf im Bett stand. Die Lernschwester schien dem Nervenzusammenbruch noch näher als Herr Jensen.

»Raus«, kreischte sie. »Alle raus.«

»Nun mal ganz ruhig.« Schwester Heike war ebenfalls von dem Krach alarmiert worden. Sie schickte ihre widerstrebende Mitarbeiterin auf den Flur.

»Wenn ihr euch nicht benehmen könnt, fliegt ihr wirklich raus, Kinder«, sagte sie und schloss die Tür. »Das Bett muss frisch bezogen werden. Das machst du natürlich.« Sie sah Jule an.

»Och – ich hatte doch keine Reitstiefel an.« Jule wippte in ihren dünnen Leinenturnschuhen mit den Zehen.

»Keine Widerrede.« Schwester Heike schob sie zur Fensterbank. »Da liegt eine Garnitur neuer Wäsche.«

Während Jule und Luisa mit vereinten Kräften das entweihte Bett neu bezogen – Schwester Heike half auch –, verlangte Herr Jensen genaue Berichterstattung über Flecken-Paula. Insgesamt schien er ziemlich beeindruckt von seinen Stallhelfern zu sein. Auch von Jules Mathelehrer, der Paulas Box mit Spänen ausgestreut hatte.

»Trotzdem – ihr glaubt gar nicht, wie froh ich bin«, sagte Herr Jensen und klopfte auf sein eingegipstes Bein, »wenn das da wieder auf der Stallgasse steht.«

»Ist ja schon Freitag heute«, tröstete Schwester Heike

und strich sorgfältig die letzte Falte aus dem Laken des Nachbarbettes.

»Montag kommt das Kontroll-Röntgen. Dann wissen wir mehr. Wenn auf den Bildern alles gut aussieht, sind Sie in ein paar Wochen wieder bei Ihren Pferden.«

Herr Jensen griff noch einmal nach den Stallfotos. »Sie meinen – wenn man mit den Bildern von meinem Bein so zufrieden sein kann wie mit diesen hier?«

Auch wenn es nur Schnappschüsse waren – es gab keinen Zweifel, dass die Mädchen alles im Griff hatten. »Ehrlich gesagt – das hätte ich euch nicht zugetraut«, sagte er. »Ihr seid wirklich ein tolles Team.«

Eine Sache lag ihm aber noch auf der Seele. Das Heu, das heute Abend geliefert werden sollte.

»Wenn damit etwas schiefgeht«, sagte Herr Jensen, »lande ich hier noch auf der Intensivstation.«

»Hört sich gefährlich an«, sagte Conny. »Was heißt das noch genau ... Intensivstation?«

»Da liegen die Schwerkranken«, antwortete Schwester Heike. »Diese Station streben wir besser gar nicht erst an, mein lieber Herr Jensen.«

Kai Jensen hörte nicht hin, er hatte nur seinen Stall im Kopf.

»Axel muss aufpassen, dass das Heu absolut trocken ist«, schärfte er den Mädchen ein, bevor sie gingen. »Er soll Harrys Vertreter fragen, ob die Ballen gründlich abgelagert sind. Hört ihr? *Gründlich!*«

»Kann man das denn nicht sehen?«, fragte Luisa.

»Eher riechen«, sagte Herr Jensen. »Zu frisches Heu

hat einen Geruch wie ... wie Tabak. Wenn ihr den leisesten Verdacht habt – ruft sofort hier an. Oder besser noch bei der Feuerwehr.«

Der hohe Gitterwagen mit Heu stand schon auf dem Hof, als die vier abends von ihrer »Kurzreise« ins St. Martin zurückkamen. Theresa, Sophie und die Gerlach-Zwillinge halfen beim Abladen. An der Ladeluke nahmen sie die Ballen an und stapelten sie auf dem Dachboden übereinander. Axel fiel als Helfer aus, er gab Unterricht in der Halle.

»Hat Axel nachgesehen, ob alles trocken ist?«, rief Luisa nach oben.

Mia-Mathildes freches Gesicht erschien am Dachfenster. Ihre blonden Haare steckten voller Halme, das Gesicht war grau von Staub.

»Hast du Pferdeäpfel auf den Augen?«, rief sie herunter. »Das sieht doch ein Blinder, dass alles knochentrocken ist.« Sie hustete und nahm zwei weitere Ballen von Harrys Vertreter entgegen, einem schweigsamen jungen Mann, der das Heu mit einer Forke nach oben reichte.

»Darf ich hochgehen und ihr den Hals umdrehen?«, fragte Luisa. Bloß weil die Gerlachs zwei Jahre älter waren, brauchten die sie nicht wie einen Reit-Säugling zu behandeln!

»Vergiss die Zwillinge.« Jule gab ihrer Freundin einen Knuff in die Seite und rannte nach drinnen, weil das Telefon klingelte.

»Kennt jemand eine Ulrike Mühlberg?«, wollte Jule wissen, als sie zurückkam. »Aus Krefeld?« Conny und Luisa fegten auf dem Hof das Heu aus heruntergefallenen Ballen zusammen und Bastian warf es in die Boxen.

»Nie gehört«, sagte Conny. »Was wollte die denn?«

»Setzt euch hin.« Jule machte es spannend. Die Mädchen stellten das Fegen ein und stützten sich auf die Besenstiele.

»Also ... wisst ihr, was die behauptet? Ihr glaubt es nicht! Dass Ankum ihr gehört. Oder besser«, berichtigte sich Jule, »dass er ihr früher gehört hat.«

»Waaaas? Unser Ankum?«

Jule nickte. »Genau. Unser Friese. Angeblich hat sie ihn im Fernsehen erkannt. In dem Spot mit der *Räuberwaffel.* Von der Werbeagentur weiß sie, dass das Filmteam sich die Friesen hier geliehen hat.«

»Schöner Mist«, sagte Bastian. Diese Nachricht kam völlig überraschend. Er wusste gar nicht so schnell, was er denken sollte. Ankum gehörte zu seinen Lieblingspferden. Nicht nur weil er für seine langen Beine die ideale Größe hatte. Nein, wegen seiner ungewöhnlich lieben Art. Gäbe es eine Goldmedaille im Schmusen – Ankum würde sie todsicher abstauben. »Meinst du, diese Ulrike Mühlberg will ihn ...«

»Man muss mit allem rechnen«, sagte Jule, ohne das Ende der Frage abzuwarten.

»Und was machen wir nun?«

»Ich habe ihr gesagt, dass der Stallbesitzer im Krankenhaus liegt. Und frühestens in drei Wochen mit ihr reden kann. Dann will sie sich wieder melden. Sie meinte, wir sollten Herrn Jensen schon mal auf Ankum ansprechen.«

»Gar nichts tun wir«, sagte Conny sofort. »Das fehlte noch, dass die uns Ankum wegkauft. Vielleicht vergisst sie es ja wieder, bis Herr Jensen zurück ist.«

Damit war das Thema Ulrike Mühlberg vorerst beendet. Obwohl alle eines wussten – wenn Ankum dieser Ulrike Mühlberg wirklich gehört hatte, würde sie keine Ruhe geben, bis sie ihn zurückhatte. Einen wie Ankum vergaß man nicht.

Aber daran wollte niemand denken. Geschweige denn, darüber sprechen. Das ging jetzt sowieso nicht mehr, denn die Nervis kamen vom Dachboden herunter. Und die waren die Letzten, die Stallklatsch aufschnappen durften.

Harrys Vertreter beförderte die letzten Ballen nach oben und fegte seinen Anhänger sauber. Die zweite Fuhre wollte er erst am nächsten Morgen bringen, Samstag früh. Während er mit dem Trecker zum Birkenweg hinauftuckerte, stürmten Conny, Jule und Luisa die Bodentreppe hoch. Sie trauten den Zwillingen nicht.

Sorgfältig wurde Ballen für Ballen abgetastet und beschnuppert. Alles roch gut und trocken. Wenn man ein Pferd wäre, würde man sagen: »Appetitlich!« Nichts deutete darauf hin, dass dieses Heu brennen könnte.

»Nun guck dir diese Schnüffelmeute an.«

Theresa stemmte die Arme in die Seiten und schüttelte den Kopf. »Wenn ihr den Nervis nichts glaubt, ist das ja noch okay. Aber Sophie und ich waren schließlich auch beim Abladen dabei.«

»Es macht überhaupt keinen Spaß zu helfen«, beschwerte sich Sophie, »wenn ihr so tut, als ob ihr allein alles wisst.«

Verblüfft sahen die drei Angesprochenen sich an. Taten sie wirklich so? Jule erinnerte sich an den Satz von Imke Zavelstein: *Die soll nicht immer so tun, als ob ihr der Stall gehört.* Was Imke sagte, nahm sie zwar nie ernst. Aber wenn Theresa und Sophie auch meinten . . .

Jedenfalls schworen Conny, Jule und Luisa heilige Eide, nie wieder die »Stallbesitzer« herauszukehren. Theresa und Sophie waren zufrieden.

Einträchtig hockten sie noch eine Weile auf den Strohballen. Erst lästerten sie ein bisschen über die Nervis und Frau Vogel. Doch dann wurden sie immer redefauler. Der schwere, warme Heuduft machte träge. Allmählich fiel die Anspannung der vergangenen Tage von den Mädchen ab.

Jede hing jetzt ihren Gedanken nach.

Aber im Grunde dachten sie ungefähr dasselbe – nämlich, wie gut sie diese Unglückswoche gemeistert hatten. Fast ohne fremde Hilfe. Die Boxen waren jeden Tag ausgemistet und frisch eingestreut worden. Die Pferde kamen regelmäßig auf die Weide. Das Lederzeug wurde eingefettet und die Tröge geschrubbt. Für reichlich Futtervorrat war nun auch gesorgt. Hunderte von Stroh- und Heuballen lagen dicht an dicht auf dem Dachboden. Eine Fuhre morgen noch, dann war hier oben alles bis zum Dach zugepackt. Ein gutes Gefühl.

Sicher, einiges war auch schiefgegangen. Dass Fuchsi lahmte, weil er in seiner Decke hängen geblieben war, das hätte nicht sein müssen. Aber Flecken-Paulas Kolik, dafür konnte niemand etwas. Und die Fjordies in Frau Löwes Garten – na ja.

Aus der Halle drangen Axels Anweisungen an seine Reitschüler herauf: »Zügel aus der Hand kauen lassen, Pferde klopfen und loben.«

Luisa sah auf die Uhr, reckte sich ausgiebig und stand auf. »Axel macht Schluss. Ich will Paula noch ein paar Runden in der Halle führen.«

». . . und ich Fuchsi.« Theresa klopfte sich die Strohhalme von der Reithose. »Vergesst nicht, die Stallwäsche zu waschen. Vielleicht ist morgen schon alles trocken.«

Etwas später am Freitagabend wurden in Großmoorstedt sieben Waschmaschinen mit Pferdewäsche angestellt. Nein, sechs – Bastians Mutter warf sich in letzter Sekunde schützend vor ihre Trommel. Immerhin durfte Bastian die verschwitzten Sachen in der Badewanne waschen.

Alle anderen bekamen ziemlichen Ärger mit ihren Eltern.

»Dieser Stallgeruch in unserem Haus«, riefen sie. Und: »An die Hygiene denkt wohl niemand.« Das Übelste waren aber die feinen Pferdehaare. Sie hafteten, als ob jedes einzelne mit Widerhaken ausgerüstet wäre.

Connys Vater traf es am schlimmsten. Das heißt, nicht direkt Ulli Clasen selbst, sondern sein weißes Poloshirt. Das wollte er am Samstag bei einem Tennisturnier anziehen. Unglücklicherweise lag es in der Waschtrommel, als Conny den Gurtschoner von Nappo hineinsteckte.

Nach der Wäsche klebten Nappos rotbraune Haflingerhaare auf dem gesamten weißen Hemd. Es sah aus wie ein verunglückter Marmorkuchen. Bei *ganz* viel Pferdeliebe hätte man das Muster witzig finden können. Connys Vater hielt sein Marmorhemd zwar für einen Witz – aber für einen sehr schlechten. Zum ersten Mal seit Langem erlebte Conny Clasen, dass ihr nachsichtiger Vater ausrastete.

Sie hätte ihn liebend gern noch gefragt, was er über Selbstentzündung von Heu wusste. Aber irgendwie schien es ihr ratsam, an diesem Freitagabend nicht mehr über den Stall zu reden.

8. Kapitel

Intensivstation Heuboden

Beim zweiten Klingelton erschien Connys blonder Kopf hinter der Fensterscheibe. Ihr heftiges Armwedeln bedeutete »Hört mit dem Lärm auf«.

Sofort ließen Jule und Bastian die Fahrradglocken in Ruhe. Es war Samstag früh und sie wollten Conny abholen. Gerade hatten sie angefangen »Vor-der-fußwur-zel-ge-lenk« zu klingeln, ihr Erkennungszeichen. Sie kamen aber nur bis »Vor-der. . .«.

»Ich will meine Eltern nicht wecken«, flüsterte Conny, als sie kurz darauf ihr Rad durch die Gartenpforte schob. »Mein Vater hat sich gestern nicht wieder eingekriegt . . . Nappos Bauchfell klebt auf seinem Tennishemd.«

»Die Stallwaschmaschine muss dringend repariert werden«, sagte Bastian, als sie den kurzen Weg zum Reiterhof fuhren. »Meine Mutter hat einen Anfall bekommen.«

»Meine auch«, nickte Jule. Beim Absteigen vor dem Stall musterte sie die Fahrräder im Ständer. Die von Olivia und Ilona, zwei der Killerbienen, waren dabei.

»Und ich bekomme auch gleich Schreikrämpfe, wenn ich die Killerbienen bei meiner Sally erwische.«

Es war genau so, wie Jule es sich ausgemalt hatte.

Als sie durch die Stallgasse nach draußen auf den Hof stürmte, stand dort ein halbes Dutzend Pferde angebunden, auch Sally. Eine Reitabteilung plante einen Ausritt mit Axel Rakete. Mit einer anderen war er schon unterwegs – trotz der frühen Stunde. Für die zweite Gruppe waren alle Reiter eingetroffen. Bis auf Steffi Keck, die meistens Sally nahm. Olivia von den Killerbienen machte sich an der Stute zu schaffen.

»Was hast du bei meinem Pferd verloren?«, funkelte Jule Olivia an. Aufreizend langsam ließ das dunkelhaarige Mädchen die Bürste sinken. »*Dein* Pferd? Seit wann ist Sally kein Schulpferd mehr?«

Jule versuchte, ihr die Bürste zu entwinden. »Gib her, ich mache weiter.«

»Von wegen.« Olivia zog ihre Hand weg. »Axel hat mich gebeten, Sally für Frau Keck zu putzen. Und das tue ich auch.«

Diese blöden Killerbienen! Die waren doch nur noch halbherzig im Stall. Jungs fanden die viel interessanter. Andererseits ärgerten sie sich, dass ihre Lieblingspferde jetzt von jüngeren Mädchen betreut wurden. Bei jeder Gelegenheit rissen sie das Kommando an sich. Diese Olivia hatte doch sogar einen Freund. Wieso ließ sie Sally nicht in Ruhe?

Aus schmalen Augenschlitzen beobachtete Jule die 16-Jährige. Oder war sie schon 17? Widerwärtig, wie Olivia sich an Sally anschleimte. »Na, mein Mäuschen . . .«

Ihr Mäuschen. *Ihr* Mäuschen war Sally ja wohl nicht. Dass die sich überhaupt traute, das Wort Mäuschen in den Mund zu nehmen. Für die Killerbienen war Sally immer noch Sally.

Nachdem die große Holsteiner Stute Jule schnaubend begrüßt hatte, stand sie jetzt mit halb geschlossenen Augen da und wirkte sehr zufrieden. *Obwohl* Olivia die Bürste betätigte.

Jule platzte fast vor Eifersucht.

»Du könntest zum Beispiel in der Halle den Hufschlag ebnen«, sagte sie so cool wie möglich. Bloß keine Blöße erkennen lassen. »Wenn du dich nützlich machen willst.«

Olivia beugte sich zu Sallys Beinen hinunter. »Ach, und warum machst *du* das nicht? Zum Beispiel?«

Aus.

»Zum Beispiel, weil ich hier schon seit Montag wie verrückt arbeite«, schrie Jule ihrer Konkurrentin ins Gesicht. »Jede Reitstunde habe ich sausen lassen. Und heute ist der erste Tag, an dem ich mich um die Pferde kümmern kann. Und da kommst du und nimmst mir Sally weg.«

Olivia nahm den Anfall erstaunt hin. Sie überlegte einen Moment, dann drückte sie Jule das Putzzeug in die Hand. »Sag das doch gleich.«

Verdattert starrte Jule auf die Bürste. Ob sie sich bedanken musste? Zu spät. Olivia ging schon mit Schaufel und Harke in die Reithalle. Jule beschloss, ihr nicht die Luft aus den Reifen zu lassen, was sie eigentlich vorgehabt hatte. Sie fand, das war eine großzügige Geste und genügte.

Die fünf Reiter, die ihre Pferde weiter hinten auf dem Hof zum Putzen angebunden hatten, warfen neugierige Blicke herüber. Ein netter, kleiner Streit, in den sie nicht verwickelt waren, schien ihnen eine hübsche Bereicherung für einen Samstag zu sein. Jule schnaubte verächtlich und zog den fünfen eine Grimasse. Wahrscheinlich passierte in ihrem öden Erwachsenenleben so wenig, dass schon der Wortwechsel mit einer Killerbiene ein Glanzpunkt war.

Jule wandte sich Sally zu. Hauptsache, sie hatte ihr Mäuschen zurück. Mäuschen kollerte leise und nahm den Kopf herunter. Jule drückte ihr Gesicht in Sallys Mähne. Dieser wundervolle Fellgeruch ... davon bekam sie nie genug.

Schade, dass Sally gleich mit Steffi Keck ins Gelände ging. Aber nur für zwei Stunden, die waren schnell vorbei. Danach gehörte Sally wieder ihr. Außerdem wartete nachmittags noch eine tolle Sache – Axel spendierte dem harten Kern der Helfer einen Ritt ins Gelände.

Von der Holzbrücke über dem Lottbach hörte man das gleichmäßige Getrappel von Hufen. Hinter den Birken, am Ende der Weiden, tauchten Pferde auf. Ihre Kollegen auf dem Hof hoben die Köpfe und stellten die Ohren hoch. Lotta wieherte. Im gemächlichen Schritt näherte sich die Reitergruppe. Axel ritt auf Ankum an der Spitze.

Friedliche Stille lag über dem Reiterhof. Die angebundenen Pferde gaben kaum einen Laut von sich. Entspannt dösten sie in der frühen Junisonne. Bis auf ein gelegentliches Schnauben oder ein sachtes Rascheln in den Birken war es ruhig. Ein romantischer Sommermorgen.

Es gab keine Anzeichen dafür, dass dieser Tag sich dramatisch entwickeln würde.

Der Pferdewechsel ging schnell und zügig vor sich. Axel blieb gleich auf Ankum sitzen und ritt dann mit der zweiten Gruppe ins Gelände. Steffi Keck war in letzter Minute eingetroffen und freute sich, dass Sally bereits gesattelt und getrenst war.

Die freien Pferde, die beim zweiten Ausritt nicht dabei waren, konnten zurück in den Stall.

Weil die Erwachsenen sofort verschwunden waren, warf Conny einen Kontrollblick auf die Pferde. »Wie immer – niemand hat die Sattellage ausgewaschen. Komm, Jule, wir stellen sie noch mal kurz heraus.«

Rocky, Turbo und Cherie wurden aus den Boxen nach draußen geholt. Mit einem Schwamm und Essigwasser rieben die Mädchen die verschwitzte Sattellage aus.

»Ich verstehe nicht, wo das Heu bleibt«, sagte Luisa. Mit Flecken-Paula am Strick kam sie aus der Stallgasse. Paula sah immer noch ziemlich mitgenommen aus nach der Kolik. Dr. Teichmüller hatte die ganze Woche Ruhe verordnet. Luisa band die Knabstrupper-

Stute im Schatten eines Holunders an. Die klare frische Luft würde dem Pferd guttun.

»Ja, das Heu. Er wollte doch ganz früh kommen«, sagte Jule, stellte den Eimer mit Essigwasser an die Seite und kraulte Paulas Nasenrücken. »Übrigens – mein Mathelehrer hat lang und breit vor meiner Klasse erzählt, wie er Paulas Box ausgestreut hat. Ich glaube, der Stall hat ihm mächtig imponiert. – Ach du Schreck!«

Die letzte Bemerkung galt den beiden Gestalten, die den Sandweg zwischen den Weiden heraufkamen. Beim Näherkommen erkannte man Steffi Keck, die Sally neben sich am Zügel führte. Frau Keck winkte mit einem Hufeisen.

»Oh nein«, seufzte Jule. »Mäuschen hat schon wieder ihr Eisen verloren.«

Sie wischte sich die nassen Hände an der Reithose ab und brachte erst Cherie in die Box zurück, dann Turbo. Conny behielt Rocky draußen, um ihn ausgiebig zu putzen.

Als Steffi Keck mit Sally auf dem Hof ankam, hielt die Stute Jule sofort das rechte Vorderbein hin. Conny sagte: »Da soll noch einer behaupten, man könne die Sprache der Pferde nicht verstehen. Sally sagt doch ganz klar: *Guck mal, mein Fuß.*«

Jule lachte und tätschelte ihrem Mäuschen den Hals.

»Tut mir leid, Jule«, sagte Frau Keck bedauernd. »Aber du weißt ja, wie schnell sie das Eisen vorne verliert. Axel sagt, du sollst gleich den Schmied anrufen. Er soll es nur wieder unternageln, es ist ja noch neu.«

Jule nickte und ging in den Stall, um Eberhard Kubelik über dessen Handy anzurufen. Glücklicherweise beschlug Kubi gerade die Pferde auf einem Hof in der Nähe. Er versprach, noch am Vormittag vorbeizukommen.

Jule wusste nicht genau, was es war, das sie nach dem Telefonat auf den Dachboden zog. Eigentlich hatte sie dort gar nichts verloren. Vielleicht war es ihr siebter Sinn für Gefahr, der sie die Treppen hochschickte. Oder Kai Jensens eindringliche Mahnung wegen des Heus, die sich in ihrem Kopf festgesetzt hatte. Man mochte sich gar nicht ausdenken, was passiert wäre, wenn Jule nicht . . .

Das Erste, was sie sah, als sie die Feuerschutztür zum Heuboden öffnete, war, dass der Boden bis unter den Spitzgiebel voll gepackt war mit Heu. Da war kein einziger Quadratzentimeter mehr frei.

Das Zweite, was Jule registrierte, war ein fremder Geruch.

Sie schnupperte. Tabak! Angst kroch in ihr hoch. Kein Zweifel, es roch deutlich nach Tabak.

Wann um alles in der Welt hatte Harrys Helfer das Heu gebracht? Und warum wusste niemand davon? Es konnte nur ganz früh gewesen sein, rechnete Jule sich schnell aus, als Axel im Gelände war. Sicher hatte der Mann kein gutes Gewissen bei der Lieferung gehabt. Darum die Heimlichkeit. Denn dass mit diesem Heu etwas nicht stimmte, war klar.

»Die Situation ist da«, sagte Jule laut.

Das war einer der Lieblingssprüche ihres Vaters. Der Satz war klasse. Er klang so wichtig und merkwürdig schaurig. Ein großer Politiker soll ihn erfunden haben, sagte ihr Vater.

»Cooo-nnny«, brüllte Jule aus Leibeskräften. »Lu-i-sa. Bas-ti-an. Schnell.«

Jule schrie gern und oft. Meistens allerdings unbegründet. Weil sie sich über die Nervis aufregte zum Beispiel. Oder über die Killerbienen. Aber die anderen Jugendlichen hörten genau heraus, wann es ernst war. Wie jetzt. Im Nu polterten die drei Gerufenen die Bodentreppe herauf.

»Da«, sagte Jule und wies auf die dunkle Heuhöhle. »Die Situation ist da.«

Bastian hielt die Nase in die Luft und schnupperte. »Riecht komisch. Wie ... Tabak? Tatsächlich!«

»Wir müssen Herrn Jensen anrufen«, stellte Luisa fest.

»Spinnst du?« Conny schüttelte den Kopf. »Der dreht doch durch, weil er nicht wegkann aus dem St. Martin.«

Unschlüssig standen die vier vor dem unheimlichen Heugebirge, das einen drohenden Eindruck machte.

»Doch, ich ruf ihn an.«

Luisa drehte sich auf dem Absatz um und sprang die Stufen hinunter. Mit einem unguten Gefühl schloss Jule die graue Eisentür und folgte Luisa mit den anderen ins Büro.

Mehmet Kütük nahm ab und hielt seinem Zimmernachbarn den Hörer ans Ohr.

Luisa kam sofort zur Sache.

»Was, es riecht wie *Tabak?* Ich könnte schreien«, schrie Herr Jensen in den Hörer. »Ich könnte den ganzen Tag schreien. Ihr fackelt mir noch den Stall ab. Wie fühlt das Heu sich von innen an ... heiß? ... Bastian soll nachfühlen.«

Bastian stürzte nach oben. Als er zurückkam, wiegte er bedenklich den Kopf. Luisa hielt ihm den Hörer hin. Sie legte keinen großen Wert darauf, Herrn Jensen schlechte Nachrichten zu überbringen.

Bastian holte tief Luft. »Ziemlich heiß, Herr Jensen, ehrlich. Was sollen wir tun? ... Das geht nicht ... weil der Boden total dicht bepackt ist ... Nein, kein bisschen Platz mehr. Axel? Der ist mindestens noch eine Stunde weg ... Nein, keine Ahnung, wer mit abgeladen hat.«

Kai Jensen wollte, dass die Jugendlichen die neuen Ballen locker stapelten. Aber dafür war wirklich kein freier Raum mehr auf dem Boden.

»Welcher Idiot hat abgeladen und nicht gemerkt, dass das Heu nass ist?«, wollte Herr Jensen wutschnaubend wissen.

Wer schon! Bestimmt einige von den Erwachsenen, die heute ungewöhnlich früh auf dem Reiterhof waren. Was man von deren Sinn für Stallarbeit halten musste, das wusste man ja allmählich. Die erkannten keine feuchten Heuballen, selbst wenn ihnen beim Stapeln das Wasser die Arme herunterlief.

Man konnte durchs Telefon förmlich sehen, wie Jensens Kopf sich rot färbte und glühte.

»Schäffe, Blutdruck«, war das Nächste, was Bastian hörte. Mehmet Kütük hatte den Hörer übernommen. »Moment«, sagte er. »Hole Schwester Heike.«

Bastian bekam undeutlich mit, wie im Hintergrund die Tür des Krankenzimmers geöffnet wurde. Herr Kütük rief etwas in den Gang hinaus. Dann gab es ein aufgeregtes Murmeln hinter dem Hörer, der schließlich von Schwester Heike aufgehoben wurde. »190 zu 110«, sagte sie ins Telefon. »Er braucht sofort Ruhe und Tabletten. Was habt ihr ihm bloß erzählt?«

»Dass sein Heuboden gleich brennt«, antwortete Bastian wahrheitsgemäß.

»Macht den Mann nicht fertig«, warnte die Stationsschwester. »Ich lege jetzt auf.«

»Nein, nein«, protestierte Kai Jensen im Hintergrund. »Behandeln Sie mich nicht wie einen Geisteskranken. Ich muss die Kinder noch mal sprechen.«

Durch die Telefonleitung bekamen die Jugendlichen mit, dass im St. Martin in Zimmer 3 112 ein zäher Kampf um den Hörer ausgetragen wurde. Mehmet Kütük schien sich auch daran zu beteiligen. Der Türke gewann schließlich und Herr Jensen kam noch einmal zu Wort.

»Hört genau zu. Ihr besorgt euch sofort eine Heusonde von der Feuerwehr. Wer ist dran? Luisa?« Herr Jensen redete wieder normal. »Hör zu, Luisa. Wir müssen jetzt alle einen klaren Kopf bewahren. Ich muss euch ja nicht erzählen, was es bedeutet, wenn das Heu brennt.«

Nein, das musste er nicht.

»Ruft Benno an, der hat eine Heusonde. Das ist ein Thermometer. Damit misst man die Temperatur im Heu.«

Benno gehörte zur Feuerwehr von Großmoorstedt. Sein Friese Brinkum stand auf dem Reiterhof Birkenhain.

»Benno muss unbedingt Bescheid wissen«, drängte Herr Jensen. »Vielleicht stellt die Feuerwehr Brandwachen auf, wenn sie genug Leute hat. Ruft sofort an, wenn sich etwas Neues tut ... «

Jetzt setzte sich die Stationsschwester durch.

»Der Mann braucht seine Tabletten«, sagte sie energisch in die Sprechmuschel. »Ihr könnt euch ja später wieder melden.«

Peng, aufgelegt.

Bastian sprang auf. »Ich hole die Sonde.«

Schon war er aus der Tür. Das Feuerwehr-Gebäude lag zwischen dem Stall und der Gesamtschule von Großmoorstedt. Bastian fuhr jeden Morgen daran vorbei, er würde also nicht lange suchen müssen.

»... und wir bringen die Pferde auf die Weide«, sagte Conny. »Dann sind sie weit weg, falls doch etwas passiert.«

»Paula auch?«, fragte Luisa. »Und Fuchsi?«

»Nein, die lassen wir drinnen. Die dürfen nicht auf die Weide. Aber im Notfall sind die beiden ja schnell herausgeholt.«

Sie verließen das Büro. Von draußen hörte man schwere Hammerschläge. Eberhard Kubelik, genannt Kubi, nagelte das Eisen unter Sallys Huf.

Dann kam der Schmied noch mit auf den Boden und sah sich die Bescherung mit dem Heu an. Vergeblich suchte er nach einem Spalt oder einem Gang, durch den man auf die andere Seite des Lagerraums gelangen konnte. Die Ballen lagen dicht an dicht. Und selbst oben war kaum eine Handbreit unter dem Dachfirst frei.

»So viel Schwachsinn auf einem Haufen habe ich selten gesehen«, schimpfte Kubi. »Wie kann man einen Boden nur so vollpacken. Wenn das Harry erfährt. Der hat so einen guten Ruf als Strohbauer. Und dann kommt ein einziges Mal eine schlampige Aushilfe und macht alles kaputt.«

Er fasste an verschiedenen Stellen zwischen die hohen Stapel.

»Heiß«, sagte er. »Viel zu heiß. Guckt mal – jetzt dampft das sogar.«

Tatsächlich erkannte man über der obersten Schicht einen leichten Dunst, der aussah wie Dampfschwaden über einer Badewanne.

»Ihr müsst die Ballen aufschneiden«, sagte Kubi. »Unbedingt. Und das Heu auflockern. Da muss Luft ran.«

»Ja, das ist klar, aber wir wissen nicht, wohin mit dem Heu«, gab Jule zu bedenken. »Hier ist doch alles voll.«

Bastian jagte die steile Treppe herauf. In der Hand hielt er einen dünnen Metallstab, mehr als drei Meter lang.

»Hier ist das Mörderteil«, sagte er schwer atmend. »Jetzt haben wir alles im Griff.«

»Von dem Gerät wird das Heu auch nicht kühler«, sagte Kubi ganz richtig. »Aber zumindest weiß man, wann direkte Gefahr droht.«

Der Schmied zeigte Bastian, wie man die Heusonde mitten ins Heu steckte. Am Handgriff verkündete ein winziges Display die Temperatur. Ungefähr wie bei einem Fieberthermometer für Riesen.

»49,5 Grad«, las Bastian ab. »Mist, dass Benno nicht wegkonnte. Er fährt heute mit einem Kollegen Rettungseinsätze für die Feuerwehr. Reiner Zufall, dass ich ihn überhaupt angetroffen habe. Er sagt, wenn es deutlich über 55 Grad warm wird, kann es brenzlig werden.«

»Brenzlig . . . sehr treffend«, wiederholte Conny trocken, »wenn es um die Selbstentzündung von Heu geht.«

»Ich würde einen Teil der Ballen auf den Hof werfen«, sagte Kubi.

»Am schlimmsten ist nämlich dieser Druck. Der erhöht die Hitze noch.«

»Aber das schöne frische Heu . . . das wird doch

schmutzig«, wandte Luisa ein. »Das kann man doch nicht mehr verfüttern. Herr Jensen macht uns die Hölle heiß, wenn wir sein teures Futter so behandeln . . .«

»Was glaubt ihr, was für eine Hölle hier oben tobt«, sagte Eberhard Kubelik düster, »wenn der Heuboden Feuer fängt. Dagegen sieht meine Esse aus wie ein müder Gartengrill.« Mit der Esse meinte Kubi seinen großen Kohlenbehälter, in dem er Hufeisen zum Glühen brachte.

Eine halbe Stunde später kletterte das Thermometer bereits auf 52,8 Grad.

Der Schmied war gegangen und alle Pferde, bis auf Paula und Fuchsi, waren auf die Weide gebracht worden. Axel steckte immer noch mit seiner Gruppe im Gelände.

Inzwischen hatten sich auch Theresa, Merle und Sophie an der Feuerschutztür vor dem Heuboden eingefunden, außerdem Olivia und Ilona von den Killerbienen sowie Steffi Keck. Aufgeregt diskutierten sie, was zu tun sei.

Bastian mit seinem Riesen-Thermometer war der Star auf Jensens Dachboden.

Als er nach weiteren 20 Minuten die Metallspitze ins Heu steckte, gab es einen einstimmigen Beschluss: Wenn die Hitze jetzt mehr als 55 Grad betrug, wollte man anfangen, die Heuballen herunterzubringen und sie auf den Hof zu werfen.

Mit angehaltenem Atem starrten die Mädchen und Steffi Keck auf das Display in Bastians Hand.

Wieso dauerte das diesmal so lange?

Vielleicht, weil das Heu sich schon abgekühlt hatte? Hoffentlich. Das würde ihnen eine Menge Arbeit ersparen. Man musste nämlich mit jedem einzelnen Heuballen den umständlichen Weg über die Treppe und durch die Stallgasse nehmen. Dabei wäre es kinderleicht gewesen, das Heu einfach durchs Dachfenster nach draußen zu werfen. Aber dank der blödsinnigen Stapelaktion war dieser Weg ja verbaut.

Endlich! Das Resultat.

55,2 Grad Celsius.

Ein allgemeines Aufstöhnen begleitete das Ergebnis.

»Hiermit erkläre ich den Heuboden zur Intensivstation«, verkündete Bastian.

Er zog den Metallstab aus dem Heu und brachte ihn im Vorraum hinter der Waschmaschine in Sicherheit.

Conny verschwand nach unten und kam wenig später mit einer Trittleiter zurück.

»Wir kommen ja sonst gar nicht an die oberen Ballen heran«, sagte sie und klappte die Leiter auseinander. Sie kletterte die Stufen hoch, zerrte den ersten Heuballen vom Stapel herunter und warf ihn auf den Boden.

»Wie viele hat er denn gebracht?«, rief sie aus der Höhe.

»Ungefähr dreihundert«, war Jules Antwort.

»Was? Und die sollen wir alle nach unten bringen?«

»Quatsch. Erst mal ... sagen wir ... hundert«, schlug Bastian vor.

»Dann messen wir noch mal Fieber bei dem Stapel, der darunter liegt.«

Conny und Bastian wechselten sich auf der Trittleiter ab.

Zuerst lief die Rettungsaktion überhaupt nicht. Wie wenig Übung man doch darin hatte, Heuballen zu transportieren. Normalerweise warf man sie bei Bedarf durch die Luke im Boden auf die Stallgasse. Fertig.

Und nun dieses Affentheater treppauf, treppab. Wer einen Ballen, der immerhin das Maß von 80 x 50 x 30 Zentimeter hatte, vor sich trug, sah nur noch wenig. Wer gleich zwei beförderte, konnte gar nichts mehr sehen.

Und so stolperte man übereinander, über Heuballen und über Treppenstufen. Luisa rutschte sogar vier Stufen tief hinunter, als sie es mit zwei Ballen versuchte. Nur weil Steffi Keck gerade von unten kam und sie auffing, ging die Sache glimpflich ab. Ein wahres Wunder, dass an diesem Morgen niemand in der Unfall-Chirurgie des St. Martin landete.

Jule kam dann auf die Idee mit der Menschenkette.

»Jeder steht auf einem bestimmten Platz«, sagte sie. »Und wir geben die Ballen von Hand zu Hand weiter. Das geht doch viel schneller.«

Das klappte dann auch besser. Schweigend und verbissen arbeiteten sie an ihren Einsatzplätzen.

Auf der Treppenmitte stand Theresa. Am Fuß der Treppe warteten Luisa und Merle. Jule nahm selbstverständlich die Position vor Sallys Box ein. Sophie und Frau Keck hatten ihren Einsatz am Ende der Stallgasse. Die beiden Killerbienen nahmen die Ballen auf dem Hof in Empfang. Ilona schnitt die Bänder auf. Olivia zerpflückte jeden Ballen mit der Forke und schichtete lockere Heuhaufen auf dem Pflaster auf.

Die Pferde auf der Weide interessierten sich nicht für den Heurummel auf dem Hof.

Nur King Louis hielt es nicht länger auf der Wiese. Über den Sand-Auslauf trabte er zurück, um sich den Aufruhr anzusehen. Missbilligend rammte er immer wieder seine Brust gegen das Gatter. Er wollte heraus und mitmischen. Oder hatte er nur vor, sich die Backen mit den duftenden Halmen vollzustopfen? Noch hielt der Verschluss den Attacken des Herdenchefs stand. Aber wie lange noch?

»Bleib schön drin, Alter«, sagte Ilona und drohte King Louis zum Spaß mit der Forke. »Das hier ist ein Notfall. Da muss sich auch ein Leitpferd anständig benehmen.«

King Louis grunzte ärgerlich.

Solche Behandlung war er nicht gewohnt. Er ließ sich nicht gern dumm von der Seite ansprechen. Für ihn war nur der Chef eine Respektsperson. Und natürlich Bastian. Vielleicht noch Fritz Voss. Die anderen hatten ihm gar nichts zu sagen. Ihm, King Louis, passte auf Birkenhain einiges schon lange nicht mehr. Wo, zum Teufel, steckte Kai Jensen, der mit ihm sonst morgens über die Weide wanderte, um die Zäune zu kontrollieren? Nein, King Louis' Welt war nicht mehr in

Ordnung. Exakt seit dem Tag, an dem der Chef unter dem Dachfenster auf dem Boden gelegen hatte.

»Nicht so schnell«, rief Olivia ins Dunkel der Stallgasse. »Wir kommen mit dem Aufschneiden nicht nach.«

»Dann stapeln wir die nächsten Ballen an der Wand«, sagte Steffi Keck. Und: »Hoffentlich hält der Verschluss.«

Damit meinte sie das Gatter.

Denn zu King Louis hatten sich nun Kalle und Ole gesellt. Mit vereinten Kräften drückten die drei Pferde gegen die Metallstäbe. Insgesamt war es 1.300 Kilo beste Muskelmasse, die den Bügel zum Aufspringen zwingen wollte. Die Fjordies besaßen Bärenkräfte. Außerdem waren die Ponys richtige Kämpfer. Das Wort »aufgeben« kannten sie nicht ...

Dann hatten sie es geschafft. Das Tor flog auf. Ohne zu zögern, stürzten sich die Pferde auf den größten Heuhaufen.

Olivia und Ilona sprangen zur Seite. Das war gut so. Denn Kalle und King Louis ließen keinen Zweifel daran, dass sie alles umgemangelt hätten, was sich zwischen sie und das Heu gestellt hätte. Ole wäre möglicherweise bereit gewesen, Rücksicht zu nehmen.

Aber sicher konnte man nicht sein.

»Heutransport stoppen«, rief Sophie Jule zu. »Die Pferde sind los. Weitersagen.«

Hastig liefen die Helfer zusammen, um die Pferde von dem feuchten Heu wegzutreiben.

»Weiß jemand, ob sie das fressen dürfen?«, fragte Conny in die Runde, während sie versuchte, King Louis am Halfter zu erwischen. »Gesund ist das bestimmt nicht, so warm, wie das Heu ist. Das fehlte noch, dass die drei auch eine Kolik bekommen.«

9. Kapitel

Das gibt's doch nicht!

In diesem Augenblick, dem ungünstigsten des gesamten Morgens, kam die Reitabteilung aus dem Gelände zurück. Man musste über keine außergewöhnliche Menschenkenntnis verfügen, um in Axel Raketes Gesicht tiefes, lähmendes Entsetzen zu erkennen.

»Vom Reitweg sah es tatsächlich so aus«, sagte Axel, »als ob hier oben die Hölle tobt.« Seine Stimme bebte. In einiger Entfernung von dem Chaos hielt er Ankum an. »Der Hof meterhoch voll Heu und mittendrin drei ausgerissene Pferde. Ich dachte schon, ich träume . . .«

Jule, Sophie und Conny zerrten mit aller Gewalt an den Halftern, um die Pferde von dem Heuparadies wegzuziehen.

Axel sprang aus dem Sattel. »Hoffentlich kann mir einer von euch erklären, dass ich *nicht* träume.«

Energisch hielt er Ankum zurück, der sich liebend gern der unverhofften Fressorgie angeschlossen hätte. Axels Ärger war nicht zu übersehen. »Frisches Heu vertragen Pferde nicht, das müsst ihr doch wissen. Los, bringt sie sofort weg von hier.«

»Oh Mann, was glaubst du, was wir die ganze Zeit versuchen«, stöhnte Bastian und verzog das Gesicht. Dann endlich war er bei King Louis erfolgreich. Eine Hand voll knuspriger Leckerli »überredeten« das Leitpferd, zurück auf die Weide zu marschieren.

Conny kriegte wenig später Ole in den Griff.

Kalle führte sich mal wieder am schlimmsten auf. Wie ein Frosch hüpfte er hin und her und ließ sich nicht einfangen. Jule und Sophie nahmen das freche Fjordpferd zwischen sich in die Zange und schubsten es in Richtung Weide. Ein schweres Stück Arbeit. Kalle schlug dauernd Haken und versuchte, zurück zum Heu zu entwischen.

Als sie das Gatter endlich wieder schließen konnten, diesmal mit verknoteten Stricken als Sicherheit, wusste Axel schon Bescheid. In groben Zügen hatte Steffi Keck über die Heukatastrophe berichtet.

»Herr Jensen würde stolz auf euch sein«, sagte Axel anerkennend. Keine Spur von Vorwürfen mehr. »Klasse, wie schnell ihr reagiert habt. Machen Sie Ankum fertig?«

Steffi Keck nickte und kümmerte sich um den Friesen, während Axel auf den Boden stieg und sich das Heu ansah.

Bastian zeigte ihm, wie man mit der Heusonde umging.

»Ganz ehrlich«, sagte Axel und hielt das Thermometer ein Stück weit von sich weg, »so ein Ding habe ich noch nie gesehen. Lass mich mal messen.«

Mittlerweile war die Temperatur auf 55,6 Grad geklettert.

»Wir müssen noch mehr runterbringen«, entschied Axel. »Wann kommt endlich Benno mit seinen Leuten? Mir wäre entschieden wohler, wenn sich das hier ein Fachmann von der Feuerwehr angucken würde.«

Bastian zuckte die Achseln. »Die fahren bis heute Abend Rettungseinsätze«, sagte er. »Danach. Falls es vorher brenzlig würde, meinte Benno, sollten wir 112 anrufen, die allgemeine Feuerwehrnummer.«

»Habt ihr mit Kai Jensen telefoniert?«, wollte Axel wissen.

Bastian winkte ab. »Ja, aber das war ein Fehler. Das hat ihn nur auf die Palme gebracht. Jetzt hat er wieder einen Hammer-Blutdruck. So hoch, dass die Schwester ihm den Hörer aus der Hand gerissen hat.«

»Der Mann tut mir echt leid«, sagte Axel. »Das muss wirklich der absolute Horror sein. Du liegst mit Gipsbein im Krankenhaus – und zu Hause tobt das Chaos.«

Beleidigt sah Jule ihn an. »Wieso tobt hier das Chaos? Hier tobt gar nichts. Besser hätte er das selber auch nicht machen können.«

Axel stieß sie freundschaftlich in die Rippen. »Mit dem kleinen Unterschied, dass er kein feuchtes Heu auf den Boden gelassen hätte.«

»Dafür können *wir* ja wohl nichts . . .«

»Was wollt ihr?«, fragte Conny. »Diskutieren, bis das Heu Feuer fängt? Ich schlage vor, wir machen endlich weiter. Damit wir vor dem Füttern noch ordentlich was wegschaffen.«

Im Laufe der nächsten Stunden trafen die Gerlach-Zwillinge, Imke Zavelstein und Nicky ein. Die Nervis reihten sich, ohne sich groß zu zieren, in die Heustaffel ein. Nicky fuhr todunglücklich und niesend wieder nach Hause. Ihre Allergie brach sofort aus, als sie dem Heu näher kam.

Der Transport stockte jetzt einen Moment. Conny musste auf dem Boden ganz nach hinten kriechen, um die zweite Lage frisches Heu zu erreichen.

Mit Jule ging mal wieder die Fantasie durch, kaum dass sie eine Minute nicht mit Arbeit in Atem gehalten wurde.

»Ich weiß eine neue Geldquelle für den Stall«, verkündete sie, während sie Sophie den letzten Ballen zuwarf. »Wir hängen ein Plakat in den Schaukasten ...«

Jule zeigte mit den Armen an, wie groß sie sich den Anschlag vorstellte.

»... *Der ultimative Kick. Buchen Sie einen Tag Abenteuerurlaub auf dem Reiterhof Birkenhain. Für 500 Euro Nervenkitzel ohne Ende! Bungeespringen vom Fernsehturm ist dagegen eine müde Kinderbelustigung. Möglichkeiten: brennendes Heu, Koliken bei Pferden ...*«

»Hör auf«, sagte Steffi Keck. »Das ist ja makaber.«

Die Mädchen kicherten.

»Aber witzig wäre es«, sagte Sophie. »Guckt mal, da kommt noch ein Helfer.«

Ulli Clasen, Connys Vater, wollte nur kurz hereingucken, um Conny zu berichten, dass er sein Tennisturnier gewonnen hatte.

Trotz Nappos Fell an seinem Polohemd.

Jule sagte: »Nicht *trotz* Nappos Fell, Herr Clasen. Sondern *wegen*. Pferde bringen doch immer Glück.«

Herr Clasen hatte dann noch Gelegenheit, das Fell am Hemd durch Heustaub zu ergänzen – seine Tochter teilte ihn sofort zur Mitarbeit ein, was er widerspruchslos hinnahm. In seinem Siegestaumel war er zu allem bereit. Um ehrlich zu sein – Connys Vater war immer hilfsbereit. Vor allen Dingen, wenn es im weitesten Sinne um Tiere ging.

Die ganze Familie Clasen machte zum Beispiel mit beim Kranichschutz am Erlenmoor. Dabei hatte Conny im Mai einen echten Falkenschützer aus Süddeutschland kennengelernt. Daniel. 16 Jahre alt. Ein starker Typ. Ulli Clasen hatte sogar erlaubt, dass Conny nach Heidelberg fuhr, um Daniel bei seinen Falken zu besuchen. Solche Väter waren so leicht zu finden wie eine Stecknadel im Heuhaufen . . .

Die Heuhaufen.

Bis zum Nachmittag konnten die Heuhaufen auf dem Hof es in der Höhe mühelos mit einem Gebirgs-Panorama aufnehmen. Jedenfalls erschien es einem so, wenn man im norddeutschen Flachland wohnte – wo man bereits beim Anblick eines Rodelhügels jodelte und nach Edelweiß Ausschau hielt.

Die Pferde, ebenfalls echte Norddeutsche, fanden die Alpen aus Heu, die sich rechts und links vom Gatter auftürmten, auch unpassend für diese Gegend. Als sie von der Weide über den Hof in den Stall gebracht werden sollten, scheuten sie. Eins nach dem anderen. Die Pferde weigerten sich strikt, durch die Gasse zwischen den Heuhaufen zu laufen. Und das, obwohl Fütterungszeit war.

»Wir müssen sie einzeln hereinholen«, seufzte Axel Rakete. »Warum einfach, wenn es auch umständlich geht.«

Es ging dann doch schneller, als sie dachten, weil so viele Helfer da waren.

Connys Vater unterstützte Theresa bei Kalle. Das Fjordpferd zog wieder seine Einmannshow ab und sprang herum wie ein Gummiball. Einmal trat Kalle direkt auf Ulli Clasens rechten Fuß, was bestimmt scheußlich wehtat, denn er trug nur Tennisschuhe. Aber Herr Clasen biss die Zähne zusammen und sagte nichts. Er zog nur später seinen Schuh aus und ließ kaltes Wasser über den Fuß laufen.

Endlich waren die Pferde gefüttert.

»Sollen wir sie nach dem Fressen wieder herausbringen?«, fragte Luisa, als Axel mit Bastian vom Dachboden herunterkam. Die beiden hatten noch mal die Temperatur im Heu gemessen. »Wie viel Grad?«

»Unverändert 55,6«, sagte Axel. »Immerhin, nicht gestiegen. Allmählich müsste das runtergehen. Lasst die Pferde mal drinnen. Wir haben ja gleich noch Unterricht. Aber ihr müsst alle halbe Stunde messen. Und einer von euch sollte oben bleiben, als Brandwache.«

»Ob wir Herrn Jensen Bescheid sagen sollen?«, fragte Conny.

»Der liegt im St. Martin und kriegt Magengeschwüre bei all der Ungewissheit.«

Axel nickte. »Das übernehme ich.«

Aber er erreichte niemanden. Nicht mal Herrn Kütük. »Komisch«, sagte Axel, »Herr Jensen kann doch allein gar nicht aus dem Bett, oder? Da wird doch nichts passiert sein?«

»Du meinst – Intensivstation?«, fragte Conny mit großen Augen.

»Weil er sich so aufgeregt hat?«

»Oder die haben ihm das Telefon weggenommen«, vermutete Luisa. »Damit er nicht die Nerven verliert, wenn wir anrufen. Das tun sie manchmal, das weiß ich von Oma.«

Nichts davon stimmte.

Das Rätsel um Kai Jensen löste sich eine Stunde später.

Die ganze Helfer-Truppe, insgesamt waren es über 15, machte die erste Pause. Sie saßen auf und vor und neben den Heuhaufen, jeder einen großen Eisbecher auf den Knien. Blaumann strich maunzend um die Beine. Hingebungsvoll leckte er kleine Eisstückchen ab, die die Reiter ihm auf den Fingerkuppen hinhielten.

Die Eisbecher stammten von Ulli Clasen. Fünf Portionen standen im Kühlschrank, falls noch mehr Helfer erschienen.

»Was will der Rettungswagen hier?«, fragte Luisa auf einmal erstaunt. Von ihrem Ausguck auf einem Weidepfosten erspähte sie den Krankenwagen der Feuerwehr als Erste. Der rote Transporter bog vom Birkenweg in die Hofeinfahrt. »Hier ist doch niemand vom Pferd gefallen.«

Bastian sprang vom Boden auf. Erschreckt machte Blaumann einen Satz auf Connys Schoß. »Benno! Das ist bestimmt Benno. Der macht einen Schlenker hierher, um nach dem Heu zu gucken. Riesig.«

Tatsächlich war es Benno. Neben ihm saß ein anderer Sanitäter. Sie fuhren bis zum Paddock und kamen direkt neben den Heuhaufen zum Stehen. Weiße Milchglasscheiben versperrten die Sicht in das Heck des Krankentransporters.

Die beiden Feuerwehrleute stießen ihre Türen auf, um frische Luft zu bekommen.

»Das sieht ja heiter aus hier«, sagte Benno, stieg aus dem Wagen und strebte sofort dem Heu zu. Fachkundig steckte er seine Hand hinein, zog einige Halmnester auseinander und testete die Wärme darin.

»Schätze, das habt ihr hundertprozentig gut gemacht.« Der Feuerwehrmann untersuchte danach die anderen Heugebirge und nickte zufrieden. Er zog seine orangerote Sanitäter-Jacke aus und warf sie über das Autodach.

»Soll ich hier drinnen Schimmel ansetzen?«, tönte es ungeduldig aus dem Wageninnern.

Auf einem Schlag wurde es so still, dass man eine

Stecknadel hätte fallen hören. Ungläubig blickten die Helfer sich an. Einem nach dem anderen fiel die Kinnlade herunter.

»Herr Jensen«, rief Jule, die sich als Erste gefasst hatte. »Das glaube ich einfach nicht.«

Jetzt wurden auch die anderen wieder lebendig.

Johlend stürzte sich eine ganze Traube auf den Rettungswagen. Sie drängten und schubsten sich, um vielleicht doch einen verschwommenen Blick durch die weißen Scheiben zu erhaschen.

»Nun macht mal Platz«, sagte Benno grinsend, bahnte sich eine Gasse durch die Gruppe der Neugierigen und öffnete die Hecktür. »Gleich seht ihr ihn ja leibhaftig.«

Er entriegelte die Trage und zog sie mithilfe seines Kollegen aus den Schienen heraus. Mit vorgestrecktem Fuß schob er den Klappbügel unter dem Gestell in Position.

Kai Jensen schloss geblendet die Augen, als die Sonne ihn mitten ins Gesicht traf.

»Mit dem Heu – das haben deine Leute super gemacht, Kai«, sagte Benno. »Du kannst dich wieder abregen.«

»Das ist doch bestimmt nicht erlaubt«, sagte Luisa, »dass Sie hier sind.«

Wenn sie das ihrer Oma erzählte! Die würde die Hände überm Kopf zusammenschlagen. So viel wusste Luisa von der ehemaligen Krankenschwester – mit gebrochenem Bein durfte man sicher keine

Spritztouren unternehmen. Nicht mal im Krankenwagen.

»Nicht so streng, Schwester Luisa.« Kai Jensen blinzelte von seiner Trage nach oben, auf der er unter einer Decke angeschnallt war.

Jule lehnte sich mit verschränkten Armen an das Auto und sah auf den Stallbesitzer hinunter. »Ich möchte wirklich wissen, wie Sie das angestellt haben«, sagte sie, »dass die vom St. Martin Sie herausgelassen haben. Das geht doch nicht mit rechten Dingen zu.«

»Oha«, sagte Herr Jensen. »Ist das ein Verhör? Muss ich jetzt vor dem Stallgericht aussagen?«

Bastian, der kurz verschwunden war, erschien mit seinem Fotoapparat über der Schulter und King Louis am Halfter auf dem Hof.

»Hier möchte sie jemand begrüßen«, sagte er. »Unser King leidet wie ein Hund, seit Sie weg sind. Na, King Louis, was sagst du nun?«

Der hellbraune Leithengst verharrte zunächst kurz und hob den Kopf, als er das ungewohnte Aufgebot an Menschen auf seinem Hof sah. Dazu das schreiend rote Auto und eine Trage auf Rädern. Er schnaubte kurz, schätzte die Lage dann doch als ungefährlich ein, denn er ließ sich von Bastian zum Krankenbett führen.

Sorgfältig beschnupperte das Pferd die Unterlage und die Decke. Dann fuhr es mit der Zunge über die glänzende, glatte Gurtschnalle.

»Na, mein Alter, hast du gut auf deine Herde aufgepasst?«, fragte Kai Jensen leise.

Sofort stellte King Louis die Ohren auf. Die vertraute Stimme des Chefs! Das Pferd senkte seinen breiten Kopf. Behutsam tastete es mit den Nüstern das Gesicht unter sich ab. Mit fast unhörbarem Schnauben zeigte King Louis an, dass er den Kranken erkannte, der auf dem Rücken unter ihm lag.

Einen Moment schien es in Kai Jensens Augen feucht zu schimmern.

Der Stallbesitzer und Tränen?

»Nun gebt mir schon ein paar Leckerli für ihn«, sagte er mit rauer Stimme.

Bastian beeilte sich, auf Kai Jensens Handfläche zwei Knabberwürfel zu platzieren, die King Louis zufrieden grunzend wegputzte.

»Halt mal kurz.« Bastian drückte Conny den Strick in die Hand.

»Davon muss ich ein Foto machen.« Seine kleine Kamera lag immer im Stallrucksack. Für alle Fälle.

»Ultrastark, wie das aussieht«, sagte er, als er durch den Sucher guckte. »Der rote Krankenwagen, davor Herr Jensen auf der Trage. Und King Louis leckt ihm die Hand.«

Bastian ging in die Hocke, um das Bild noch wirkungsvoller zu gestalten. Er schoss ein paar Fotos von unten und richtete sich wieder auf. »Und im Hintergrund die Heuberge. Genial.«

Benno schob Herrn Jensen eine zusammengerollte

Wolldecke in den Nacken, damit er höher lag und sich besser unterhalten konnte.

»Zeig die Bilder bloß nicht im Krankenhaus herum«, drohte Kai Jensen im Scherz. »Ich glaube, auf unerlaubtes Entfernen aus der Anstalt stehen hohe Haftstrafen.«

»Sagen Sie doch endlich, wie Sie da rausgekommen sind«, drängte Conny. »Mit welchen Tricks?«

»Im Grunde war es meine Schuld«, fing Benno an. »Wir hatten einen Patienten ins St. Martin gefahren. Unser Rettungswagen stand vor dem Portal. Weil wir in der Nähe der Unfall-Chirurgie waren, wollte ich Kai kurz besuchen.«

Kai Jensen nickte. »Als die beiden mit der leeren Trage in meinem Zimmer auftauchten«, fuhr er fort, »wusste ich sofort – das ist *die* Chance, nach dem Heu zu sehen.«

Er hatte die Sanitäter dann bestürmt, ihn kurzerhand auf die Trage zu legen und einfach hinauszubringen. So, als wenn nichts Besonderes dabei wäre. Rein in den Rettungswagen und ab auf den Reiterhof nach Großmoorstedt. Und natürlich später wieder zurück.

Der Transport würde überhaupt nicht auffallen in einem so großen Krankenhaus, hatte er die beiden beschworen. Tatsächlich herrschte auf den langen Fluren des St. Martin rund um die Uhr Hochbetrieb. Pausenlos wurden Kranke eingeliefert, andere verlegt oder zu weiteren Untersuchungen in Spezialkliniken gebracht.

»Und Schwester Heike?«, fragte Luisa. »Die passt doch auf wie ein Luchs.«

»Feierabend«, sagte Herr Jensen. »Die ist weg. Jetzt arbeitet nur eine kleine Wochenendschicht. Total unterbesetzt. Die kann sich nur um die frischen Fälle kümmern. Außerdem . . .«, er kniff den Mädchen ein Auge zu, ». . . habe ich ja noch meinen Freund Mehmet Kütük. Wenn einer dumm fragt, sagt er, dass ich bei einer Untersuchung bin.«

»Aber Ihr Blutdruck«, hakte Luisa nach. »Schwester Heike sagt doch, Sie brauchen unbedingt Ruhe. Ist das nicht gefährlich, wenn Sie durch die Gegend fahren?«

»Kümmert euch nicht um meinen Blutdruck«, sagte Herr Jensen. »Der geht am ehesten herunter, wenn ich mit eigenen Augen sehe, dass auf dem Hof alles läuft.«

Bastian flüsterte Jule zu: »Sein Kopf ist ziemlich rot. Hol lieber den Humanmediziner. Sicher ist sicher.«

Jule brummte zustimmend. Sie war im Stall für den Menschenarzt zuständig, während Conny es mehr mit Tierarzt Teichmüller hielt.

Das Haus von Dr. Völker lag nur wenige Minuten vom Reiterhof entfernt. Jule entdeckte den Arzt beim Rasenmähen im Vorgarten.

Der Humanmediziner unterbrach seine Arbeit nur zu gern, als er von Jensens Extratour hörte, denn er hasste Rasenmähen.

Er holte seinen Arztkoffer aus dem Haus und folgte Jule zum Reitstall.

Als er Dr. Völker die Einfahrt herunterkommen sah,

zuckte Kai Jensen zusammen. »Arztgeheimnis«, rief er ihm beschwörend zu. »Sie müssen schweigen, stimmt's?«

Der Humanmediziner stellte seinen Koffer ab und drückte dem Stallbesitzer die Hand.

»Wie ein Grab«, bestätigte der Arzt. »Und Sie bekommen einen Sonnenbrand, wenn ich das richtig sehe. Mit Ihrer hellen Haut – und dann in der prallen Sonne ... Wie wollen Sie das im Krankenhaus erklären?«

Er rollte die Trage in den Schatten des Rettungswagens. King Louis zerrte am Strick. Er sah nicht ein, dass ein Stallfremder ihm den Platz an Herrn Jensens Seite streitig machte. Mit aller Kraft drängelte er sich zwischen Chef und Arzt.

»Hoho, alter Junge«, lächelte der Humanmediziner. »Ich nehme dir doch deinen Boss nicht weg.« Er bückte sich nach seinem Blutdruck-Messgerät und legte es behutsam an Jensens gesundem Oberarm an.

»Stellen Sie sich mal vor, was mit Ihrem genagelten Hüftknochen passiert«, sagte Dr. Völker, »wenn Sie unterwegs einen Unfall haben!«

Er schüttelte den Kopf und warf einen Blick auf das Gerät. »Das war leichtsinnig von Ihnen. 150 zu 95, nicht gerade berauschend.« Er nahm die Manschette von Jensens Arm und rollte sie ein. »Geht aber gerade noch.«

Erst als Herr Jensen ihm von dem feuchten Heu erzählte und von der Feuerwehr und wie er im St. Martin fast die Wände hochgegangen war vor Aufregung, da wurde der Humanmediziner nachsichtiger.

Connys Vater holte die restlichen Eisbecher aus dem Kühlschrank und verteilte sie an den Arzt, die Feuerwehrleute und Kai Jensen.

Dr. Völker schabte eine große Ecke Erdbeereis ab und wandte sich an Benno, der ebenfalls Erdbeer löffelte. »Dann war ja die Fahrt im Rettungswagen der Feuerwehr ganz rechtmäßig. Jedenfalls fast.«

»Logisch«, sagte Benno. »Sonst hätten wir das gar nicht machen können mit dem Transport. Aber so ... so war es ein Notfall. Erstens, um Feuer abzuwenden. Und zweitens ...« Er grinste breit. »Sie sehen ja selbst – um Depressionen bei King Louis zu verhindern.«

Der alte Herdenchef stand ruhig neben der Trage – Blaumann hatte sich auf die Decke am Fußende zusammengerollt – und schien sehr zufrieden mit der Entwicklung der Dinge.

Kai Jensen ebenso. Er bläute den Umstehenden noch ein, unbedingt die restlichen frischen Heuballen nach unten zu bringen und aufzuschneiden.

»Auch wenn das Thermometer unter 50 Grad anzeigt?« Bastian sah ihn fragend an. »Dann kann doch nichts mehr passieren.«

»Und ob«, klärte Herr Jensen ihn auf. »Was glaubst du, wie schnell das Heu schimmelt – bei der Feuchtigkeit im Inneren. Also – alles runterholen.«

»Und was machen wir mit den Heubergen auf dem

Hof?«, wollte Axel Rakete wissen. »Die können ja schlecht hier liegen bleiben. Die verschmutzen doch.«

Herr Jensen hatte sich schon unterwegs seine Gedanken gemacht. »Welche Weide ist am stärksten abgegrast?«, fragte er seinen Reitlehrer-Assistenten.

»Die Friesenwiese.«

»Okay. Dann schafft das Heu auf diese Weide. In langen Reihen ausbreiten. Schmale Reihen. Schön locker. So, wie ihr es von Heuwiesen kennt.«

Das feuchte Heu musste dann täglich gewendet werden. Morgens und nachmittags. Wenn es ganz trocken war, sollte Harry mit seiner Heupresse kommen und es direkt auf der Friesenwiese wieder in Ballen pressen.

Kai Jensen lieh sich Bennos Handy und berichtete Harry alles über die Heukatastrophe auf den Anrufbeantworter.

Montag würde Harry zurück sein. Dann konnte er sich gleich um die Sache kümmern. Das heißt, nachdem er sich beruhigt hatte. Denn dass er beim Abhören der Nachricht erst einmal aus allen Wolken fallen würde, so viel stand ja wohl fest. Seine unzuverlässige Aushilfe würde er sicher gleich rauswerfen.

»Na toll«, sagte Luisa und musterte die Heuberge. »Das alles mit Schubkarren auf die Wiese schaffen – da sind wir ja bis Weihnachten beschäftigt.«

Benno machte einen vernünftigen Vorschlag. Er wollte riesige Abdeckplanen der Feuerwehr bringen.

Man warf das Heu einfach in die Mitte und zog die Plastikfolie über den Sand-Auslauf auf die Weide.

Das sparte viel Zeit.

Eine Reitschülerin, die zum Longenunterricht bei Axel Rakete kam, erschien völlig verschüchtert in der Tür zur Stallgasse. Sie hatte den Rettungswagen und die Leute ringsherum vom Birkenweg aus gesehen. Nun erwartete sie grauenvolle Unfallszenen.

Man konnte sehen, wie ihr ein Stein vom Herzen fiel, als sich alles als harmlos herausstellte.

»Alles Gute, Chef.« Axel Rakete streckte ihm die Hand hinunter auf die Trage. »Kundschaft. Ich muss arbeiten. Sie sehen, hier läuft alles.«

Der Humanmediziner verabschiedete sich gleichfalls und ging zu seinem Rasenmäher zurück.

Kai Jensen ließ sich noch Flecken-Paula und Fuchsi zeigen und unterschrieb krakelig einige Überweisungsformulare. Benno guckte nach seinem Friesen Brinkum.

Dann war die »Besuchszeit« vorbei. Benno brachte den Stallbesitzer zurück ins St. Martin.

Auf dem Reiterhof aber kehrte an diesem Samstag noch lange keine Ruhe ein. Ganz im Gegenteil.

Im Laufe des Nachmittags schleppten die Helfer, deren Zahl auf mehr als 20 anwuchs, die restlichen 160 Heuballen vom Boden herunter. Der Hof war bis zum letzten Pflasterstein mit Heubergen bedeckt. Ein großer Teil der Ballen wurde entlang der Wände aufgeschichtet. Man hatte keinen Platz mehr, um das Innere locker auseinanderzupflücken.

Zwischendurch erschienen die Mütter von Conny Clasen, Bastian Bachmann, Imke Zavelstein, die Oma von Luisa Steffen sowie der Vater von Jule Ahrend. Sie machten sich Sorgen, weil keiner der Jugendlichen seit dem Morgen zu Hause gewesen war.

Die fünf erwiesen sich als brauchbar. Nachdem sie von der Heu-Story gehört hatten, brachten sie ganze Körbe mit belegten Brötchen, Äpfeln und Bananen. Sogar Jules Eltern, die sich sonst kaum im Stall blicken ließen, machten bei der Aktion mit, was Jule ihnen hoch anrechnete.

Frisch gestärkt zogen die Gerlach-Zwillinge, Imke Zavelstein und Nicky, die sich vom Wald her wieder in das Allergie-Gebiet vorgewagt hatte, auf die Friesenwiese. Sorgfältig sammelten sie die Pferdeäpfel von der Weide ab.

Als Benno gegen 19 Uhr die Abdeckplanen brachte, war die gesamte Wiese sauber abgeharkt.

Zwei Stunden dauerte es gut und gerne, bis der Inhalt aller Ballen auf der Friesenwiese verteilt worden war. Immerhin – insgesamt 300 Stück! Zu viert zerrten die Helfer die beladenen Plastikplanen voll hinüber und leer zurück. Jedes Mal unter großem Gelächter.

Nicht, dass die Arbeit besonders lustig war. Aber Blaumann machte sie zu einer Lachnummer.

Wie von Sinnen tobte der Stallkater auf dem Heu herum. Stolzierte mit hochgerecktem Schwanz über die Ladung, sprang plötzlich mit einem geschmeidigen Sprung ins Gras, fegte hinter den Mädchen her und schlug mit den Pfoten nach überhängenden Halmen.

Dabei sah der Kater mit dem blauen Plüschfell so übermütig aus, als ob er sein zerkratztes Kampfgesicht und die Schramme überm Auge schon vergessen hätte.

»Die Typen«, flüsterte Sophie plötzlich, während sie mit den anderen eine Reihe Heu auf der Weide aufschüttete. »Wär auch komisch, wenn die das nicht spitzgekriegt hätten.«

Jeder im Stall hatte sich schon gewundert, dass die neugierigen *Typen* seit der Sache mit dem Rettungshubschrauber nicht ständig auf dem Reiterhof herumschnüffelten.

Das Ehepaar blieb demonstrativ auf dem Spazierweg hinter der Weide stehen.

»Hier« – die Frau hackte heftig auf ihre Armbanduhr ein – »es ist gleich 21 Uhr. Das ist Ruhestörung. *Ruhestörung*. Eine Unverschämtheit, jetzt noch so einen Lärm zu machen.«

»Gehen Sie doch nach Hause«, sagte Jule frech und hob eine Forke voll Heu von der Folie. »Dann müssen Sie uns nicht ertragen.«

»Hast du das gehört, Hans-Günter? Müssen wir uns das anhören?«

Hans-Günter starrte die Mädchen an. »Ist hier überhaupt ein Verantwortlicher?«, wollte er wissen.

Conny zeigte zum Hof und lächelte honigsüß. »Da oben wimmelt es von Erziehungsberechtigten.«

Der Mann ließ nicht locker. Offenbar wollte er sich

unbedingt aufregen. »Das ist ja Kinderarbeit, was ihr macht. Alles verboten.«

»Was wir machen, geht Sie überhaupt nichts an. Außerdem bin ich 14.«

Jule griff schnell nach einer Notlüge, denn sie war erst zwölfeinhalb. Aber sie vermutete ganz richtig, dass viele Erwachsene nicht unterscheiden können, ob ein Mädchen elf, zwölf oder 14 ist.

»Noch ein Wort und ich bin bei der Polizei«, drohte die Frau ohne Namen.

»Haben Sie sonst nichts zu tun . . . Au!« Jule quiekte empört auf.

Conny stieß ihr mit dem Stiel der Heugabel ins Hinterteil und verdrehte die Augen. Konnte Jule nicht mal schweigen? Keinem Streit ging ihre Freundin aus dem Weg.

Das Ehepaar trollte sich, leise vor sich hin schimpfend.

Zügig brachten die Mädchen ihre Arbeit zu Ende. Sie legten die großen Planen zusammen und nahmen sie mit auf den Hof, wo sie im Kutschen-Unterstand verstaut wurden.

Axel Rakete fütterte gerade, als alle Helfer auf der Stallgasse eintrafen. Inzwischen waren nur noch sieben Mädchen und Bastian übrig. Natürlich berichteten sie ihrem Reitlehrer haarklein von den nörgelnden Typen an der Weide.

»Wisst ihr, was mir Sorgen macht?«, fragte Axel Rakete.

»Die Typen?«, fragte Jule sofort. »Dass die uns wegen Kinderarbeit anzeigen?«

»Puuh, die . . .«, sagte Axel. »Ach was. Hunde, die bellen, beißen nicht.« Er druckste herum. »Nein, Montag steht bei mir eine wichtige Uni-Prüfung an. Das bedeutet . . .«

». . . du kannst dich Sonntag und Montag kaum um den Stall kümmern, weil du pauken musst. Schon klar.«

Bastian deutete Axels abgebrochenen Satz richtig. Nachdenklich runzelte der 14-jährige Junge die Stirn.

»Sonntag kriegen wir das unter uns geregelt. Ich meine ausmisten, füttern und Heu wenden«, meinte er. »Aber Montag . . . hm . . . da haben wir das alte Problem. Schule . . .«

Bastian hatte Frühstunde, kam also nicht infrage. Frühstunde war montags sehr verbreitet, stellte sich heraus. Fast alle mussten um halb acht im Klassenzimmer sitzen.

Conny und Jule brauchten aber erst um Viertel nach acht zum Gymnasium.

»Wenn mir jemand hilft, übernehme ich vorher Füttern und Heuwenden«, schlug Conny vor. »Ab sechs. Obwohl das tierisch früh ist – meinst du, dass deine Eltern dich auch weglassen, Jule? Ausnahmsweise?«

Sie ließen! Das klärte die Stallbesatzung schnell durch ein Telefonat.

Bevor die Jugendlichen sich auf den Heimweg

machten, suchten sie den Heuboden sorgfältig nach verdächtigen Spuren ab. Aber es gab keine mehr.

Die Ballen stapelten sich jetzt, getrennt durch schmale Gassen, in der üblichen Höhe. Der Tabakgeruch hatte sich auch verflüchtigt. Nur das drei Meter lange Thermometer hinter der Waschmaschine erinnerte an den Heukrimi, der sich hier heute fast abgespielt hätte.

10. Kapitel

War alles umsonst?

»Hunde, die bellen, beißen nicht«, hatte Axel Rakete gesagt.

Diesmal irrte Axel.

Sonntags drückten die Typen sich wieder an den Weidezäunen entlang, einmal sogar mit Fernglas.

Bei ihrer zweiten Spionage-Tour entlang dem Reiterhof, während die Jugendlichen bei strahlender Sonne das Heu wendeten, kamen sie ganz nah an die Friesenwiese. Triumphierend hielt Hans-Günter ein Plakat hoch.

»Das bist du doch«, wetterte er über den Zaun und zeigte auf die Zeichnung, die unverkennbar Jule Ahrend zeigte. »Diese entlaufene Göre. Der ganze Polizeieinsatz – was das gekostet hat! Und alles von unseren Steuergeldern.«

Das Plakat war schmutzig und etwas eingerissen. Luisa Steffen hatte es gemalt. Vor einigen Wochen, als Jule mit Sally verschwunden war. 60 Stück hatten sie damals davon aufgehängt. Einige hingen immer noch an den Wanderwegen rund um Großmoorstedt.

»Du bist eine ganz freche Lügnerin«, sagte die Frau

mit schmalen Lippen. »Hier steht drauf, dass du erst zwölf bist. Also doch Kinderarbeit. Na warte . . .«

Blitzartig fuhr den Mädchen der Schreck in die Glieder.

Was passierte, wenn die Typen tatsächlich zur Polizei gingen?

So ganz genau kannte sich niemand aus mit dem Jugendschutzgesetz. »Im angemessenen Rahmen« durften Reitschüler helfen. Das hatte Kai Jensen gesagt. Aber was hieß das – »angemessen«?

»Wir müssen Axel Rakete fragen«, wisperte Conny den anderen zu. »Der muss das rauskriegen. Wozu studiert der Jura?«

Aber der Reitlehrer steckte den ganzen Tag in seiner Wohnung. Verschärftes Lernen war angesagt, um für die Prüfung am Montag fit zu sein.

Als Axel Rakete abends zum Füttern wieder erschien, hatten die Mädchen die Begegnung mit den Typen schon vergessen.

Am Montagmorgen wurden Jule und Conny bei ihrem Arbeitseinsatz vor der Schule unsanft wieder daran erinnert. Dabei fing der Morgen harmlos an.

Von sechs bis sieben Uhr misteten die beiden die Boxen aus und fütterten die Pferde. Dann öffneten sie das Gatter und ließen die Pferde auf die große Weide. In Windeseile ging es danach auf den Dachboden zum Umziehen. Das Heu lag friedlich da. Als hätte es am Wochenende nicht halb Großmoorstedt um den Verstand gebracht . . .

Schulsachen anziehen und hinaus auf die Friesenwiese. Heu wenden.

»Alles schaffen wir unmöglich heute Morgen«, stellte Conny nach zwanzig Minuten fest. »300 Ballen.« Ohne hochzusehen, warf sie die Halme mit der Forke auf die andere Seite. »Wir müssen schon gleich los zur Schule. Außerdem – bei dieser Hitze kommt man gar nicht richtig voran.«

Sie zog einen Zipfel ihres schwarzen T-Shirts aus der Jeans, wischte sich damit übers Gesicht und strich ihren blonden Pony aus der Stirn. Obwohl es erst kurz nach sieben war, stach die Sonne wie sonst erst um die Mittagszeit.

»Sieh es mal so«, sagte Jule, die sich die Heureihe neben Conny vorgenommen hatte. »Solange es sonnig bleibt, trocknet das Heu besser.«

Als sie sich entlang ihrer Heureihen bis zum Ende der Weiden vorgearbeitet hatten, sahen sie die Typen.

»Kinderarbeit«, war das Erste, was Jule und Conny schlagartig einfiel.

Mit verschränkten Armen wartete das Ehepaar auf die beiden Mädchen.

»Ach – Schule schwänzen wir auch noch?«, sagte Hans-Günter. In einem Tonfall, als ob er sie bei einem Raubzug überrascht hätte.

»Was heißt *wir?* Sie auch?«, fragte Conny schlagfertig.

»Aha! Sie geben es sogar zu.« Sofort hakte die Frau

nach. »Das ist ja die Höhe. Auf welcher Schule seid ihr? Ich verlange eine Antwort.«

Jule und Conny lehnten sich auf ihre Heugabeln. Was sollten sie antworten? Ein dumpfes Gefühl im Magen machte sich bei ihnen breit, das sich sonst nur vor Mathearbeiten einstellte.

»Und überhaupt« – die Frau redete sich jetzt richtig in Wut –, »die Pferde verderben einem den ganzen Morgen. Die stinken. Und sie ziehen Fliegen an. Ungeziefer. Ekelhaft.«

Mit der Hand scheuchte sie demonstrativ einige Fliegen von ihrem Gesicht weg.

»Bevor Sie aufgetaucht sind, waren hier keine Fliegen«, fauchte Jule. »Vielleicht ziehen *Sie* das Ungeziefer an . . .«

Logisch, diese Antwort war ein Fehler. Das wusste Jule, noch während sie redete. Aber hätte sie es nicht gesagt – sie wäre daran erstickt.

Hans-Günter wurde jetzt von seiner aufgebrachten Frau nach vorn geschubst. »Los, sag was . . . Das muss ich mir doch nicht anhören von diesen unverschämten Flegeln.«

Conny war hinter Jule getreten.

»Los, Abmarsch«, flüsterte sie. »Und halt endlich den Mund. Wie kannst du die bloß so reizen?«

Mit den Heugabeln unterm Arm ging es im Laufschritt zurück auf den Hof. Verfolgt von den Bemerkungen der Typen. Alles verstand man nicht, aber so viel, dass die Mädchen ihre Frechheit noch bereuen würden. Und dass es ein Kinderspiel sei, ihre Schule zu finden.

»Ich fürchte, die haben recht«, sagte Conny, während sie ihre Fahrräder aus dem Ständer holten. »So viele Möglichkeiten gibt es nicht in Großmoorstedt. Nur Gymnasium und Gesamtschule. Und wo die wissen, dass du zwölf bist ... da kommt ja nur die sechste oder siebte Klasse infrage.«

Die Typen würden garantiert Ärger machen.

Mit diesem unguten Gefühl fuhren Jule und Conny zum Gymnasium. Konnten zwei Nörgler den wichtigen Einsatz der Jugendlichen auf dem Reiterhof gefährden? Es ging doch nicht ohne sie, solange Herr Jensen im Krankenhaus lag.

Es schien so, als braute sich ein Unwetter über Birkenhain zusammen.

Jules Gedanken schweiften immer wieder ab zu den Typen, während Mathelehrer Dr. Träger seine Schnellfragen zu gemeinsamen Nennern abschoss. Wie durch ein Wunder verschonte er Jule. Das war gut so, denn sie hätte todsicher auf jede Frage geantwortet: »300 Ballen.«

Um 9.05 Uhr war es so weit.

Die Schulsekretärin klopfte. Und dann – stand sie mit den Typen in der Tür. Wie drohende Gewitterwolken machten die sich düster im Türrahmen breit.

»In dieser Klasse sollen zwei Mädchen Kinderarbeit leisten«, sagte die Sekretärin. »Oder in der Parallelklasse. Das Ehepaar hier behauptet das zumindest.«

Jule streckte die Beine lang aus und rutschte weit auf ihrem Stuhl nach vorn. Sie musste sich so klein wie möglich machen!

Was sollte aus Birkenhain werden, wenn sie nicht mehr helfen durften?

Mit zusammengekniffenen Augen musterte das Ehepaar die sechste Klasse. Die Schüler wechselten erstaunte Blicke untereinander.

Dr. Träger machte ein paar Schritte auf die Tür zu. »Aber doch nicht mitten im Unterricht – bitte!«

Zu spät. Der Blick von Hans-Günter blieb an Jule hängen. Sie spürte einen eisigen Schauder über ihren Rücken laufen. Wie wild begann ihr Herz zu klopfen.

»Da! Das ist eine! Rotzfrech ist die.«

Dr. Träger blickte zu Jule hinüber.

Hilfe suchend sah sie ihren Lehrer an.

Man konnte nicht behaupten, dass sie sein Klassenliebling war. In Mathe, seinem Fach, war sie eine Vollniete. Für ihn gab es eigentlich keinen Grund, sie in Schutz zu nehmen. Aber ein Fünkchen Hoffnung glomm in Jule auf – hatte er nicht bei Flecken-Paula mit eigenen Augen gesehen, wie wichtig ihr Einsatz im Stall war?

»Dieses Mädchen soll Kinderarbeit leisten?«

»Genau . . . vor der Schule habe ich die schon auf dem Reiterhof gesehen. Abends auch. Ein Skandal!«

Der Mathelehrer holte tief Luft.

Dann baute er sich vor den Typen auf und fuchtelte

ihnen mit ausgestreckten Armen vor der Nase herum. Sie wichen einen Schritt zurück.

»Wissen Sie, was ein Skandal ist?«, fragte Dr. Träger. »Ihre Anschuldigungen! Und nun hören Sie mal zu . . .«

»Und dann?« – »Was hat er dann gesagt?« – »Erzähl schon . . .« Montagnachmittag auf dem Reiterhof.

Die Stimmen schwirrten laut durcheinander. Alle Jugendlichen drängten sich um Jule. Sie standen zwischen den Schulpferden, die zum Putzen draußen angebunden waren. Sally und Rocky, Paula, Ankum und King Louis, Ole und Kalle dösten in der Sonne. Die Vierbeiner interessierten sich absolut nicht dafür, was der Mathelehrer am Gymnasium gesagt hatte.

Aber die Zweibeiner . . .

Jule legte das Kinn auf Sallys Rücken und kraulte ihr den Mähnenkamm. »Also, Dr. Träger hat doch tatsächlich gesagt: ›Ich weiß gar nicht, was Sie wollen. Meine Klasse macht gerade zwei Projektwochen auf dem Reiterhof.‹«

»Und die Typen?«, drängte Theresa. »Haben die das etwa geglaubt?«

»Keine Spur«, sagte Jule. »Aber da hat der Träger ihnen erzählt, dass wir Dreisatz am praktischen Beispiel lernen. Also – wenn ein Heuballen 80 x 50 cm misst und der Boden 200 m^2 groß ist, wie viele Ballen dann nebeneinander ohne Abstand gelagert werden können.«

»Irre.«

Conny schüttelte den Kopf. »Dass der unseren Stalleinsatz rettet! Hätte ich nicht gedacht von dem sturen Träger.«

»Meinst du, ich?«, fragte Jule vergnügt.

Aber das Beste kam noch.

»Die Typen kamen dann mit Arbeitsverbot am Wochenende. Aber der Träger hat ein Jugendschutz-Gesetz aus dem Lehrerzimmer geholt. Und gesagt: ›§ 17, meine Herrschaften. *Ausnahmen bei Tierhaltung.* Und § 21 – *unaufschiebbare Arbeiten in Notfällen.*‹«

Da mussten die Typen zähneknirschend einsehen, dass ihre Beschwerde zwecklos war.

Bastian kam über den Hof gelaufen. Aufgeregt schwenkte er ein Fax über dem Kopf.

»Von Herrn Jensen. Aus dem St. Martin. Seine Untersuchung heute ist klasse ausgefallen. Er wird schneller gesund, als er gedacht hat.« Bastian machte eine Kunstpause. »Und wisst ihr, was Herr Jensen vorschlägt?«

»Spann uns nicht auf die Folter«, bestürmte Luisa ihn.

»In den Ferien will er mit uns an die Nordsee fahren.« Bastian tippte auf die letzte Zeile des Faxbriefes. »Und das Tollste – die Pferde kommen mit.«

Mit einer kurzen Kopfbewegung schnappte Kalle sich das Papier und ließ das Fax blitzartig im Maul verschwinden.

»Hilfe«, rief Conny lachend. »Kalle frisst unsere Einladung auf.«

Aber da spuckte das Fjordpferd das zerkaute Papier schon wieder aus. So ein Fax schmeckte doch lausiger, als man dachte . . .

REITERHOF BIRKENHAIN

Achtung: Pferde in Not!

Inhalt

1. Kapitel
Formel-1-Fahrer 147

2. Kapitel
Sicher, Baby 157

3. Kapitel
. . . zum Dritten 164

4. Kapitel
Schock auf dem Feldweg 170

5. Kapitel
Wo ist Deichgraf? 183

6. Kapitel
Geheimtreffen bei Nacht 188

7. Kapitel
Der Polizei-Trick 197

8. Kapitel
Mutiger Einsatz 206

9. Kapitel
Schneller, Herr Jensen! 215

10. Kapitel
In Sicherheit? 225

11. Kapitel
Schicksalsspiel 236

12. Kapitel
Misstrauen gegen Al 254

1. Kapitel

Formel-1-Fahrer

Wütend pfefferte Imke Zavelstein ihren Schraubenzieher gegen die Pferdebox und fuhr herum.

»Hört auf, mich wie eine Schwerkranke zu behandeln!«, fauchte Imke die beiden Mädchen hinter sich an. »Habe ich vielleicht ein Schild auf dem Rücken: *Ich brauche Mitleid?*«

Nein, aber das war auch nicht nötig.

Die zierliche Zwölfjährige sah auch ohne Hinweisschild aus wie ein Bild des Jammers – wie sie mit hängenden Schultern vor der leeren Box stand, in der Hand die abgeschraubte Tafel mit dem Namen *Deichgraf.* Selbst ihr kurzer Pferdeschwanz, mit dem Imke ihr krauses schwarzes Haar bändigte, hing traurig herunter.

Die beiden, die sie »gefälligst nicht wie eine Kranke behandeln sollten«, waren Jule Ahrend und Conny Clasen, beide zwölf. Wie Imke verbrachten sie jede freie Minute auf dem Reiterhof Birkenhain.

Die Reitschule in Großmoorstedt am Stadtrand von Hamburg war für die Mädchen der schönste Platz der

Welt. Breite Sandwege führten ins Gelände. Ideal für lange Ausritte, die die Mädchen jetzt in den Herbstferien täglich unternahmen.

Bevor sie die Schulpferde sattelten, musste der Stall aber top aussehen. Darauf bestand Reitlehrer Kai Jensen.

Conny fegte Heureste und Birkenlaub zusammen und warf den Haufen in die grüne Mülltonne.

»Meine Güte, Imke, bist du empfindlich«, sagte sie und verzog das Gesicht. »Es darf einem ja wohl leid tun, dass dein Pferd verkauft worden ist. Wenn ich mir vorstelle, dass mein Rocky nicht mehr hier im Stall stände . . .«

Conny, genannt »Mücke«, stützte sich nachdenklich auf den Besenstiel.

»Oder meine Sally mit ihrem Fohlen . . .«, fiel Jule ihrer Freundin ins Wort.

Das war zu viel für Imke.

»Müsst ihr denn immer wieder davon anfangen?«, schluchzte sie und schlug die Hände vors Gesicht.

Die beiden Mädchen wechselten einen raschen Blick. Sie meinten es doch nur gut, wenn sie Imke wie ein rohes Ei behandelten. Aber bitte, wenn sie nicht wollte . . .

Jule zuckte mit den Schultern und griff sich unwillkürlich in ihr dichtes rotes Haar. Sie konnten Imke genauso gut links liegen lassen. Dass sie und Conny überhaupt mit ihr sprachen, darüber konnte Imke wirklich froh sein. Sie gehörte nämlich zu einer Clique, die die anderen nur »die Nervis« nannten. Mit den drei Zwölfjährigen gab es nichts als Ärger. Der einzige Grund, dass die Mädchen miteinander redeten, war Deichgraf, Imkes Pferd, das vor zwei Wochen verkauft worden war.

»Und du hast mir fest versprochen, Himmel und Hölle in Bewegung zu setzen, damit er bleiben kann«, sagte Imke bitter zu Jule. »Da sieht man mal, was hinter deinen großen Sprüchen steckt – nichts.«

Was Imke sagte, stimmte leider. Zum Teil jedenfalls.

Jule biss sich auf die Lippen. Ja, sie hatte ihr geschworen, Deichgrafs Verkauf zu verhindern. Jule hatte ein schlechtes Gewissen, wenn Imke dieses Thema anschnitt. Imke hatte sich voll auf ihre Ideen verlassen. Mit List und Tücke wollte Jule jedem möglichen Käufer Deichgraf vermiesen.

Aber dann . . . dann war Imkes Vater arbeitslos geworden. Er hatte kein Geld mehr für die Boxenmiete. Das konnte man drehen und wenden, wie man wollte. Und den Tierarzt Dr. Teichmüller – er hatte den lahmenden Wallach lange behandelt – konnte Vater Zavelstein auch nicht ohne Ende bezahlen.

»Du hast Deichgraf doch schon zweimal in Bargteheide besucht«, sagte Jule, um sich irgendwie zu rechtfertigen. »Und es ging ihm super.«

Die Käuferin, Frau Decker, schien in Ordnung zu sein. Schon deshalb, weil sie Imke erlaubte, ihren Deichgraf jederzeit zu besuchen. Vom Reiterhof Birkenhain war es nicht weit nach Bargteheide, aber leider erreichte man den neuen Stall ohne Auto nur schwer. Imke räusperte sich und putzte sich die Nase.

»Hör auf«, sagte sie gereizt. »Die Wahrheit ist: Ich habe die Pechkarte gezogen und du hast nur Glück.«

Imke ging zur ersten Außenbox, die zwischen der Reithalle und dem alten Bauernhaus lag, in dem die meisten Schulpferde untergebracht waren.

Die große Box besaß eine niedrige Tür, über die man die Pferde gut beobachten konnte. Jules Liebling, die braune Stute Sally, und ihr winziges Fohlenmädchen »M2« standen hier. Die beiden blickten kurz hoch, ließen sich aber nicht stören.

Jule hatte die Pferde vorhin von der Koppel geholt. Obwohl es schon Anfang Oktober war, durfte das Fohlen noch heraus, denn in diesem Jahr war es lange ungewöhnlich warm und sonnig. Jule lehnte sich neben Imke über die Boxentür.

»Du hast sogar zwei Lieblingspferde«, sagte Imke Zavelstein niedergeschlagen. »Sally und das Fohlen. Und ich? Ohne Deichgraf bin ich doch im Stall total überflüssig.«

»Sei nicht blöd, Zavelstein.«

Conny ging es auf die Nerven, dass Imke nur auf dem Jammer-Trip war. Das machte den Verkauf auch nicht rückgängig. Höchste Zeit, dass sie auf andere Gedanken kam.

»Mensch, Imke, wir haben Herbstferien. Außerdem – niemand hat etwas dagegen, wenn du dich im Stall nützlich machst.«

Conny zeigte auf die Forken, die an der Wand des Bauernhauses lehnten. »Ausnahmsweise bei den Schulpferden, wenn das nicht unter deiner Würde ist.«

»Glaub ja nicht, dass ich bei deiner Lakritzstange ausmiste«, sagte Imke spitz.

Conny ärgerte sich, dass Imke immer auf ihrem schwarzen Lieblingspferd Rocky herumhackte. Lakritzstange! Schulpferd Rocky war einfach ein zierlicher Typ.

Imke polierte Deichgrafs Namensschild mit dem Ärmel und sah mit rot geweinten Augen Sally und M2 beim Schmusen zu. Sehnsüchtig seufzte sie.

Jule betrachtete sie aus den Augenwinkeln. Plötzlich tat Imke ihr richtig leid. Wie mies hatte sie selber sich gefühlt, als vor fünf Jahren ihr bester Spielkamerad wegziehen musste. Das eigene Pferd herzugeben – das war natürlich noch härter.

Jule dachte nach. Sollte sie Stallbesitzer Jensen fragen, ob Imke Sally ab und zu reiten durfte? Bisher erlaubte er das nur ihr und Luisa Steffen, weil die so dünn war. Luisa war aber mit ihrer Oma in den Ferien verreist. Es fehlte also eine leichte Reiterin für Sally. Andererseits wollte Jule ungern Sonderrechte an Imke abtreten . . .

Ehe Jule zu einem Entschluss kam, tauchte Kai Jensen mit einem Futtersack auf der Schulter vor den Außenboxen auf. Seine Laune konnte man nicht gerade als glänzend bezeichnen. Hatte er den bissigen Dialog zwischen Conny und Imke aufgeschnappt? Offensichtlich.

»Euer Gezicke hört man ja bis in die letzte Hofecke«, sagte Jensen und setzte den schweren Sack ab. »Eigentlich wollte ich euch eine brandneue Geschichte erzählen, aber das lasse ich jetzt. Außerdem . . .«

Der superschlanke Mann richtete sich auf und sah sich um.

»Bastian fehlt. Der soll die Neuigkeit auch hören. Aber der ist wohl drinnen bei King Louis.«

Eine Neuigkeit? Eine Überraschung?

Sofort bestürmten die drei den Chef von Birkenhain und schrien durcheinander.

»Was gibt's denn?«, »Los, Herr Jensen!«, »Wir erzählen es Bastian nachher, Ehrenwort.«

Kai Jensen kam gar nicht dazu, den Mund aufzumachen, denn die Geschichte erzählte sich praktisch selbst.

Ein dunkelgrüner Corsa fuhr, nein raste, auf den Hof, drehte eine halbe Kurve und bremste mit dramatisch quietschenden Reifen vor dem Paddock. Gestank von Benzin und Reifengummi hing in der Luft, wo es eben noch nach Heu geduftet hatte. Aus dem offenen Fahrerfenster hämmerte Musik aus einer gigantischen Anlage.

In diesem Moment kam Bastian mit King Louis am Halfter nach draußen. Aufgeschreckt durch das verrückte Auto sprang das Pferd zur Seite und drehte sich nervös im Kreis. Blitzartig wickelte sich der Führstrick um einen Pfosten.

Der Corsa-Fahrer, ein junger Mann mit schwarzen, halblangen Haaren, lehnte sich aus dem Seitenfenster und hob lässig die Hand.

»Hast du sie noch alle?«, brüllte Bastian gegen die Musik an. Ein einziger ungeschickter Tritt – und der alte King Louis wäre lahm. Gut, dass der 14-Jährige so groß war, sonst hätte er den Herdenboss kaum halten können. Auch so hatte Bastian alle Hände voll zu tun, um das Pferd am Herumspringen zu hindern.

»Bleib einfach cool, Kleiner.«

Der Unbekannte grinste, knallte die Wagentür bis zum Anschlag auf und stieg aus. Alles an ihm war schwarz – seine enge Lederhose, die Lederweste, die Cowboystiefel.

Mit bebenden Fingern band Bastian sein Pferd fest und stürzte auf den Ledertyp zu. Er kochte vor Wut. War der noch bei Trost, wie ein wild gewordener Formel-1-Fahrer über den Reiterhof zu jagen? Glaubte er etwa, damit die Mädchen zu beeindrucken?

Bastian blieb direkt vor dem Unbekannten stehen. Ihre Nasenspitzen berührten sich fast. Feindselig starrten sie sich an. Beide Jungen waren gleich groß, über 1,80 m. Bastian zog verächtlich die Augenbrauen hoch. Es hätte nicht viel gefehlt und er hätte dem Kerl eine geknallt. Zumindest hätte er ihn liebend gern am Kragen seiner protzigen Lederweste gepackt und geschüttelt. Aber mit Kai Jensen als Zuschauer? Keine gute Idee ...

Der Stallbesitzer pfiff Bastian zurück. Das hier war

eindeutig Chefsache. Widerstrebend ging Bastian ein paar Schritte rückwärts.

Was Kai Jensen dann sagte, ließ alle aufhorchen. Er sagte, das heißt, er brüllte es dem Autofahrer zu: »Noch so ein Auftritt und du kannst deine Lehre woanders machen.«

An Jensens Stimme hätte man Colaflaschen kühlen können, so eisig war sie.

»Lehre? Was für eine Lehre? Bleibt der etwa hier?«, fragt Jule ungläubig.

Die Nachricht war ein Hammer.

Der Typ da drüben machte eine Ausbildung in ihrem Stall? Sogar Imke vergaß ihre Traurigkeit für einen Moment. Ein Lehrling auf einem Reiterhof – das roch nach Unterhaltung! Auch wenn sein erster Auftritt mehr als peinlich war.

Jensen schwieg verdrossen und winkte den Schwarzhaarigen zu sich heran. Cool schlenderte der auf die Gruppe zu. Als er Jensens Blick sah, wurde er aber zusehends kleiner.

»War vielleicht nicht so gut ...«, murmelte der Rennfahrer.

Es war nicht Jensens Art, andere vor Publikum abzukanzeln. Obwohl der hier es verdient hätte. Ein angehender Pferdewirt, der sich benahm wie ein Idiot!

»Wir unterhalten uns später«, knurrte Jensen.

Albrecht Steinberg, so hieß der 18-Jährige, hatte seinen Job bei ihm noch gar nicht begonnen, da bereute Jensen die Neueinstellung bereits. Dieser Albrecht war ein Notfall gewesen. Der Junge hatte seine Ausbildung in einem anderen Reitstall begonnen. Als der Pleite ging, suchte er einen Stall, in dem er die Lehre zu Ende machen konnte. Und er, Jensen, hatte sich breitschlagen lassen.

Der Stallbesitzer ärgerte sich schon über sein weiches Herz. Wenn dieser Steinberg bereits *jetzt* im Stall für Stress sorgte . . . na, danke. Wie der sich erst aufführen würde, wenn er sich eingelebt hatte, das konnte man sich an fünf Fingern ausrechnen.

Der Krach hatte die anderen Mädchen alarmiert, die im Stall arbeiteten. Sie zückten gleich ihre Handys oder stürzten ans Stalltelefon. Die aufregende Neuigkeit von Jensens Lehrling musste man jedem in Großmoorstedt sofort brühwarm erzählen.

Eine Stunde später – Jensen hatte Albrecht im Büro ein paar passende Worte gesagt – sah der Reiterhof aus wie der Pausenhof eines Mädchen-Internats.

In jeder Ecke standen Mädchen beieinander, steckten ihre Köpfe zusammen und tuschelten. Ein neuer Junge! Und das bei dem Männermangel auf dem Hof! Außer Bastian und dem Reitlehrer Axel Rakete gab es keine jungen männlichen Reiter. Dafür heftigen Frauenüberschuss.

Bastian fand die Situation höchst beunruhigend.

Er hatte Jule, die freche Zwölfjährige, die keinem Streit aus dem Weg ging, nämlich gern. Das fehlte gerade, dass sich ein anderer an sie heranmachte. Dieser Albrecht Steinberg musste schon 18 sein, wegen des

Führerscheins. Ob Jule sich durch sein Auto beeindrucken ließ? Frauen waren manchmal höchst seltsam. Noch machte Jule allerdings einen ganz normalen Eindruck . . .

Dafür schienen ein paar andere auf dem Hof durchzudrehen: die Killerbienen. Das war der Spitzname für die größeren Mädchen, 16 und 17 Jahre alt. In ihren Köpfen spukte nichts anderes herum als Männer, Männer, Männer.

Die Killerbienen waren genau Albrecht Steinbergs Kragenweite. Als Jule ihren Putzkasten holte, sah sie, wie Albrecht seinen Arm um Ilona, einen besonders krassen Fall unter den Killerbienen, legte und lässig sagte: »Okay, Baby, nenn mich einfach Al.«

Jule drehte sich um und sagte laut: »Ich glaube, ich muss brechen.«

2. Kapitel

Sicher, Baby

»Sicher, Baby.«

Was war das? Jule traute ihren Ohren nicht. Gerade kam sie aus dem Bäckerladen, in dem sie sich für einen langen Stalltag eingedeckt hatte, da hörte sie vertraute Stimmen von der Straße. *Sehr* vertraute Stimmen. Pech nur, dass ein Müllwagen die Leute verdeckte, die zu den Stimmen gehörten.

Die Tüte mit Croissants flog in die Putzbox auf dem Gepäckträger. Jule schob ihr Fahrrad vorsichtig zum Heck des Müllautos und spähte um die Ecke.

Tatsächlich. Ihre Vermutung war richtig.

Imke Zavelstein und Albrecht Steinberg.

Imke redete gerade mit Engelszungen auf den Pferdewirt ein, der sich obercool »Al« nennen ließ. Zwar verstand Jule nicht alles, aber der Tonfall, *dieser Tonfall,* sprach Bände. Unwillig schüttelte Jule den Kopf. Wie konnte Imke nur! Hatten sich nicht alle Mädchen, die noch ihre fünf Sinne beisammenhatten, geschworen, diesem Al die kalte Schulter zu zeigen?

»Sicher, Baby«, sagte Albrecht zum hundertzwanzigsten Mal und warf lässig seine schwarzen Haare zurück. Dann stolzierte er wie ein texanischer Ranchbesitzer mit seinen spitzen Cowboystiefeln zum Auto.

Die muss er gleich ausziehen, dachte Jule schadenfroh. Sie erinnerte sich an Kai Jensens entgeistertes Gesicht, als er Al beim Ausmisten in diesen Westernstiefeln sah.

»Die Dinger will ich hier nicht sehen«, raunzte der Chef ihn gleich nach seiner Ankunft an; eine Woche war das jetzt her. »Jedenfalls nicht bei der Arbeit. Hier wird mit Reitstiefeln geritten und mit Sicherheitsschuhen gearbeitet. Mit Stahlkappe.«

»Warum?«, begehrte Al auf.

Jensen überlegte kurz und behauptete dann: »Die Versicherung verlangt es.«

Dagegen konnte Al nichts sagen. Zähneknirschend fügte er sich. Die klobigen Sicherheitsschuhe sahen natürlich ziemlich uncool aus zu seiner Lederhose. Albrecht Steinberg fürchtete um sein Ansehen bei den Killerbienen, die bis jetzt noch um ihn herumschwirrten wie Fliegen um einen Haufen Pferdeäpfel.

Warum nun auch Imke Zavelstein?

Jule lehnte sich an ihr Rad und wartete mit verschränkten Armen auf Imke.

»Hast du Lederfett geschluckt?«, fragte Jule anzüglich, als die kleine Schwarzhaarige hinter dem Müllwagen auftauchte. »Oder warum redest du so schmierig? Was findest du plötzlich an diesem Al?«

Imke lief rot an. Musste Jule ausgerechnet jetzt hier auftauchen? Morgens um sieben Uhr?

Sie hatte schon eine patzige Antwort auf der Zunge, besann sich dann aber, Jule reinen Wein einzuschenken.

»Ehrlich gesagt, Al soll mich nach Bargteheide fahren, zu Deichgraf.« Verlegen spielte Imke an dem Gummiband, das ihre schwarzen Locken im Nacken zusammenhielt. »Das ist alles. Immerhin ist er der Einzige, der ein Auto hat.«

»Hoffentlich stimmt das mit Deichgraf«, sagte Jule zweifelnd.

»Na hör mal. Klar doch.« Imke wurde plötzlich ganz eifrig. »Herr Jensen schickt Al am Freitag zu einer Pferde-Versteigerung irgendwo bei Bargteheide. Die soll er sich angucken. ›Gehört auch zur Ausbildung‹, sagt der Chef.«

Eine Versteigerung . . .

Jule überlegte. Sollte sie mitfahren? Mit Al in einem Auto, das behagte ihr natürlich nicht. Andererseits – möglicherweise konnte sie in Bargteheide doch noch etwas für Deichgraf tun? Vielleicht ließ sich die neue Besitzerin, Frau Decker, überreden, Imkes Pferd wieder in eine Box auf Birkenhain zu stellen? Frau Decker wohnte im Süden von Bargteheide, das war schon Richtung Hamburg.

Imke fand den Vorschlag klasse, obwohl er von Jule kam.

»Gemacht«, sagte sie und klatschte ihre Handfläche gegen Jules.

Die gute Stimmung hielt nicht lange an, als die Mädchen im Stall angekommen waren. Schnell sickerte bei den anderen durch, dass Jule und Imke mit Al zur Pferde-Auktion fahren wollten.

Bastian kochte. Er suchte Jule im ganzen Reitstall und fand sie schließlich vor Sallys Box, wo sie ihren Striegel reinigte. Wütend stellte er sie zur Rede.

»Wieso steigst du bei diesem irren Raser ein? Spinnst du?«

Jule blickte von ihrem Putzkasten auf und zog ärgerlich die Augenbrauen hoch. »Ganz einfach, wir wollen Deichgraf besuchen.«

Was fiel Bastian ein?

»Seit wann bist du denn verrückt nach Deichgraf? Gib doch zu, du findest es einfach gut, dass dieser Steinberg ein Auto hat.«

»Du hast doch eine Meise«, protestierte Jule und warf den Plastikstriegel nach Bastian.

Conny, die hinter einem Silageballen Rockys Sattel einfettete, kam mit dem Lappen näher. So ein heftiger Wortwechsel?

Zwischen Jule und Bastian, dem heimlichen »Traumpaar« auf Birkenhain? Das war neu.

Als beide gerade mal Luft holten, mischte Conny sich von hinten ein. »Okay, ich bin nicht da. Tut einfach so, als ob ich nicht da wäre.« Das hellblonde Mädchen hielt sich den Putzlappen vors Gesicht, als ob sie sich dahinter unsichtbar machen könnte. Die Streithähne drehten sich um.

»Wie gesagt, ich bin nicht da«, sagte Conny. »Aber *wenn* ich da wäre, dann würde ich sagen: ›Müsst ihr euch benehmen wie zwei durchgeknallte Affen? Könnt ihr euch vielleicht endlich unterhalten wie Lebewesen mit einer Mindestmasse Hirn?‹«

»Halt dich raus, Mücke!«, sagte Bastian finster. »Du kannst nicht mitreden. Es sei denn, du willst auch mit dieser Ratte nach Bargteheide fahren.«

»Genau das habe ich vor«, hörte Conny sich sagen. Zwar stimmte das gar nicht, aber sie merkte, dass die Lage durch ihre Behauptung entschärft wurde. Conny zuckte die Schultern. »Je mehr wir sind, desto besser. Warum fährst du nicht auch mit, Bastian? Dann kriegen wir den Angeber schneller klein.«

Logisch eigentlich.

Jule und Conny brauchten trotzdem noch eine Viertelstunde, bis Bastian sich zum Mitkommen überreden ließ.

Al knurrte ungehalten, als er hörte, dass jetzt auch Bastian und Conny mit nach Bargteheide fahren wollten. Jedenfalls sagte er diesmal nicht: »Sicher, Baby.«

Aber Kai Jensen bekam Connys Frage mit und verdonnerte Al dazu, alle mitzunehmen.

»Morgen hänge ich ein paar Infos über die Versteigerung auf«, versprach Herr Jensen.

Als die Mädchen am nächsten Morgen im Stall erschienen, mühte Kai Jensen sich gerade am Schwarzen Brett ab, einen Zeitungsausschnitt auf die harte Platte zu heften. Zwei spitze Pinnwandstifte klemmten zwischen seinen Lippen, ein Leichtsinn, den er bei seinen Reitschülern nicht duldete. Jensen zeigte auf den Bericht.

»60 Pferde sind schon da«, quetschte er zwischen den beiden Stiften hervor. »Aus einem Gestüt in Brandenburg.«

Jensen befestigte den letzten Stift. »Ein paar Pferde kommen sicher noch dazu, hier aus der Gegend. Jeder, der rund um Bargteheide wohnt, kann sein Pferd auf der Auktion anbieten und verkaufen. Praktisch, was? So spart man sich den ganzen Umstand mit Zeitungsanzeigen.«

Herr Jensen ging zur Seite. Sein Artikel hing neben einer Seite über Tiertransporte, die Conny aus einer Pferdezeitschrift ausgeschnitten hatte. Auf der Unterschriftenliste darunter hatte sich der ganze Stall eingetragen. Die Liste sollte an den Landwirtschaftsminister geschickt werden. Als Protest gegen die schlimmen Zustände auf Tiertransporten.

Keines der Mädchen ahnte, wie bald sie hautnah mit diesem Thema zu tun haben würden. Im Augenblick dachten alle nur an die Pferde-Versteigerung in Bargteheide.

Conny und Jule stellten sich auf die Zehenspitzen, um den klein gedruckten Artikel entziffern zu können.

Al gesellte sich zu ihnen. Er nutzte jede Gelegenheit, seine Arbeit zu unterbrechen.

». . . ein Geheimtipp, um preiswert an ein Pferd zu kommen«, las Jule vor. »Freitag ab 9 Uhr Besichtigung der Auktionspferde, Auktionsbeginn 14 Uhr.«

Al schlug vor, Freitagmorgen früh loszufahren, am besten schon um acht Uhr. Aus einem durchsichtigen Grund: Er hoffte dadurch, der Stallarbeit zu entgehen.

Aber diesen Zahn zog ihm Kai Jensen gleich wieder.

»Muss ich etwa vorher noch ausmisten?«, fragte Al missmutig.

Kai Jensen klopfte ihm auf die Schulter und nickte.

»Sicher, Baby«, sagte er.

3. Kapitel

. . . zum Dritten

»Ein richtiger Geheimtipp ist das aber nicht«, stellte Jule fest, als sie am Freitagnachmittag aus dem Corsa kletterte. »Bei dem Andrang hier.«

Neugierig sahen die Hamburger sich auf dem Auktionsgelände bei Bargteheide um.

Zwischen dem Torbogen, durch den sie gekommen waren, und dem weißen Gutshaus mit der breiten Treppe standen geparkte Autos, ein Teil davon mit Hängern. Obwohl die Wagen sich auf dem weitläufigen Hof ein wenig verloren, war doch auf Anhieb klar, dass sich hier viele Pferdefreunde trafen.

Ahornbäume und eine Reihe hoher Buchen säumten das alte Gut. In der Sonne, sie stand schon tief im Westen, leuchteten die Blätter gelb, orange und rot. Wäre nicht die typische Herbstfärbung des Laubs gewesen, hätte man an einen Sommertag denken können. Auch deshalb, weil alle Fenster im Gutshaus weit offen standen. Direkt an das beeindruckend schöne Hauptgebäude waren schmucklose Stallungen und eine moderne Reithalle angebaut.

Auf dem quadratischen Hof herrschte reger Betrieb. Ständig wurden Pferde in die Halle geführt, andere kamen heraus. Sogar Stuten mit Fohlen bei Fuß waren dabei. Aufgeregt hopsten die Pferdekinder um ihre Mütter herum, die ganz gelassen blieben.

Jule reckte sich ausgiebig. Zu fünft in einem Kleinwagen, das war doch etwas eng. Zumindest hinten. Den bequemen Beifahrersitz hatten die Mädchen Bastian überlassen, wegen seiner langen Beine.

Sie waren später aus Hamburg weggefahren als geplant. Mit Flecken-Paula, dem Voltigierpferd, gab es einige Probleme und Jensen brauchte bis nachmittags Albrechts Hilfe im Stall. Der Besuch bei Deichgraf musste gestrichen werden, sonst hätten sie die Versteigerung verpasst.

Al, natürlich in seiner schwarzen Lederkluft, war unterwegs ganz zahm gewesen. Fast vernünftig. Damit war es aber vorbei, kaum dass er auf dem Gut ausgestiegen war. Sobald Albrecht Steinberg Zuschauer hatte, verfiel er in seine Lieblingsbeschäftigung – Angeben und Sticheln.

»Na, hast du Deichgraf schon entdeckt?«, machte er Imke an. »Der wird doch hier bestimmt verkauft. Darauf könnte ich wetten.«

»Was?« Imkes Gesicht verlor die Farbe. »Wie kommst du darauf?«

Al feixte.

»Wer behält schon einen lahmen Gaul?«

Unsanft stieß Bastian ihn in die Seite. »Hör auf mit

deinem blöden Gerede, Steinberg. Sonst gibt es gleich richtig Ärger.«

»Etwa mit dir, Baby?«

Jetzt fing das schon wieder an!

Conny packte die beiden Jungen von hinten am Hosengürtel und schob sie vorwärts, Richtung Reithalle.

»Wenn ihr nicht sofort aufhört, lassen wir *euch* versteigern«, drohte sie, »und von dem Geld kaufen wir uns ein paar friedliche Männer für Birkenhain.«

Sie schlüpften hinter einem Pferdebesitzer mit einem Fuchswallach in die Reithalle. Durch halbhohe Fenster und Dachelemente aus Glas flutete viel Licht herein. Die Halle war so groß wie ihre auf Birkenhain, nur ohne Tribüne. Für etwa 200 Zuschauer war ein Drittel der Halle abgeteilt und mit weißen Kunststoffstühlen bestückt worden.

Die Hamburger drängelten sich durch das Publikum zu einigen freien Plätzen am Ende der Halle.

Ein niedriger Ernteanhänger, geschmückt mit Herbstlaub und Astern, diente als Plattform für den Auktionator; er saß hinter einem Pult auf diesem Wagen. Der Mann mit angestrengtem rotem Gesicht trug einen dunklen Anzug, dazu einen steifen schwarzen Hut, eine sogenannte Melone.

Der Auktionator stellte jedes neu hereinkommende Pferd vor – Name, Rasse, Stute, Hengst oder Wallach, Alter, Abstammung, Turniererfolge. Dann nannte er das Anfangsgebot, also den Betrag, für den das Pferd mindestens verkauft werden sollte.

Der Fuchs, der mit ihnen hereingekommen war, wurde gerade im Schritt und Trab vorgestellt.

»Schöne Gänge«, sagte Al unüberhörbar und schlug seine Beine übereinander, damit auch jeder seine Angeberstiefel sehen konnte.

»Wirklich, schöne Gänge«, sagte er noch einmal unangemessen laut. Triumphierend sah er sich um, ob alle seine Fachkenntnis vernommen hatten. Statt anerkennender Blicke erntete er von den Zuschauern aber nur ein paar gezischte »Psst« und »Ruhe dahinten!«.

Das Mindestgebot von 3.000 Euro war schnell überholt. Aus allen Ecken boten die Leute mit. Wer die Hand hob, schraubte den Preis jeweils um 200 Euro höher. Der Auktionator zählte laut mit.

»5.000 der Herr hier rechts, 5.200 die Dame in Rot dort drüben. 5.400 die Dame in Dunkelblau an der Tür.«

Der Chef der Versteigerung ließ den Blick schweifen, konnte aber keine neuen Hände entdecken.

»5.400 Euro sind geboten. Höre ich 5.600? Bietet niemand mehr als 5.400?«

Offensichtlich nicht. So griff er zu seinem Hämmerchen und verkündete: »5.400 Euro zum Ersten, 5.400 zum Zweiten und 5.400 zum Dritten.«

Er zeigte auf die Stühle neben der Tür. »Der Fuchs geht an die junge Dame in der ersten Reihe.«

Mit glänzenden Augen stand die angesprochene Frau im dunkelblauen Hosenanzug auf und eilte nach vorn, um zu bezahlen.

»So viel Geld müsste man haben«, stöhnte Jule. »Die kommt einfach hier herein und kauft mal eben ein Pferd. Im Vorbeigehen. So wie ich mir einen Schokoriegel kaufe. Mensch, Leute, das möchte ich auch.«

Bastian lachte. »Hör auf! Du würdest doch nie im Leben Sally in der Reitschule lassen und dir eins von diesen Pferden kaufen. Und wenn du beide Taschen voller Geld hättest.«

»Stimmt«, gab Jule zu.

Es ging weiter. Schlag auf Schlag wurden neue Pferde hereingeführt. Bei jedem braunen Wallach machte Imke Zavelstein sich ganz klein und hielt die Luft an. Das war doch nicht etwa Deichgraf? Erst, wenn der Name vorgelesen wurde, wagte sie wieder zu atmen. Die gemeine Bemerkung von Al »Wer behält schon einen lahmen Gaul?« hatte Imke tief getroffen.

Gab es denn nur braune Pferde bei dieser Versteigerung? Imke schien es jedenfalls so. Insgeheim schimpfte sie mit sich, dass sie auf Al Steinbergs fiese Worte überhaupt etwas gab. Gerade hatte Imke sich ein wenig beruhigt, da passierte es.

Ein weiteres Pferd, wieder ein Brauner, wurde von einem jungen Mann hereingeführt – und Imkes Herz setzte fast aus.

Der edle Kopf mit den schönen Ohren, das Gesicht ganz braun ohne weiße Abzeichen. Keine Blesse, kein Stern. Die Mähne war dicht und seidig.

»Deichgraf«, murmelte Imke. Vor Schreck war sie

wie gelähmt. Die anderen Hamburger Mädchen und Bastian waren genauso überrascht.

»Der sieht wirklich genauso aus«, flüsterte Jule. »Das gibt's doch nicht.«

»Seid endlich still«, zischte eine Frau vor ihnen.

Der Auktionator sortierte seine Unterlagen, diesmal unendlich umständlich, wie es den Hamburgern schien. Dann las er den Namen vor.

»Dieser bildschöne braune Wallach heißt Deich. . .«

Er brach ab und rückte seine Brille zurecht. Imke stöhnte und auch die anderen waren starr vor Entsetzen. Alle, außer Al natürlich.

». . . heißt Deichseljunge, ein Brandenburger Warmblut . . .«, fuhr der Auktionator fort.

Den Rest wollten die Hamburger nicht mehr hören.

»Lasst uns bloß hier verschwinden, sonst drehe ich durch«, flüsterte Imke den anderen zu. »Ich sehe ja schon Gespenster.«

Die anderen waren einverstanden und zwängten sich hinter Imke durch die Menge nach draußen.

Für einen Besuch bei Deichgraf war es schon zu spät. Imke nahm sich vor, gleich morgen mit dem Bus hinzufahren.

4. Kapitel

Schock auf dem Feldweg

Ein glucksendes Geräusch ließ alle aufhorchen.

»Was war das denn? Kam das aus der Musikanlage?«, erkundigte sich Bastian. Sie hatten das Ortsschild Bargteheide gerade hinter sich gelassen.

Conny bog sich auf dem Rücksitz vor Lachen.

»Nein, das war nicht die Welle Nord, das war mein Bauch«, klärte sie die Runde auf. »Ich habe mordsmäßigen Hunger. Warum halten wir nicht irgendwo und machen Picknick? Schließlich soll meine Mutter nicht umsonst gearbeitet haben.«

Der Vorschlag kam gut an. Jeder dachte an die Käse-Baguettes und an die Brötchen mit doppelt gebackenen Spiegeleiern, die Frau Clasen mit Getränken in einer Kühlbox verstaut hatte.

Albrecht Steinberg bremste den grünen Corsa ab und bog rechts in einen breiten Feldweg ein. Der Weg war nicht asphaltiert, sondern bestand aus gewalztem Sand und Schottersteinen. Die Reifen holperten durch so tiefe Schlaglöcher, dass alle kräftig durchgeschüttelt wurden. Nach etwa hundert Metern tauchte eine Reihe Holunderbüsche auf, hinter denen der Feldweg eine weite Schleife machte.

»Perfekt für ein Picknick«, fand Imke. Ihr war ein Stein vom Herzen gefallen, seit sie aus der Auktionshalle heraus war. Bloß keine braunen Pferde mehr sehen!

»Denkste«, stöhnte Jule auf. Sie zeigte auf ein rotes Hindernis, das durch die Zweige sichtbar wurde und ihnen den Weg versperrte. Bei näherem Hinsehen erkannten sie, dass es sich bei dem Ungetüm um einen großen Lastwagen handelte.

»Komisch. Was macht der denn hier?«, flüsterte Conny.

»Bestimmt ein Erntewagen. Mit dem Bauern drin, der uns gleich vertreiben wird«, meinte Bastian. »Ich schätze mal, wir sind auf seiner Privatstraße gelandet.«

»Ein Bauer aus Schleswig-Holstein mit polnischem Lastwagen – sonst noch was?«

Al, der jetzt nur noch Schritttempo fuhr, tippte gegen die Stirn. Als Erster hatte er die ausländischen Nummernschilder und das »PL« für Polen am Heck des Fahrzeugs erkannt.

Gerade wollte Bastian aufbrausen und sich den arroganten Ton verbitten, da fühlte er Jules Hand auf seiner Schulter. Das bedeutete so viel wie »Fang jetzt bloß keinen Streit an!«.

Seufzend sank Bastian in seinen Sitz zurück und lenkte seine Aufmerksamkeit auf den Laster.

Der Wagen nahm nahezu die gesamte Breite des Feldweges ein. Er sah heruntergekommen aus und machte einen verlassenen Eindruck. Weit und breit war kein Mensch zu sehen. Vorsichtig, mit der linken Autoseite halb im Graben, bugsierte Al den Corsa an dem Ungetüm vorbei.

Das LKW-Monster wollte gar kein Ende nehmen. An die riesige Zugmaschine war ein ebenso großer Anhänger gekoppelt. Überall blätterte Farbe ab und gab den Blick auf hässliche Roststellen frei. Während die beiden Flügeltüren am Heck des Anhängers dicht verschlossen waren, befanden sich an den Seitenwänden acht schmale Reihen mit jeweils drei eng vergitterten Fenstern. Was heißt Fenster? Die quadratischen Löcher hatten eher die Größe von Schießscharten in einer Burg.

»Sieht aus wie ein Gefangenentransporter«, sagte Jule spontan, die insgeheim Als Fahrkünste bewunderte. Wie sicher er an dem Lastwagen vorbeisteuerte – alle Achtung. Das hätte ihr Vater nie geschafft. Oder nur mit wilden Verwünschungen und Schweißausbrüchen.

»Mit Gefangenentransporter liegst du gar nicht so falsch«, sagte Albrecht Steinberg. »Aber nicht für Sträflinge, sondern für Pferde!«

Einige Sekunden lang war es im Auto mucksmäuschenstill. Jedem dämmerte, was Al meinte, aber keiner wollte das schreckliche Wort aussprechen.

Jule fasste sich als Erste.

»Für . . . Pferde? Du meinst . . . für Schlachtpferde?«

Sie brachte den ungeheuren Verdacht nur flüsternd über die Lippen.

Für sein blödes Grinsen hätten die anderen Al Steinberg am liebsten aus dem Wagen geworfen. Wie konnte man den Gedanken an Tiertransporte komisch finden? Wird man so abgebrüht, wenn man schon 18 ist?, ging es Jule durch den Kopf.

Al merkte, wie die Luft um ihn herum eisig wurde, und setzte ein ernstes Gesicht auf.

»Kinder, das ist nun mal die Wirklichkeit«, startete er einen Erklärungsversuch. Mit dem Wort »Kinder« heimste er weitere Minuspunkte ein. »Solche Trucks rollen doch seit Jahren über die Autobahnen. Zu Tausenden . . .«

An die Brötchen in der Kühlbox dachte jetzt niemand mehr. Al hatte den Laster endlich überholt und hielt mit einem Sicherheitsabstand von zehn Metern vom Führerhaus entfernt. Als sich auch jetzt nichts rührte, stiegen die Hamburger aus und näherten sich vorsichtig dem schrottreifen Gefährt.

»Da, lest mal!«

Imke Zavelstein deutete auf die große Aufschrift, die sich auf voller Länge über die Seitenwand des Anhängers zog:

TRANSPORT INTERNATIONAL.

Und dann blickten alle fast gleichzeitig in ein Paar dunkle Pferdeaugen, die durch die Gitterstäbe lugten.

Es war ein Blick, der tief ins Herz traf – unendlich verzweifelt und traurig.

Holt mich hier raus!, flehten diese Augen.

Auf der Stirn trug der Braune ein weißes Abzeichen, einen kleinen Stern. Wie unsere Sally, ging es Jule durch den Kopf. Nur dass bei diesem Pferd der Stern blutverschmiert war. Offensichtlich hatte sich das Tier verletzt oder wund gescheuert.

»Ob sie wohl Durst hat? Oder Hunger?«, wisperte Jule. Ohne nachzudenken, hatte sie den Braunen als Stute eingeordnet. Weil das Pferd sie eben sofort an Sally erinnerte.

Conny und Imke liefen zur Böschung und rupften dort ein paar Büschel Gras ab. Aufmerksam verfolgte das eingesperrte Pferd jede ihrer Bewegungen.

Im Laster entstand Unruhe. Offensichtlich standen noch mehr Pferde da drinnen. Lautes Stampfen und Scharren drangen nach draußen. Aber im Gegenlicht waren die Körper kaum auszumachen. Richtig erkennen konnte man nur das braune Pferd vorne.

Als die Mädchen ihre Grashalme durch die Eisenstäbe stopften, schnappte es gierig nach dem saftigen Grün. Aber das meiste Gras fiel auf den Boden. Das Gitter war einfach zu eng.

»He, was macht ihr da?«

Keiner hatte den Mann kommen hören, der plötzlich hinter ihnen stand.

Er war nicht groß, etwa 1,70 Meter. Unter einer altmodischen blauen Latzhose trug er einen abgetragenen braunen Rolli. Gekräuselte Haare krochen rechts und links unter seiner karierten Schirmmütze hervor. Er musste um die 50 sein. Bastian vermutete, dass der Mann sich in der Fahrerkabine ausgestreckt hatte und durch ihre Stimmen aufgeschreckt worden war.

»Und Sie, was machen *Sie* hier?« Jule schlug einen kämpferischen Ton an. »Warum stehen die Pferde in diesem . . . Gefangenentransporter?«

Der Lastwagenfahrer zuckte die Schultern.

»Muss Pferde nach Italien bringen«, sagte der Mann in gebrochenem Deutsch.

Jule sah Conny an, dann Bastian und Imke, die aber nur Augen für den rostigen Transporter hatten. »Fragt ihr ihn doch, was sie da mit den Pferden machen«, sagte Jules Blick. Sie selbst wagte nicht zu fragen. Eine innere Stimme sagte, dass sie die traurige Antwort schon kannte.

»Ihr habt Pferde?«, fragte der Fahrer unvermittelt und zeigte auf Albrechts Auto. Natürlich, die Pferde-Sticker auf der Heckscheibe fielen ja meilenweit auf.

»Ja, aber wir sind Reiter und keine Tierquäler«, entrüstete sich Conny. »Wie können Sie nur so etwas tun. Ich meine . . . Pferde in diese Kiste zu quetschen und bis nach Italien zu transportieren. Ohne Wasser und Futter. Das ist doch ein Schlachtpferde-Transporter oder etwa nicht? Eine Schweinerei!«

Conny redete sich richtig in Wut. Sie war den Tränen nahe. Zu häufig hatte sie in der Zeitung von den schrecklichen Szenen gelesen, die sich in den rollenden

Pferdegefängnissen abspielten. Oft waren die Lastwagen 90 Stunden und länger unterwegs, bis sie die Schlachthöfe im tiefen Süden Italiens oder Frankreichs erreichten.

Trotzig sah sie den Fremden an. Sollte der doch ausrasten, dieser Tierquäler, das war ihr egal.

Man sah ihm an, dass er mit sich kämpfte. Sollte er die jungen Leute vertreiben oder mit ihnen reden?

»Passe immer auf, dass Pferde Wasser haben«, verteidigte er sich etwas hilflos. »Auf Rasthof. Autobahn.«

Aber Conny blieb aggressiv.

»Sie können uns viel erzählen. Warum verstecken Sie den Wagen denn hier?«

Joseph, so hieß der Mann, wie sie wenig später erfuhren, setzte sich auf die Böschung und stützte den Kopf in beide Hände. Sein Chef verlangte, sagte er, dass er den Transporter immer auf abgelegenen Feldwegen parkte, damit Tierschützer ihn nicht entdeckten.

Erst stockend, dann immer schneller berichtete Joseph in schwer verständlichem Deutsch die Sache mit den Pferdetransporten aus seiner Sicht. Dass viele seiner Landsleute so wenig Geld haben, dass es nicht für die ganze Familie reicht. Dass sie darum jeden Job nehmen, den sie bekommen können. Auch er habe sich nicht träumen lassen, eines Tages Schlachtpferde durch Europa zu transportieren. Aber er habe dringend Geld verdienen müssen und nichts anderes gelernt, als Lastwagen zu fahren.

»Leute in Regierung sind schuld«, sagte er zum Schluss. »Politiker müssen andere Gesetze machen für arme Pferde.«

In das betretene Schweigen hinein fragte Jule: »Und warum stehen Sie hier mit Ihrem Transporter und sind nicht auf der Autobahn unterwegs?«

»Warte Ende von Pferde-Versteigerung ab«, sagte Joseph achselzuckend. Die Pferde, die bei der Auktion keinen neuen Besitzer fänden, würden billig an ihn verkauft. Sie kämen mit auf den Transporter nach Italien. »Habe schon zwei Braune drauf.« Er deutete auf seinen Hänger.

»Sie meinen . . . Pferde von der Versteigerung?«, fragte Imke stockend.

Joseph nickte.

Wie von Sinnen rannte Imke auf den Lastwagen zu. »Machen Sie sofort die Tür auf«, schrie sie. »Ich will die Pferde sehen. Alle.«

Joseph kam ihr zuvor und breitete die Arme aus. Abwehrend stellte er sich vor die breite Doppeltür.

»Nix öffnen«, sagte er mit Nachdruck. »Ist gefährlich.« Er merkte, dass die Situation zu entgleisen drohte. Darum sagte er barsch: »Geht weg! Schnell! Geht weg!«

Die anderen waren Imke ein paar Schritte gefolgt. Bastian packte das aufgebrachte Mädchen am Arm.

»Mach dich nicht verrückt«, beschwor er Imke und zog sie zurück. »Das müsste ja ein schrecklicher Zufall sein, wenn Deichgraf . . .«

»Ich muss weg hier«, sagte Conny mit gesenktem Blick. »Sonst werde ich noch verrückt.« Ohne sich umzudrehen, ging sie mit den anderen zum Auto. Imke war kreidebleich.

Connys Gedanken überschlugen sich. Sie musste etwas für die armen Pferde tun, das stand fest. Aber was? Bis morgen früh stand der Transporter noch hier. Bis dahin musste sie sich etwas einfallen lassen.

Joseph blickte hinter ihnen her und drehte dabei seine Mütze in der Hand zusammen, bis sie völlig verknittert war.

Al wendete auf dem Feldweg. Als sie noch einmal an dem roten Transporter vorbeifuhren, wagte es niemand, einen letzten Blick auf den Braunen zu werfen, der seine Zähne am Gitter wetzte. Nicht mal Al wollte erneut in diese Augen sehen.

In letzter Sekunde riss Bastian seine Sofortbild-Kamera hoch und machte in einer plötzlichen Eingebung aus dem offenen Autofenster zwei Fotos. Eins vom Transporter, ein zweites vom Nummernschild.

Während der Rückfahrt auf der Bundesstraße nach Hamburg sagte keiner ein Wort.

Aber jeder wusste von dem anderen, was ihm durch den Kopf ging – Bilder von Pferdetransporten. Bei Verkehrskontrollen entdeckte die Polizei immer wieder entkräftete Tiere, die auf engstem Raum zusammengepfercht waren.

Oft war so ein vollgestopfter Transporter schwerer als erlaubt. Dann wurden nicht etwa die Tiere ausgeladen. Nein, die Lkws wurden einfach einen Tag auf dem Parkplatz stehen gelassen. Die Tiere mussten hungern, bekamen nicht einmal Wasser. Erst wenn die Pferde die nötigen Kilo »abgenommen« hatten, ging die Fahrt weiter.

Erst kürzlich stoppte die Autobahnpolizei bei Göttingen einen Lastwagen mit 14 Schlachtpferden aus Osteuropa, die in einem jämmerlichen Zustand waren ...

»Und was ist, wenn Deichgraf doch ... «, unterbrach Imke Zavelstein die Stille. Sie biss sich auf die Lippen. Den Satz wollte sie auf keinen Fall zu Ende denken, geschweige zu Ende sprechen. Imke wusste, sie bekam kein Wort heraus, ohne loszuheulen.

Zwar hatte die neue Besitzerin ihr fest versprochen, Deichgraf als Beistellpferd zu behalten. Ja, sicher. Aber hatte Imke nicht schon oft erlebt, dass Erwachsene sich nicht an ihre Versprechen hielten?

»Würde mich wirklich nicht wundern«, schaltete Al sich ein, »wenn Deichgraf auf die Reise nach Italien geht.«

Er stellte seinen Rückspiegel so ein, dass er Imke beobachten konnte. »Meinst du, ein Pferdebesitzer will endlos Geld in den Tierarzt stecken?«

Imke wurde noch eine Spur blasser und die anderen stöhnten entsetzt auf. Dieser Al – wie konnte er nur so gemein sein. Der schien seine Freude daran zu haben, Imke zu quälen. Oder redete er nur so kariert, um sich wichtig zu machen?

Andererseits: Ganz so abwegig war der Gedanke ja nicht, dass Deichgraf weiterverkauft wurde. Vielleicht war sein lahmes Bein noch schlechter geworden? Unheilbar? Oder hatte er auf der Weide Pferde geschlagen und die anderen Besitzer verärgert? Aber das waren noch lange keine Gründe, Deichgraf auf einen Schlachtpferde-Transport zu geben.

»Wir fahren zurück.«

Imke sagte das so bestimmt, dass jeder Einspruch zwecklos erschien. Das merkte selbst Al. Imke beugte sich nach vorn über den Fahrersitz.

»Wir fahren zu Deichgraf, egal, wie spät es ist. Ich will wissen, ob er noch in seiner Box steht. Diese Ungewissheit halte ich nicht bis morgen aus.«

Wie auf Kommando blickten alle auf ihre Armbanduhren. 18.35 Uhr.

Jule dachte daran, dass sie zu Hause noch den Rasen mähen wollte. Was hieß *wollte* . . . musste! Ach was, der blöde Rasen konnte warten. Jule sah das trotzige Aufblitzen in Imkes Augen und wusste, dass sie ohnehin ihren Kopf durchsetzen würde. Und außerdem, was war wichtiger: das Leben eines Pferdes oder ein paar lange Grashalme?

In der nächsten Nebenstraße wendete Al, ohne ein Wort zu sagen, und brauste zurück nach Bargteheide.

Komischer Kerl, dachte Jule. Eben noch hatte er Imke oberfies behandelt, jetzt wollte er es wieder gutmachen.

Da der Himmel inzwischen wolkenverhangen war,

legte sich die Dämmerung bereits über das flache Land. Eine Kirchturmuhr schlug gerade sieben Mal, als der grüne Corsa erneut das Ortsschild von Bargteheide passierte. Der Stall von Frau Decker lag etwas außerhalb. Man musste zuerst ins Zentrum, dann über kleine Straßen Richtung Osten.

Imke, die Deichgraf schon zweimal besucht hatte, übernahm das Kommando: »Nach der zweiten Kreuzung rechts einbiegen, an der Tankstelle wieder rechts, dann geradeaus . . .«

Endlich konnte sie etwas tun und sofort fühlte Imke sich besser! Sie fanden ihr Ziel ohne Probleme. Inzwischen hatte sich das Tageslicht endgültig verabschiedet.

In dem kargen Schein von zwei funzligen Lampen erkannte man den Hof und einen langen, hölzernen Flachbau, den Stall. Dort gab es acht geräumige Boxen, in denen Privatpferde untergebracht werden. Jeweils vier Boxen lagen sich gegenüber, getrennt durch eine schmale Stallgasse. Die Besitzer der Pferde wohnten in der Umgebung von Bargteheide.

Etwa 20 Meter neben dem Stall stand ein niedriges, rot geklinkertes Häuschen mit Sprossenfenstern.

Imke erinnerte sich, dass dort Herr Rosenfelder lebte, ein älterer, wortkarger Junggeselle, der früher viel mit Pferden zu tun gehabt hatte. Mehr wusste Imke nicht über Herrn Rosenfelder. Nur dass er die Pferde versorgte und sie im Sommer auf die angrenzende Weide brachte. Frau Decker hatte ihr gesagt, dieser

Rosenfelder sei ein kauziger Typ, der jeden Kontakt mit den Reitern mied.

Al blieb hinterm Lenkrad sitzen, Bastian stand Schmiere neben der Motorhaube. Bei Gefahr wollte er ihren vertrauten Erkennungspfiff pfeifen, der sich mit viel Fantasie anhörte wie »Vor-der-fuß-wur-zel-gelenk«. Dreimal lang, zweimal kurz, zweimal lang.

5. Kapitel

Wo ist Deichgraf?

Der Zugang zum Pferdestall war mit einer einfachen Kette gesichert, die man jedoch problemlos ein- und aushaken konnte. Im Haus von Herrn Rosenfelder brannte kein Licht. Schlief er etwa schon? Oder war er nicht zu Hause?

»Pssst.«

Imke legte den Zeigefinger auf den Mund, weil die anderen laut diskutierten. »Braucht ja niemand zu hören, dass wir hier eindringen.«

Die Doppeltür vorne im Stall war verschlossen. Durch die Glasfenster in halber Höhe hatte man jedoch gute Sicht ins Innere. Es dauerte dennoch einige Zeit, bis sich die Augen an das Halbdunkel gewöhnt hatten.

Die Pferde standen teils dösend, teils heumalmend in ihren Boxen. Ein Andalusier lag mit untergeschlagenen Vorderbeinen im Stroh und hob aufmerksam den Kopf, als er draußen etwas hörte.

Die zweite Box auf der linken Seite stand leer. Es war die von Deichgraf.

Imke konnte einen Aufschrei nicht unterdrücken.

»Sie hat ihn verkauft . . . sie hat ihn verkauft.« Entsetzt schlug sie die Hände vors Gesicht.

Conny und Jule versuchten, Imke zu beruhigen. »Nun mal keine Panik«, flüsterte Jule und legte sogar den Arm um Imkes Schulter. »Bestimmt hat die Decker ihn nur mal wieder in die Klinik zum Röntgen gebracht.«

»Oder sie hat ihn mit in den Urlaub genommen«, flüsterte Conny.

Obwohl Imke zu den Nervis gehörte, tat sie allen schrecklich leid. Sie wussten, wie sehr sie selber leiden würden, wenn ihrem Lieblingspferd etwas passieren würde.

In dem rot geklinkerten Haus ging das Licht an. Gleichzeitig ertönte Bastians Warnpfiff. Mist. Herr Rosenfelder war also doch da.

»Verdammt«, rutschte es Conny heraus.

Die Haustür knarrte und ein kleiner, alter Mann mit ausgebeulter Cordhose schlurfte auf sie zu. Seine fröhliche blonde Lockenmähne stand in merkwürdigem Kontrast zu seinem abweisenden Gesichtsausdruck. In der Hand hielt er eine Taschenlampe, deren Lichtkegel er auf den Gesichtern der ungebetenen Besucher tanzen ließ.

»Was treibt ihr hier?«, knurrte er unfreundlich. »Das ist Privatgelände. Ihr habt hier nichts zu suchen.«

Er griff in seine Hosentasche. Conny blieb fast das Herz stehen, weil sie an eine Pistole dachte, aber Herr Rosenfelder holte nur ein Handy heraus, mit dem er vor ihren Nasen herumfuchtelte. »Verschwindet oder ich rufe die Polizei.«

Als er tatsächlich Anstalten machte, die Nummer einzugeben, löste sich Imke aus der Gruppe.

»Aber Herr Rosenfelder, Sie kennen mich doch. Ich war schon öfter hier.«

Der Mann stutzte. Unter der blonden Löwenmähne schien es zu arbeiten. Sein Gehirn rief wohl gerade alle Bilder von Mädchen ab, die er in den letzten zwölf Monaten auf seinem Grund und Boden gesehen hatte. Es schien zu funktionieren, denn sein Gesicht hellte sich etwas auf.

»Ach, du bist die Kleine aus Hamburg. Die den Deichgraf gebracht hat.« Er nickte zufrieden. »Und ich dachte schon, da kämen wieder ... Klaubrüder. Hier ist schon zweimal eingebrochen worden. Alle Sättel weg.«

»Aber nein, Herr Rosenfelder.« Imke verschluckte sich vor Aufregung und bekam Seitenstiche. »Wir wollten einfach sehen, wie es Deichgraf geht.«

Imke holte tief Luft. Auf einmal wurde sie ganz blass und fing an zu zittern. Sie umklammerte den Arm des kleinen Mannes, ohne es selber zu bemerken.

»Herr Rosenfelder, was ist mit Deichgraf? Er steht nicht mehr in seiner Box. Heute war Pferdemarkt in Bargteheide, und weil Deichgraf doch immer lahmte, da dachte ich ... ich meine, da hatte ich Angst, dass er ...«

»... da habt ihr euch gedacht, dass Frau Decker

den Deichgraf verscherbelt hat«, ergänzte Herr Rosenfelder. »Nicht schlecht kombiniert. Hm, ich kann euch nicht viel erzählen. Ich habe nur mitbekommen, dass die Decker und ihr Mann das Pferd heute früh abgeholt haben. Hab's auch nur durchs Fenster gesehen, war gerade beim Rasieren. Tja, mehr weiß ich nicht.«

Imke ließ seinen Arm los. Alle fünf Finger von Imkes Hand hatten deutliche Spuren hinterlassen. Herr Rosenfelder rieb die roten Druckstellen und murmelte: »Also, ich sage es nicht gern, aber dem Pferd ging es bestimmt nicht gut. War kaum auf den Hänger zu kriegen.«

Niedergeschlagen machten die Mädchen sich auf den Weg zum Auto.

Zu wissen, dass Deichgraf nicht in seinem Stall stand, war fast noch schlimmer als die Ungewissheit vorher. Bis dahin konnten sie noch hoffen, dass alles nur Hirngespinste waren. Aber nun? Die bange Frage, wo Deichgraf steckte, blieb unbeantwortet.

»Als wir nach Bargteheide hereinfuhren, habe ich eine Telefonzelle gesehen«, sagte Conny, als sie wieder im Auto saßen und den Jungen alles erzählt hatten. »Warum rufen wir diese Frau Decker nicht an? Hast du ihre Nummer, Imke?«

Imke zuckte hilflos mit den Schultern. Ihr war übel. Die Aufregung war ihr fürchterlich auf den Magen geschlagen und sie hatte das Gefühl, dass ihr Mittagessen jeden Moment wieder herauswollte.

Ausgerechnet Jule, die meistens am schlechtesten von allen auf Imke zu sprechen war, kam ihr zu Hilfe.

»Wird ja wohl ein Telefonbuch in der Zelle liegen, in dem wir Frau Decker finden.«

Kurz drauf stoppte der grüne Wagen vor dem Telefonhäuschen und Imke kletterte heraus, gefolgt von Conny.

Das Licht in der Zelle war so schummerig, dass Imke Mühe hatte, die endlosen Namenskolonnen zu lesen. Zu allem Ärger war das Telefonbuch arg zerfleddert, als hätten hier Vandalen gehaust. Einige Seiten – zum Glück nur die von H bis K – fehlten ganz.

»Decker, Jörg, Steuerberater, Hurtigstraße 24.«

Endlich hatten sie den Namen gefunden. Da kein anderer Decker eingetragen war, musste es sich um die richtige Adresse handeln. Imke ließ es lange klingeln – doch niemand nahm ab. »Vielleicht hast du dich verwählt«, sagte Conny, die sich neben Imke in die Zelle gezwängt hatte. »Lass mich mal probieren.« Aber auch der zweite Versuch blieb erfolglos.

6. Kapitel

Geheimtreffen bei Nacht

Weil Flecken-Paula den ganzen Tag über unruhig gewesen war und nicht richtig fressen wollte, sah Kai Jensen am späten Abend noch einmal nach dem Rechten. Vielleicht kündigte sich bei seiner braun-weiß gepunkteten Knabstrupper-Stute eine Kolik an? Mit Koliken, das wusste der Besitzer des Reiterhofs Birkenhain aus leidvoller Erfahrung, war nicht zu spaßen.

Weit hatte Jensen es nicht bis in den Stall, er brauchte nur die Treppe herunterzusteigen. Seine kleine Wohnung lag im Dachgeschoss des alten Bauernhauses, in dem unten Boxen und Reithalle untergebracht waren.

Um die anderen Pferde nicht zu stören, schaltete er das Licht nur in der Futterkammer an. Mit schlafwandlerischer Sicherheit ging er im Halbdunkel durch die Stallgasse. Diese ungestörten Minuten mit seinen Pferden genoss Kai Jensen sehr. Nach einem turbulenten Tag mit unzähligen Reitschülern war die Ruhe im Stall eine richtige Erholung.

Beim Vorbeigehen an King Louis' Box sah er den alten Braunen dösend im Stroh liegen, sein Atem ging leise und gleichmäßig. Obwohl seine Wachsamkeit auf Sparflamme geschaltet war, nahm das Pferd Jensen sofort wahr. Als der Stallbesitzer auf Höhe seiner Tür war, schnorchelte King Louis etwas lauter. Jensen schmunzelte. Sein gutes altes Leitpferd. Conny hätte das Schnorcheln so übersetzt: »Hallo, Chef, ich hab alles im Griff, auch wenn ich liege.«

Conny und ihr Hobby! Bei jeder Gelegenheit – und davon gab es reichlich – versuchte sie, die Gedanken der Pferde in Menschensprache auszudrücken. Wörtlich. Später wollte sie ein Buch darüber schreiben, weltberühmt und reich werden und seinen Reiterhof Birkenhain kaufen.

Jensen seufzte.

Wie viel Arbeit Pferdehaltung machte, das konnten sich die Mädchen gar nicht vorstellen. Auch wenn sie tüchtig im Reitstall helfen. Aber was sonst noch dazukam – die Nachtwachen bei kranken Pferden, die hohen Rechnungen für Futter, Schmied und Tierarzt –, das war nicht ohne.

Er hoffte, dass es ihm heute erspart blieb, Tierarzt Teichmüller zu rufen, als er auf Flecken-Paulas Box zusteuerte. Durch die Boxenwand, die aus weit auseinanderstehenden Stahlrohren bestand, sah er Paula, sein Voltigierpferd, ruhig in der Ecke stehen.

Jensen überprüfte ihr Tränkebecken, das er abends bis oben hin gefüllt hatte. Leer getrunken. Ein gutes Zeichen.

»Alles in Ordnung mit dir?«, fragte er Paula mit ruhiger Stimme, so wie er immer mit seinen Pferden redete, wenn er allein mit ihnen im Stall war.

Allein? War er wirklich allein?

Kai Jensen hatte im Laufe der Jahre ein ähnlich feines Gehör für unbekannte Töne entwickelt wie seine Pferde. Für Geräusche, die nicht in seinen nächtlichen Stall passten. Die anders klangen als zufriedenes Schnauben, Hufscharren, Rascheln des Strohs, auch als das emsige Hin- und Herflitzen einer Landmaus oder die nahezu lautlose Jagd von Blaumann, dem Stallkater.

Dieses Wispern – ein anderer als Kai Jensen hätte es kaum vernommen – kam eindeutig nicht von den Tieren. Es kam von draußen!

Leise schloss Jensen die Box seiner Knabstrupper-Stute, löschte das Licht in der Futterkammer und schlich zu dem Klappfenster, hinter dem er die Stimmen vermutete. Das kleine Oberlichtfenster stand einen Spalt weit offen. Alles, was sich draußen regte, konnte man gut hören.

Jensen zog eine kleine Trittleiter heran, stieg auf die oberste Stufe und lauschte angestrengt in die Nacht. Doch da war lediglich das Spiel des Windes in den Birken, die den Reitstall säumten. Hin und wieder der Ruf eines Käuzchens.

Ob er sich geirrt hatte?

Nein! Da war es wieder, dieses Wispern. Ganz deutlich flüsterte jemand vor dem Fenster: »Quatsch. Du hast dich verhört. Wer soll denn jetzt noch im Stall sein? Herr Jensen liegt doch längst im Bett, so früh, wie der morgens rausmuss.«

Eine Mädchenstimme. Kai Jensen war ziemlich sicher, dass es die Stimme von Conny Clasen war.

Er schaute auf die Leuchtziffern seiner Armbanduhr.

22.15 Uhr. Was zum Teufel hatte das Mädchen um diese Zeit auf seinem Hof verloren? Mit wem besprach sie heimlich etwas? Und was?

Es war nicht Jensens Art, andere zu belauschen. Doch die ungewöhnliche Stunde genügte ihm als Rechtfertigung, eine Ausnahme zu machen.

»Wir müssen den Transport stoppen«, flüsterte jemand, aber diesmal war es nicht Connys Stimme. Jule Ahrend? Klang ganz so.

»Ja, aber wie?«, fragte nach einer langen Pause jemand anderes und auch diese Stimme klang ziemlich ratlos. War das nicht . . . Imke? Ausgerechnet diese Mädchen standen zusammen vor seinem Stall? Die sich sonst mieden wie Vampire die Knoblauchzwiebeln? Da sollte doch . . .

Kai Jensen beendete das Versteckspiel auf seine Weise. Er rastete aus.

»Seid ihr denn bei Trost?«, polterte er los und steckte seinen Kopf durch den Fensterspalt. »Habt ihr keine Betten zu Hause? Um diese Zeit Kriegsrat zu halten! Also wirklich. Na wartet, ich komme heraus.«

Die Gruppe vor dem Klappfenster fiel vor Schreck fast von den Fahrrädern. Da traf man sich ein einziges

Mal im Leben zu später Stunde am Stall und ausgerechnet in dieser Nacht musste der Chef noch auf den Beinen sein.

Tatsächlich hatten sich Jule, Conny, Imke und Bastian Bachmann nach der Heimkehr aus Bargteheide vor Jensens Stall verabredet, um die kritische Lage zu besprechen. Mit krummen Ausreden hatten sie ihren Eltern die Erlaubnis abgerungen. Komischerweise hatten sie alle etwas von einem kranken Pferd erzählt – ohne zu ahnen, dass Kai Jensen tatsächlich deswegen im Stall auftauchte.

Einige Minuten später stand er mit hochrotem Kopf vor ihnen. Dass seine Füße nicht in den gewohnten Reitstiefeln steckten, sondern in gemütlichen Hausschuhen, entschärfte die Situation nicht wirklich.

»Wisst ihr, wie spät es ist?« Kai Jensen stemmte die Arme in die Hüfte.

Logisch, jeder wusste, wie spät es war. Wie überflüssig, diese Frage. Alle schwiegen.

»Nicht dass ich euch ausspionieren wollte«, fuhr Jensen schon etwas freundlicher fort. »Aber es hätte ja auch sein können, dass hier ungebetene Gäste auftauchen, ich meine Einbrecher. Deshalb habe ich zugehört. Heraus mit der Sprache – welchen Transport wollt ihr stoppen? Sieht so aus, als ob ich euch vor einer Riesendummheit bewahren muss.«

Es war klar, dass weiteres Reden um den heißen Brei sinnlos war. Bastian war der Erste, der das begriff. Er gab sich einen Ruck.

»Es dreht sich um einen Schlachtpferde-Transport nach Italien«, sagte er. »Der Lastwagen steht bei Bargteheide, Sie wissen schon, da, wo die Versteigerung war. Und wenn uns nicht alles täuscht . . . ich meine, wir befürchten, dass . . .«

Bastian beugte sich zu Kai Jensen vor, damit Imke die schreckliche Vermutung nicht erneut hören musste: »Wir fürchten, Deichgraf steht auch auf dem Transporter.«

»Oje.« Jensen rieb sich das Kinn. »Ein Pferdetransport nach Italien. Aber wie kommt ihr darauf?«

Bastian zog das dunkle Foto von dem langen, vergitterten Lastwagen aus der Tasche und zeigte es Herrn Jensen.

»Ja, ja«, murmelte der nach einem raschen Blick auf das Bild, »so sehen sie aus.«

Dann erzählte Bastian die Geschichte, so kurz und sachlich wie möglich. Zwischendurch wischte Imke sich ein paar Mal über die Augen, hielt aber tapfer durch.

»Sagen Sie selbst, Herr Jensen – das hat Deichgraf nicht verdient«, entrüstete sich Conny. »Wir müssen ihn da herausholen. Unbedingt.«

»Kein Pferd hat das verdient.«

Kai Jensen schüttelte den Kopf. Auch er fand die Schlachtpferde-Transporte schrecklich. Frau Decker, die Käuferin von Deichgraf, hatte einen so anständigen Eindruck auf ihn gemacht. Und die sollte das Pferd auf einen Transport nach Italien verkauft haben? Jensen konnte es kaum glauben.

Niemals hätte er selbst es zugelassen, dass seine Pferde so einen endlosen Leidensweg gehen müssten. Wenn es für ein krankes Pferd keine Chance auf Heilung mehr gab, dann musste man das Tier von den Qualen erlösen. Aber an seinem Heimatort, so schnell wie möglich. Tiere auf enge Lastwagen zu zwingen, wo sie sich gegenseitig verletzten, und Tausende Kilometer weit ins Ausland zu befördern, das war einfach ekelhaft. Aus reiner Geldgier wurden die Pferde bis nach Süditalien gebracht, weil dort mehr gezahlt wurde. Wenn es um Geld ging, verloren manche Menschen jedes Mitgefühl.

Jensen seufzte. Nur durch bessere Gesetze könnte man die Transporte abschaffen, genau wie dieser Joseph aus Polen gesagt hatte.

Aber darüber verlor der Stallbesitzer jetzt kein Wort. Stattdessen fragte er in die Runde: »Wann wollte der Lastwagenfahrer weiterfahren?«

»Bei Sonnenaufgang, gegen sechs oder sieben Uhr«, antwortete Conny schnell. Sie witterte, dass der Chef ihnen helfen wollte.

»So ein Transport verstößt doch bestimmt gegen das Tierschutzgesetz«, sagte sie eifrig. »Wenn man das der Polizei erzählt, werden die doch die Pferde herausholen.«

Herr Jensen schüttelte den Kopf. »Kaum. Wegen geschundener Tiere greift so schnell niemand ein, so traurig das klingt.«

Conny regte sich auf und konnte sich gar nicht beruhigen, bis Jule sie schüttelte und sagte: »Sei doch mal still. Ich hab's . . .« Jule hatte sich gerade an die letzte Autobahnfahrt mit ihren Eltern erinnert, vor zwei Wochen zu ihrer Tante nach Wismar. Sie waren in eine Verkehrskontrolle geraten. Wagen für Wagen hatte die Polizei angehalten und überprüft. Zwei uralte Autos durften nicht weiterfahren, weil sie fast auseinanderfielen.

»Was ist, wenn die Polizei die Reifen von Josephs Transporter kontrolliert? Die sind sicher grottenschlecht bei dieser Klapperkiste«, sagte Jule zu Herrn Jensen. »Dann muss die Polizei doch etwas unternehmen.«

Etwas Ähnliches war Herrn Jensen auch durch den Kopf gegangen. »Stimmt«, sagte er. »Nur wenn die Lastwagen nicht verkehrssicher sind, kann man solche Transporte stoppen.«

Jensen streckte die Hand aus. »Zeig noch mal das Foto, Bastian.« Er betrachtete es und nickte dann. »Passt genau auf . . .« Haarklein erzählte Kai Jensen, wie Tierschützer in Niedersachsen es kürzlich geschafft hatten, einen Pferdetransporter stillzulegen. Einen, der ähnlich verrostet aussah wie der in Bargteheide.

». . . das ist eure einzige Chance, die Pferde zu retten«, schloss er. »Aber ehrlich gesagt, ich weiß nicht, wie ihr es schaffen könntet. Die Zeit ist einfach zu kurz. Leider, leider. Nun aber ab nach Hause mit euch!«

Einen Moment sah Kai Jensen den roten Fahrradrücklichtern nach, die sich in die Dunkelheit entfernten. Alle Achtung, wie seine Reitschüler sich für die Pferde starkmachten. Viel Hoffnung hatte Jensen aber nicht, dass sie das Schicksal der Tiere noch ändern konnten. Es blieben ja nur ein paar Stunden. Er konnte sich kaum vorstellen, dass die Mütter und Väter Lust hatten, mitten in der Nacht als Pferderetter aktiv zu werden.

»Erzählt bloß nicht, dass die Idee von mir ist«, rief er hinter den vieren her. »Sonst kriege ich noch Ärger mit euren Eltern.«

7. Kapitel

Der Polizei-Trick

Es war kurz vor Mitternacht, als im Haus des Bauingenieurs Spielfeld in Belm bei Osnabrück das Telefon klingelte. Eberhard Spielfeld lag schon seit einer Stunde im Bett. Am nächsten Morgen musste er in aller Herrgottsfrühe auf einer Baustelle sein. Im Halbschlaf drehte er sich herum und tastete in der Dunkelheit nach seinem Telefon.

»Verflixt«, murmelte er, als er dreimal ins Leere griff. Zum Teufel, wo lag dieses Mobilteil bloß? Das einzige Ergebnis seines wilden Umherfuchtelns war, dass Herr Spielfeld einen Stapel mit Büchern herunterfegte. Der Apparat jaulte weiter nervtötend.

»Unten«, sagte seine Frau Claudia schlaftrunken und zog sich die Bettdecke über die Ohren. »Du hast den Apparat gestern unten im Büro gelassen.«

Richtig, das Klingeln kam aus einiger Entfernung.

Knurrend rollte Herr Spielfeld sich aus dem Bett.

»Wer um diese Zeit anruft, der muss eine verdammt gute Ausrede haben.« Er tappte die Treppen hinunter in sein Büro, in dem das Telefon verrücktspielte. »Ja, ja.«

Bloß schnell zum Hörer greifen, bevor seine ganze Familie wach wurde! Aber direkt vor dem Drehstuhl stolperte Herr Spielfeld und schlug der Länge nach hin. Ein Fußball rollte unter den Schreibtisch. Mit schmerzverzerrtem Gesicht sortierte der Bauingenieur seine Körperteile. Wie oft hatte er Anders, seinem Sohn, gepredigt, den Ball nicht im Weg liegen zu lassen?

Erbarmungslos klingelte das Telefon weiter. Vom Fußboden aus angelte Herr Spielfeld den Apparat zu sich herunter und bellte in die Leitung: »Wer stört?«

Gut, dass ich kein Bildtelefon habe, dachte er und rieb sich sein schmerzendes Bein. Wenn ihn jetzt jemand sehen könnte! Ihn, den angesehenen Baufachmann. Wie er hier unter dem Schreibtisch lag, neben einem Fußball, dessen Muster ihn im Halbdunkel wie ein spöttisches Gesicht angrinste.

Dem Anrufer schien es die Sprache zu verschlagen. Herr Spielfeld hörte nur ein leises Atmen.

»Wer ist denn da?«, fragte er jetzt in normalem Ton. Inzwischen war er richtig wach.

»Nicht böse sein, Onkel Eberhard«, hörte er eine Mädchenstimme, die ihm sehr bekannt vorkam.

»Conny, du?« Endlich hatte er sich aufgerappelt und auf seinen Bürostuhl gesetzt. »Ist was passiert?«

Conny Clasen, die heimlich aus Hamburg anrief, legte einen Arm um ihr Handy. Ihre Eltern mussten ja nicht hören, dass sie um Mitternacht bei ihrem Onkel anrief.

»Nein, das heißt ja ... nein, nicht mit Mama und Papa ... aber es ist trotzdem total wichtig.« Als Conny nur ein tiefes Schnaufen als Antwort hörte, fügte sie rasch hinzu: »Es geht um Leben und Tod, Onkel Ebi.«

Und damit hatte sie ja keineswegs unrecht.

Eberhard Spielfeld war Connys Lieblingsonkel und seine Tochter Anne, 14 Jahre, war Connys Lieblingscousine. Conny bedauerte heftig, dass Anne nicht in Hamburg wohnte. Anne hätte genau in ihre Clique auf dem Reiterhof Birkenhain gepasst.

Ihre beiden Familien, die Clasens und die Spielfelds, hatten die letzten Ferien gemeinsam in einem Haus in Dänemark verbracht. Sie hatten die gleichen Interessen. Spielfelds arbeiteten in einem Umwelt- und Tierschutzverein wie auch Connys Eltern. Darum hatte Conny sich getraut, Onkel Eberhard mitten in der Nacht anzurufen. Die Sache mit dem Pferdetransport war schließlich ein Notfall.

»Na, dann schieß mal los, Conny«, hörte sie ihn sagen.

Sofort sprudelte es nur so aus ihr heraus. So schnell und aufgeregt, dass Herr Spielfeld seine Hamburger Nichte mehrmals bremsen musste. Aber am Schluss wusste er doch Bescheid, dass es tatsächlich um Leben und Tod ging. Um das Leben von Deichgraf und anderen Pferden, die morgen, Samstag, in einem Lastwagen über die Autobahn Bremen–Osnabrück nach Süden gekarrt werden sollten.

»Annes Voltigier-Lehrerin, die Viktoria«, so beendete

Conny ihren Bericht, »ist doch bei der Autobahnpolizei. Kann die nicht befehlen, dass der Transporter gestoppt wird, weil er überall kaputt ist? Wegen *technischer Mängel* nennt man das, glaube ich. Viktoria ist doch auch in eurem Tierschutzverein, sagte Anne neulich.«

Der Tipp mit den technischen Mängeln stammte von Reitlehrer Kai Jensen. »Wenn überhaupt eine Chance besteht, die Pferde zu retten«, hatte Kai Jensen bei ihrem heimlichen Nachttreffen gesagt, »dann klappt das nur mithilfe der Polizei. Wenn die defekte Teile am Laster entdeckt, muss das Fahrzeug aus dem Verkehr gezogen werden. Da beißt keine Maus einen Faden ab.«

Joseph, der polnische Fahrer, hatte davon gesprochen, über Bremen und Osnabrück zu fahren. Bei dem Gedanken daran hatte Conny einen Geistesblitz gehabt. Folgendes war ihr eingefallen: Vom Elternhaus ihrer Cousine Anne waren es ja nur wenige Kilometer bis zur Autobahnauffahrt Osnabrück-Nord. Und Annes Volti-Lehrerin, die Polizeiobermeisterin Viktoria Grotmeyer, arbeitete direkt an der Autobahn. Der Schlachtpferde-Transporter musste also an ihrer Dienststelle vorbei. Wenn die Polizei da nicht eingreifen konnte! Zumindest ein kleiner Hoffnungsschimmer für die Pferde.

»Will sehen, was sich tun lässt«, versprach Herr Spielfeld. »Obwohl ... viel Zeit ist nicht mehr. Und ich muss morgen früh arbeiten. Aber Anne hat ja Ferien. Ich lege ihr einen Zettel hin, dann kann sie gleich ... «

Bevor er das Mitternacht-Gespräch beenden konnte,

langte eine Mädchenhand über seine Schulter und nahm ihm den Hörer aus der Hand.

»Hey, Conny, hier ist Anne. Ich habe den Rest mitgehört. Was ist los? Schlachtpferde? Was war mit Viktoria und der Autobahnpolizei?«

In ihrem blauen XXL-Schlafshirt lümmelte Anne sich auf die Schreibtischkante und schob die Bauzeichnungen achtlos zur Seite. Sie tätschelte ihrem Vater besänftigend den Arm, als sie seine hochgezogenen Augenbrauen sah.

Dann musste Conny noch einmal alles erzählen.

Währenddessen erschien der kleine Anders im Büro von Herrn Spielfeld und stellte sich wie ein Profitorwart in den Türrahmen. »Hab das Telefon gehört«, sagte er verschlafen. »War das der Bundestrainer für mich?«

Eberhard Spielfeld lehnte sich in seinen Bürostuhl zurück und stöhnte. Konnte sich eigentlich jemand vorstellen, wie die Nächte eines Vaters verliefen, unter dessen Dach Tierschützer, Reiter und Fußballtalente wohnten?

Während bei Familie Spielfeld alles wieder in die Betten kroch, fand Conny Clasen in Hamburg lange keinen Schlaf.

Als sie endlich in unruhiges Dösen verfiel, träumte sie lauter verrückte Sachen.

Ihr Lieblingspferd, der Traberwallach Rocky, stand in ihrem Vorgarten. Conny starrte ungläubig auf das schwarze Pferd, das plötzlich sprechen konnte. Aufgeregt hüpfte Rocky von einem Bein auf das andere, und als sie die Haustür aufmachte, verlangte er: »Lass mich rein, die Mafia ist hinter mir her!«

Dann tauchte in ihrem Traum eine Gruppe schwarz gekleideter Männer an der Gartenpforte auf.

»Da ist er«, rief einer der Männer, der als einziger Westernstiefel trug, die gleichen wie Albrecht Steinberg. In der rechten Hand schwang er ein Lasso. »Mir nach, gleich haben wir ihn.«

Conny öffnete blitzschnell die Tür und ließ ihren Rocky ins Haus. Hechelnd galoppierte er die Treppe zu ihrem Zimmer hinauf. Conny wunderte sich im Traum gerade darüber, dass Pferde Stufen im Galopp nehmen können, da hörte sie den Traberwallach oben ans Fenster stürzen. Aus der Sicherheit ihres Zimmers guckte Rocky in den Garten hinab und streckte den schwarzen Männern die Zunge heraus.

»Na warte, Traber!«

Die Mafia-Männer drohten ihm mit der Faust, rüttelten an der Klinke der Haustür und wollten sie mit Händen und Füßen aufdrücken. Conny stemmte sich mit aller Macht von innen dagegen, doch die massive Tür verwandelte sich unter ihren Händen in die klapprigen Flügeltüren des Pferdetransporters. Der Flur unter ihr wackelte plötzlich wie der Boden eines fahrenden Lastwagens. Stand sie etwa selbst auf einem Transporter? Hatte sich ihr schönes Haus an der Ginsterau über Nacht in ein Pferdegefängnis verwandelt?

»Hilfe!«, wollte Conny schreien, »Hilfe!«, doch sie bekam kein Wort heraus.

Jetzt griffen die Hände der schwarzen Männer durch die rostigen Gitter der Flügeltüren und umklammerten ihre Arme. Und das Wackeln hörte nicht auf.

»Conny, Conny, du träumst. Wach auf!«

Wie durch dicke Wolken drang die Stimme ihrer Mutter zu ihr vor. Sie hatte ihre Tochter an den Handgelenken gefasst und schüttelte sie kräftig.

Schweißüberströmt richtete Conny sich in ihrem Bett auf. Ihre blonden Haare klebten an der Stirn. Einen Moment musste sie überlegen, wo sie war und was gestern passiert war.

»Puh.«

Conny prustete wie ein Pferd. Der Transport! Deichgraf und die anderen Pferde! Onkel Eberhard!

»Telefon für dich«, sagte Frau Clasen. Ihre Stimme klang ziemlich beunruhigt. »Die Autobahnpolizei. Du hast doch nichts angestellt, Conny?«

»Was?«

Mit einem Satz war Conny aus dem Bett. »Wo?«

»Im Wohnzimmer«, rief Frau Clasen hinter ihrer Tochter her und beeilte sich, mit ihr Schritt zu halten, als sie die Stufen herunterfegte.

Tatsächlich. Es war Annes Volti-Lehrerin Viktoria Grotmeyer, Polizeiobermeisterin, kurz »POM« genannt. Ganz offiziell meldete sie sich von ihrer Dienststelle, der Autobahnpolizei.

»Uns liegt eine Meldung aus Belm vor«, begann POM Grotmeyer.

»Nach Kenntnisstand von Eberhard und Anne Spielfeld wird heute ein Schlachtpferde-Transporter aus Polen die A1 in Nord-Süd-Richtung befahren.«

Die Stimme klang sachlich, fast schon etwas streng, fand Conny. Aber sicher saß Viktoria mit anderen Polizisten im Büro und konnte nicht lang und breit erzählen, wie gut sie Anne aus dem gemeinsamen Reitstall kannte.

»Herr Spielfeld meint«, fuhr die Polizistin fort, »du könntest uns eine genaue Beschreibung des Fahrzeugs liefern, das . . . sagen wir mal . . . ziemlich schrottreif ist. Dann gib uns doch erst mal das Kennzeichen durch.«

Vor Aufregung biss Conny sich auf die Unterlippe. Das Kennzeichen!

Zu blöd, dass sie auf diese Frage nicht vorbereitet war. Dabei hatte Bastian den LKW mit seiner Sofortbildkamera fotografiert, auch das Nummernschild. Sie hätte sich das Polaroid-Foto gleich einstecken sollen.

Conny sah auf die Uhr. Ausgerechnet jetzt war Bastian mit seiner Mutter in der Hamburger City.

»Das Kennzeichen? Tut mir leid, das habe ich gerade nicht«, sagte Conny kleinlaut.

Hatte sie jetzt alles verpatzt? Durch eine einzige Unaufmerksamkeit? Doch dann fing Conny sich wieder.

»Aber ich kann Ihnen genau erzählen, wie der Transporter aussieht. Können Sie damit etwas anfangen? Von diesen Lastwagen fahren doch heute sicher nicht so viele über Ihre Autobahn.«

»Natürlich hilft uns das weiter.« Viktoria Grotmeyers Stimme klang jetzt freundlicher. »Schieß mal los.«

Conny lieferte eine nahezu exakte Beschreibung des rollenden Ungetüms ab.

»Dunkelrote Zugmaschine, großer Anhänger, überall blättert Farbe ab, viele Roststellen. Am Heck des Anhängers zwei Flügeltüren. An den Seitenwänden acht schmale Reihen von je drei vergitterten Fenstern. Eng vergittert. Der Fahrer nannte sich Joseph, den Nachnamen kennen wir nicht.«

Viktoria Grotmeyer schien beeindruckt, denn sie schwieg. Oder war die Verbindung unterbrochen?

Conny lauschte in den Hörer. Nein, im Hintergrund hörte sie Geräusche, die sich aus Pfeiftönen, Gesprächsfetzen aus einem Funkgerät und Radiomusik zusammensetzten. Was Conny nicht sehen konnte: Viktoria kam kaum mit ihren Notizen mit, die sie sich aufgrund der perfekten Beschreibung machte.

8. Kapitel

Mutiger Einsatz

Wie verabredet blieb Bastian Bachmann an diesem Samstag nach seiner Rückkehr aus der Hamburger City zu Hause, um auf Nachrichten von Conny zu warten. Dass sie inzwischen schon mehrmals wegen des Autokennzeichens angerufen hatte, konnte er natürlich nicht ahnen.

Die Zeit zog sich endlos hin. Wie gut hätte er sich inzwischen im Stall um King Louis kümmern können! Stattdessen musste er sich ständig in Hörweite des Telefons im Wohnzimmer aufhalten. Wenn es klingelte (und es klingelte an diesem Tag ungewöhnlich oft), war Bastian der Erste, der zum Hörer griff. Aber nie war es der erwartete Anruf von Conny. Mal wollte sich ein Nachbar den Laubsauger ausleihen, mal waren Freundinnen seiner Schwestern dran, mal meldete sich ein Weinhändler, der seiner Mutter einen besonders guten Tropfen aufschwatzen wollte.

Leicht genervt warf Bastian sich in einen Sessel und zappte durchs Fernsehprogramm. Beim schnellen Durchlauf stutzte er plötzlich. War da nicht ein Pferd gewesen? Per Fernbedienung sprang er zurück auf Kanal eins. Pferde waren immer interessant. Interessanter jedenfalls als das Börsenlaufband von NTV. Da war sie wieder, die ARD-Mittagsschau.

Ein Mann in Jeans führte ein Pferd über die Rampe eines Lkw-Anhängers. Bastian beugte sich vor. Ein Pferdetransport? Ging es auf dem Bildschirm etwa um Pferdetransporte? Das Tier, ein Schimmel, ließ den Kopf tief hängen und war offensichtlich zu schwach, um ein Bein vor das andere zu setzen. Dann wurde eine blonde Reporterin eingeblendet, die dem Mann in Jeans und Rollkragenpullover ein Mikro unter die Nase hielt.

»Herr Dr. Eckhoff, Sie sind als Amtstierarzt hierher bestellt worden. Können Sie uns sagen, was jetzt mit den Tieren passiert?«

Der Mann schüttelte den Kopf. »Natürlich untersuche ich die Pferde zunächst. Eine Unterbringungsmöglichkeit haben wir für sie aber noch nicht. Ich gehe davon aus, dass sie in diesem Zustand die Fahrt nicht fortsetzen können.«

Die Kamera schwenkte auf einen dunkelroten Lastwagen und in diesem Moment sprang Bastian aus seinem Sessel hoch. Das war doch . . . ihr polnischer Schlachtpferde-Transporter aus Bargteheide. Josephs Transporter!

Bastian stellte den Ton lauter. Wieder erschien die Reporterin im Bild.

»Ich gebe zurück ins Studio. Gegen Ende der Sendung melde ich mich noch einmal von der Raststätte ›Dammer Berge‹. Gabi Müller für die ARD-Mittagsschau.«

Raststätte »Dammer Berge« – lag die nicht an der Autobahn Bremen–Osnabrück?

Bastian zog den Autoatlas aus dem Bücherregal und blätterte hastig durch die Seiten. Sein Zeigefinger glitt von Hamburg über die lila Linie der Autobahn A1 und verharrte kurz vor Bramsche: »Dammer Berge«. Richtig. Dort waren sie doch kürzlich erst vorbeigefahren, als sie die Dülmener Wildpferde im Münsterland besucht hatten. Hier also war die Polizei-Falle zugeschnappt.

Bastian griff zum Telefonhörer und wählte Connys Nummer. Sie war sofort dran.

»Schnell, stell den Fernseher an!«, befahl Bastian. »ARD. Da läuft gerade was über unseren Pferdetransport, aber erst gegen Ende der Sendung. Vielleicht kommt ja was über Deichgraf. Ruf du Imke an, ich übernehme Jule.«

Auf dem Parkplatz »Dammer Berge« spielten sich an diesem Tag turbulente und bewegende Szenen ab.

Gegen elf Uhr hatte die Besatzung eines Streifenwagens den Schlachtpferde-Transporter auf der Autobahn 1 kurz hinter der Abfahrt Holdorf entdeckt. Dunkle, stinkende Abgaswolken drangen aus dem Auspuff des Lasters. Die Polizei setzte sich mit blinkendem Blaulicht vor den LKW. Auf dem Streifenwagen-Dach wurde die breite Signalbrücke eingeschaltet. BITTE FOLGEN leuchtete auf.

Joseph Jablonski, der Fahrer, dachte gleich daran, dass er mit seinem Chef großen Ärger bekommen würde. Wahrscheinlich würde der ihn sofort hinauswerfen und nicht einmal den Lohn für die Fahrt bezahlen. Denn sein Boss hatte ihm eingebläut, sich mit dem verrosteten Lastwagen bloß nicht von der Polizei erwischen zu lassen.

Zu spät. Jetzt saß Joseph in der Falle. Er drosselte sein Tempo und folgte dem Polizeiauto, bis eine Kelle aus dem Seitenfenster gehalten wurde, die auf den nächsten Rastplatz wies.

Joseph Jablonski bog hinter der Polizei ein. Er parkte sein Laster-Ungetüm zwischen zwei belgischen Lastwagen und sprang aus dem Führerhaus.

»Papiere alle in Ordnung«, beteuerte Joseph, als sich die zwei Beamten zunächst seinen Führerschein zeigen ließen.

»Papiere ja, aber Auspuff nicht«, sagte der jüngere der Uniformierten. Er ging vor dem Gefährt in die Hocke, studierte die Reifen und zückte sein Notizbuch.

»Und die Bremsen machen ebenfalls keinen verkehrssicheren Eindruck«, ergänzte der ältere, der sich inzwischen am Wagen zu schaffen gemacht hatte.

Er klopfte den Wagen von außen ab und sofort wurden aus kleinen Rostflecken größere Löcher. Kopfschüttelnd ging er um das Führerhaus herum. »Was haben Sie denn geladen, Herr . . .«, der jüngere Polizist warf einen Blick auf den Führerschein, »Herr Jablonski?«

Die Frage klang harmlos, wie beiläufig. Aber Joseph jagte sie einen großen Schrecken ein. Ihm schwante Böses. Wenn sich die Ordnungshüter das Innere seines Anhängers zeigen ließen . . .

»Pferde«, sagte Joseph Jablonski wahrheitsgemäß. »Für Italien. Ist nicht verboten, Pferde nach Italien zu bringen! Ist nicht verboten!«

Der Polizist, der den Führerschein hielt, sah den polnischen Lastwagenfahrer ohne eine Regung an. Man konnte nicht erkennen, was er dachte.

»Natürlich ist das nicht verboten«, sagte er dann sachlich. »Vorausgesetzt, Sie halten sich an die neue Tierschutz-Transportverordnung, Herr Jablonski. Dann wollen wir uns die Pferde mal ansehen.«

Widerstrebend folgte Joseph den beiden Beamten zum Heck des Anhängers.

»Sind Schlachtpferde«, sagte Joseph hilflos, als ob er mit der Bemerkung etwas entschuldigen könnte.

»Pferd ist Pferd«, antwortete der Polizist kühl.

Als ob man Schlachtpferde schlechter behandeln dürfe als teure Turnierpferde! Seine kleine Tochter besaß ein Pony und er selbst war ein großer Tierfreund. Am liebsten hätte der Polizist sich mit Joseph angelegt. Aber er war im Dienst und musste sich beherrschen.

Mit einer Handbewegung bedeutete er Joseph Jablonski, die Flügeltüren zu öffnen.

Ein beißender Gestank schlug den Autobahn-Polizisten entgegen. Unwillkürlich wichen sie einen Schritt zurück. Das spärliche Tageslicht, das ins Innere des dunklen Anhängers fiel, reichte aus, um die Polizisten zusammenzucken zu lassen.

In dem völlig verdreckten Hänger dämmerten dicht zusammengepferchte Pferde ihrem Schicksal entgegen. 18 Tiere standen oder lagen mit Stricken festgezurrt eng beieinander. Bei einigen Pferden war das Maul unnatürlich geschwollen, weil sie sich die Zungen vor Durst wund geleckt hatten.

Ein Schimmel hatte eine Blutblase am Kopf, fast alle Pferde husteten und keuchten erbärmlich. Sie kämpften um Luft in ihrem engen Gefängnis.

Als die Tür geöffnet wurde, wieherten einige schwach und drängten an die frische Luft. Vergebens, denn ihre Stricke hielten sie fest. Verzweifelt trat ein großer Fuchswallach gegen die Lastwagenwand. Sie war so verrostet, dass sie unter den Schlägen einbrach und ein Huf durch die Wand kam.

Herr Jablonski sah auf den Boden.

»Mein Gott«, sagte der jüngere Polizist und schluckte. Ihm wurde bei dem Anblick der geschundenen Tiere fast schlecht. »So können wir Sie nicht weiterfahren lassen. Das ist ein Fall für den Amtstierarzt.«

Er ging zu seinem Streifenwagen, schnell, um den Anblick der Pferde nicht länger ertragen zu müssen, und begann zu telefonieren.

Kurz darauf kam das Fernsehteam.

Wer den Fernsehsender über den Pferdetransport auf der Autobahn 1 informiert hatte, darüber stand später nichts im Polizeiprotokoll. War es der junge Polizist selbst? Oder seine Kollegin Viktoria Grotmeyer, die Innendienst hatte und die Skandale bei Pferdetransporten an die Öffentlichkeit bringen wollte? Egal. Fest stand, dass ein ARD-Team und Amtstierarzt Dr. Eckhoff nahezu gleichzeitig am Tatort eintrafen, auf dem Rastplatz »Dammer Berge«.

Während Kameramann und Tontechniker ihre Geräte auspackten, um mit den Filmaufnahmen zu beginnen, betrat Dr. Eckhoff vorsichtig über die heruntergelassene Rampe das Innere des »Pferde-Gefängnisses«.

Vor den weit geöffneten Türen baute sich Reporterin Gabi Müller auf, zupfte ihre Frisur zurecht und räusperte sich. Kamera und Scheinwerfer waren auf ihr Gesicht gerichtet.

»Was Sie hier sehen, meine Damen und Herren«, begann sie ihren Bericht, »wird Sie heute Nacht schlecht schlafen lassen. Sie werden Zeuge einer Tragödie, die sich so oder ähnlich Tag für Tag auf unseren Straßen abspielt. Meist allerdings im Verborgenen.«

Mit bewegter Stimme schilderte Gabi Müller ihren Zuschauern die Situation.

»Millionen von Tieren werden jährlich über Europas Straßen transportiert. Allein durch Niedersachsen rollen jährlich 118.000 Schlachtpferde-Transporte. Von den meisten Autofahrern bleiben diese fahrenden Gefängnisse unbemerkt. So unvorstellbar es klingt: Fast bei jedem Transport, der kontrolliert wird, ist etwas nicht in Ordnung. Viele Lastwagen sind hoffnungslos überladen. Die Tiere trampeln sich gegenseitig zu Boden. Nur selten werden die vorgeschriebenen Erholungspausen eingehalten. Oft werden die Pferde nicht gefüttert und bekommen nicht einmal Wasser. Für die Fahrer ist das reine Zeitverschwendung. Würden sie Pausen machen, schafften sie die Tour durch Europa nicht in der Zeit, die ihre Auftraggeber verlangen.«

In diesem Moment erschien Dr. Eckhoff in der offenen Fahrzeugtür, am Halfter ein verwahrlostes Pony. Die Kamera schwenkte auf die verängstigte rotbraune Haflinger Stute, die – geblendet vom plötzlichen Licht – stehen blieb. Unter der blonden Mähne wurde eine verkrustete Schnittwunde sichtbar. Der verstörte Blick sagte mehr als tausend Worte – dieses kleine Pferd hatte mit dem Leben abgeschlossen.

»Schauen Sie in diese Augen«, setzte Gabi Müller ihren Bericht fort, »dann ahnen Sie, was Tiere auf ihren tage- und wochenlangen Transporten erleiden.«

Mit wackligen Beinen stolperte die Haflingerstute über die Rampe. Mithilfe der beiden Polizeibeamten gelang es Dr. Eckhoff, das Pony ins Freie zu führen.

Kurz darauf holte er das zweite Pferd, einen Schimmel, aus dem Transporter.

Ein paar Helfer drängten Schaulustige zurück. Trotz lauter Zurufe versuchten einige Männer, über die rotweißen Absperrgitter zu steigen, die die Polizei in weitem Halbkreis dicht an dicht aufgestellt hatte. Die Sperren waren nötig, denn man durfte nicht riskieren, dass ein scheuendes Pferd plötzlich losstürmte und auf die Autobahn geriet.

»Herr Dr. Eckhoff«, fragte die Reporterin, »können Sie uns sagen, was jetzt mit diesem Tier passiert?«

Von diesem Augenblick an war Bastian Bachmann vor dem Bildschirm Zeuge der Ereignisse.

Und das war erst der Anfang eines äußerst turbulenten Nachmittags.

9. Kapitel

Schneller, Herr Jensen!

»Da müssen wir hin.«

Conny Clasen sprang von ihrem Bett auf und schaltete den Fernseher ab. Gerade hatte sie sich zusammen mit Imke Zavelstein den Schluss der Sendung über den Pferdetransport in ihrem Zimmer angesehen. Conny sah auf die Uhr. 12.30 Uhr. Im Reitstall herrschte Mittagsruhe. Erst am späten Nachmittag würde die erste Reitabteilung anrücken – acht Zahnlücken, wie die jüngsten Reiter genannt wurden.

»Vielleicht kann der Chef die Zahnlücken an Axel abgeben«, hoffte Conny. Axel Rakete, der Reitlehrer-Assistent, übernahm gern Extrastunden. Mit dem Verdienst finanzierte er sein Jura-Studium.

Conny und Imke schwangen sich auf ihre Räder und machten sich auf den kurzen Weg zum Reiterhof Birkenhain.

Im Stall fanden sie Herrn Jensen nicht. Die Pferde standen zufrieden in ihren Boxen. Einige streckten neugierig ihre Köpfe durch die Stäbe. Wenn die Mädchen auftauchten, gab es immer eine Portion Möhren außerhalb der Futterzeiten. Etwas, was der Chef ungern sah. Steckte man nämlich einem Pferd etwas zu, wurden die Stallkollegen sofort aufmerksam und schlugen aus Futterneid gegen die Wände.

Conny hatte tatsächlich einige Möhren in der Tasche. Aber mit einem Blick erfasste sie, dass die Fjordpferde Ole und Kalle im Stroh ruhten und dösten. Da wollte sie nicht für Unruhe sorgen und ließ die Möhren stecken. Vor Rockys Box blieb Conny stehen.

»Süß, nicht?«, flüsterte sie Imke zu. Ihr schwarzes Lieblingspferd lag im Tiefschlaf in der Einstreu. Rocky streckte die Beine weit von sich. Im Schlaf zuckte er mit den Hufen, als ob er unliebsame Reitschüler abwehren wollte.

»Was wollt ihr denn um diese Zeit hier? Ihr wisst doch, dass mittags Stallruhe herrscht.«

Die Geisterstimme des Chefs kam aus der Box von King Louis. Der hellbraune Wallach verdeckte Kai Jensen fast vollständig. Bei näherem Hinsehen kamen hinter King Louis' Hinterteil zwei Reitstiefel zum Vorschein.

Erschreckt zuckten Conny und Imke zusammen. Rocky wachte auf, nahm den Kopf ein paar Zentimeter hoch und riskierte ein Auge. Als erfahrenes Schulpferd merkte er sofort, dass keine Gefahr drohte. Sein schwarzer Kopf sank zurück ins Stroh und der Traber gönnte sich noch eine Mütze Schlaf.

Kai Jensen erschien in der Boxentür von King Louis, er hielt ein Fieberthermometer in der Hand.

Conny schaltete blitzschnell. »Wir haben uns Sorgen

um King Louis gemacht«, sagte sie. »Er hat doch Fieber . . . oder?«

Der Chef blickte sie zweifelnd an. »Na, wenn das mal stimmt«, brummelte er. »Das Fieber hat er gerade erst seit einer Stunde. Ihr führt doch bestimmt etwas anderes im Schilde.«

Es hatte keinen Sinn, Jensen etwas vorzumachen. Dazu war auch keine Zeit. Sie mussten schnell handeln.

»Haben Sie zufällig heute Mittag Fernsehen geguckt, Herr Jensen?« Imke nahm einen Anlauf.

Kai Jensen stemmte beide Hände in die Seiten.

»Nein, zum Teufel. Was glaubt ihr wohl, was ein Stallbesitzer den ganzen Tag macht? Fernsehen, Bücher lesen, im Internet surfen? Und wer mistet aus, füttert, gibt Unterricht, misst Fieber, macht Reitpläne, besorgt neues Stroh? Na?«

Er war so richtig in Fahrt. Sein Lieblingsthema: *Die ganze Arbeit bleibt an mir hängen.*

»So war es ja nicht gemeint.« Conny verdrehte die Augen. »Es ist nur so . . . im Fernsehen wurde der Schlachtpferde-Transporter gezeigt. *Unser* Transporter. Die Polizei hat ihn gestoppt, genauso, wie Sie es vorausgesagt hatten. Also . . . da wollten wir uns bei Ihnen bedanken.«

»Ach, das ist gut«, sagte Herr Jensen, rieb das Thermometer an seiner Reithose ab und steckte es in die Schutzhülle. »Geht es diesen Brüdern endlich an den Kragen! Ist eine Schweinerei, was sich bei den Transporten abspielt. Klasse, dass ihr das geschafft habt. Und Deichgraf? Habt ihr etwas erfahren?«

Conny und Imke nutzten die Gunst der Stunde. Ohne Luft zu holen, schilderten die beiden abwechselnd, was sie in dem TV-Bericht gesehen hatten. Nein, Deichgraf hätten sie nicht entdeckt. Es seien allerdings nur vier Pferde gezeigt worden. Natürlich müssten sie unbedingt wissen, ob Deichgraf dabei sei. Und um das herauszufinden, gäbe es nur eine Möglichkeit – zum Rastplatz »Dammer Berge« zu fahren und nachzusehen. Am besten sofort. Und am besten mit ihm, Kai Jensen. Und natürlich mit Hänger, um Deichgraf gleich einzuladen und mitzunehmen, falls er dabei sei.

Erwartungsvoll sahen sie Kai Jensen an, als sie fertig waren. Doch zu ihrer Enttäuschung schüttelte der den Kopf.

»Ich kann euch ja verstehen«, sagte er, »aber ich kann hier nicht einfach weg, wann ich will. Und mit Hänger schon gar nicht. Was glaubt ihr? Selbst wenn wir Deichgraf finden – ich kann ihn doch nicht einfach einkassieren und mitnehmen. Das wäre ja Diebstahl.«

»Aber wenn die Leute doch Tierquäler sind, die diese Transporte machen«, sagte Conny entrüstet.

Herr Jensen hob die Arme. »So sind die Gesetze. Ich verstehe sie manchmal auch nicht.«

»Aber man könnte ihn doch freikaufen«, sagte Imke verzweifelt. Herr Jensen nickte.

»Sicher, wäre das eine Möglichkeit. Aber wer soll das bezahlen? Und wenn ihr ihn gekauft habt, was dann? Er muss ja wieder eine Box haben und einen Tierarzt. Du weißt doch, Imke – dein Vater hat dafür im Moment einfach kein Geld. Darum hat er Deichgraf ja an Frau Decker verkauft und ...«

Conny quiekte laut auf.

»Frau Decker ... das ist die Idee. Komm, Imke, versuchen wir noch mal, sie anzurufen. Bestimmt will sie auch nicht, dass Deichgraf nach Italien gebracht wird.«

Schon lief Conny zum Telefon in die Sattelkammer und nahm den Hörer ab. Imke hinterher. Die Telefonnummer von Frau Decker stand auf ihrem Handrücken. Die Zahlen hatte sie gestern mit Kugelschreiber auf die Haut geschrieben, damit sie die Nummer immer griffbereit hatte.

Endlos ging das Klingelzeichen durch. Aber Frau Decker meldete sich nicht. Mutlos legte Imke auf.

Plötzlich fiel Conny noch etwas ein. Sie schlug sich gegen die Stirn.

»Dass wir nicht eher darauf gekommen sind«, stöhnte sie. »Ruf doch einfach in der Tierklinik Bargteheide an, ob Deichgraf da steht.«

Die Telefonnummer stand auf der Notfall-Liste, die neben dem Apparat hing.

In der Klinik wollten sie keine Auskunft geben. Die ärztliche Schweigepflicht gelte auch für Pferde. Aber dann schaltete sich Herr Jensen ein. Er kannte einen Tierarzt in der Klinik, schilderte kurz den Fall und erfuhr dann: »Ein Pferd namens Deichgraf ist nicht hier.«

Herr Jensen telefonierte dann noch einmal.

»Kannst du die Zahnlücken-Gruppe heute übernehmen, Axel?«, fragte er. »Al Steinberg soll die Boxen ausmisten. Ich muss dringend weg, zur Raststätte ›Dammer Berge‹. Was ich da will? Das ist eine lange Geschichte. Später mehr.«

Auf der Autobahn schwankte die Stimmung ständig zwischen Hoffnung und Gereiztheit.

Als sie auf der Weserbrücke vor Bremen in einen Stau gerieten, schimpfte Kai Jensen, er sei viel zu gut und Birkenhain würde sicher bald Pleite gehen, weil er sich ständig um andere Sachen als um Reitunterricht kümmern müsste.

Conny und Imke zogen es vor zu schweigen, um den Chef nicht noch weiter zu reizen. Sie waren überglücklich gewesen, dass er seine Nachmittagsstunden an Axel Rakete abgegeben hatte, um sie zur Raststätte zu fahren.

Auf Axel konnte man sich verlassen. Er sprang sofort ein, als er gebraucht wurde. Und er nervte nicht mit endlosen Fragen – warum, wohin und wann.

Ganz anders die Mütter von Jule Ahrend und Bastian Bachmann: Sie machten einen Riesenzirkus, als ihre Kinder Hals über Kopf mit Herrn Jensen wegfahren wollten. Beide Familien gruben seltsamerweise plötzlich ganz wichtige Dinge aus, die nur an diesem Nachmittag erledigt werden konnten. Das bedeutete, dass weder Jule noch Bastian mitdurften. Aber Conny würde ihnen später alles haarklein erzählen, Ehrensache.

Endlich war es so weit: Herr Jensen fuhr von der Autobahn ab, steuerte seinen Wagen auf den weitläufigen Rastplatz »Dammer Berge«.

Doch was für eine Enttäuschung!

Kein Pferdetransporter weit und breit. Kein Fernsehteam, kein Amtstierarzt. Der Parkplatz sah so gewöhnlich aus wie jeder andere an der Autobahn. 20 bis 25 Personenwagen, ein paar Wohnmobile, einige Lastwagen. Nicht einmal einen grün-weißen Polizeiwagen entdeckten die Mädchen.

»Das gibt's doch gar nicht«, sagte Conny fassungslos und klickte ihren Gurt auf. »Wo sind die denn alle? Wir waren doch gar nicht so lange unterwegs.«

Hastig kletterte sie vor Imke aus dem Wagen. Während Kai Jensen noch abschloss, rannten Conny und Imke schon in verschiedene Richtungen los, um eine Spur zu finden. Oder um ein Wiehern zu hören. Aber nur das monotone Heulen von Automotoren drang an ihre Ohren.

In der Parkbucht für Lastwagen fand Conny dann doch eine Spur. Zwei Haufen Pferdeäpfel neben einem französischen LKW, der mit Früchten bemalt war, kündete davon, dass der Transporter hier gestanden hatte.

»Herr Jensen, Imke . . . schnell.«

Aufgeregt rief Conny die anderen heran. Zu dritt starrten sie auf die Pferdeäpfel zu ihren Füßen. Der Früchtefahrer ließ seine Seitenscheibe herunter und sagte etwas auf Französisch.

»Haben Sie hier einen Pferdetransporter gesehen?«, rief Imke in die Fahrerkabine.

Der Franzose zuckte die Schulter, überschüttete sie mit einem Schwall von Worten und zeigte auf seinen Anhänger.

»Er hatte Äpfel für Supermärkte in Hamburg geladen und fährt jetzt zurück nach Frankreich«, sagte Conny. »Von Pferden weiß er nichts.«

»Das hast du alles verstanden?« Kai Jensen war sichtlich beeindruckt.

»Na ja«, murmelte Conny, »fast.«

In Wirklichkeit hatte sie von den 200 Wörtern nur das Wort »Pommes« verstanden und wusste, das heißt »Äpfel«. Den Rest reimte man sich eben zusammen, wenn man mal Schriftstellerin werden wollte wie Conny Clasen.

»Hm«, sagte Kai Jensen zu Conny, »wenn du alles weißt, dann weißt du sicher auch, an welcher Autobahn-Abfahrt die Polizei-Dienststelle von deiner Bekannten liegt? Von dieser . . . Viktoria Grotmeyer. Dann können wir dort fragen, was die mit den Pferden gemacht haben.«

Nein, Conny wusste es nicht. Über Handy versuchte sie, ihre Cousine Anne zu erreichen, hatte aber kein Glück. Kai Jensen und Imke fragten inzwischen in der Gaststätte. Dort gab man ihnen die Auskunft, dass die nächste Autobahnpolizei-Dienststelle kurz hinter der Raststätte lag. Das musste die von Viktoria Grotmeyer sein. Und tatsächlich.

Als sie etwas später vor dem schlichten Polizei-Bungalow an der Autobahn standen, gab es keinen Zweifel, dass sie hier richtig waren. Neben dem hellgrauen Gebäude stapelten sich Absperrgitter, in denen sich einige Strohhalme verfangen hatten.

»Stroh aus dem Transporter«, sagte Imke sofort.

Das große Amtszimmer, das die drei vom Reiterhof Birkenhain nun betraten, war spärlich ausgestattet. Zwei alte Schreibtische hinter einem hohen Holztresen nahmen fast den ganzen Raum ein. Die Drehstühle davor sahen so abgenutzt aus wie die in Kai Jensens Büro. Vor dem Fenster am Ende des Raums stand eine kleine Palme mit braunen Blattspitzen. Daneben röchelte eine verkalkte Kaffeemaschine. Eine Frau in Uniform, die ihnen den Rücken zukehrte, hantierte am Filter.

Auf der Besucherbank saß ein etwa 40-jähriger Mann neben einem blonden Mädchen, das die gleichen blauen Augen hatte wie er. Die beiden drehten sich um, als die Tür aufging.

»Conny!«, rief das Mädchen und sprang auf.

Conny flog den beiden um den Hals. »Anne! Onkel Eberhard! Ich werde verrückt. Hier steckt ihr.«

Ihre Cousine und ihr Onkel! Sie waren auch gekommen, um die Pferde zu retten.

»Du bist also Conny Clasen?«

Die junge Polizistin am Fenster kam mit einem Becher zum Tresen und reichte die freie Hand herüber. »Wir haben telefoniert. Wegen des Transporters. Ich bin Viktoria Grotmeyer. Tagsüber Polizeiobermeisterin, abends Annes Volti-Lehrerin.«

Kai Jensen stellte sich und Imke vor.

POM Grotmeyer warf einen Blick zur Wanduhr und nahm einen Schluck Kaffee. »Ihr kommt genau richtig. Ich habe gerade Dienstschluss. Ihr wollt doch sicher zu den Pferden . . . hallo du, geht es dir schlecht?«

Der Schluss des Satzes war an Imke Zavelstein gerichtet. Das Mädchen hatte sich auf die Bank fallen lassen und wischte sich fahrig übers Gesicht.

»Ich halte es nicht mehr aus«, sagte Imke leise. »Ich will endlich wissen, wo Deichgraf ist.«

Die Polizistin wechselte einen raschen Blick mit Kai Jensen und rief durch die offen stehende Tür: »Leute, ich gehe jetzt.«

Zwei junge Polizisten kamen aus dem Nebenraum und übernahmen den Dienst.

10. Kapitel

In Sicherheit?

»Ist es noch weit?«, fragte Imke wohl zum zwanzigsten Mal, obwohl sie erst fünf Minuten in Kai Jensens Wagen unterwegs waren.

Normalerweise hätte Conny in einer solchen Lage gefaucht: »Reiß dich zusammen, Zavelstein, und benimm dich nicht wie ein Säugling!«

Aber die Lage war ja nicht normal.

Nein, für Imke war es Stress pur. Erst musste sie Deichgraf, ihr Pferd, verkaufen. Dann vermutete sie es auf einem Schlachtpferde-Transport und musste die Spur durch halb Deutschland verfolgen. Bitter.

Darum sagte Conny beruhigend: »Keine Panik! Mehr als zehn Minuten von der Autobahn sind das nicht, meinte die Polizistin. Wir sind gleich da.«

Mit drei Autos – vorne POM Grotmeyer, dahinter Onkel Eberhard, als Letzter Kai Jensen – fuhren sie auf einer schmalen Landstraße zu dem Hof, auf dem die Pferde aus dem stillgelegten Transporter Zuflucht gefunden hatten.

Nach der Fernsehsendung hatte sich bei der Polizei die Besitzerin eines Bauernhofes bei Bersenbrück gemeldet, einem Ort nahe der Autobahn. Sie wollte Geld auftreiben, um die Pferde freizukaufen. Zumindest konnten die Pferde vorübergehend auf ihren Weiden bleiben, um sich zu erholen.

Kai Jensen lehnte sich vor und kramte im Handschuhfach nach seinem Handy, ohne die Augen von der Straße zu nehmen. Er drückte Conny das Gerät in die Hand.

»Ruf mal auf Birkenhain an! Wie ich die Lage einschätze, bin ich zum Abendkurs nicht wieder da. Axel Rakete soll ans Telefon kommen.«

Im Reitstall ging Jule ans Telefon. Sie schrie gellend auf: »Endlich!«, als Conny sich meldete. Sogar Herr Jensen zuckte am Steuer zusammen.

»Nicht so einen Lärm, Jule Ahrend«, rief er so laut, dass Jule ihn durchs Telefon hören musste. »Du machst mir ja die Pferde wild.«

Axel konnte nicht an den Apparat kommen, da er mit einer Zahnlücken-Gruppe beschäftigt war. Ja, Jule, wollte ihm ausrichten, dass er die Abendabteilung übernehmen solle. Und füttern, weil Herr Jensen nicht wusste, wann sie zurück sein würden. Jule war ungeduldig. Was interessierte sie die Erwachsenen-Abteilung? Sie wollte endlich hören, wie es nach der Fernsehsendung mit dem Transport weitergegangen war. Sonst nichts.

Während die Auto-Kolonne weiter Richtung Bauernhof fuhr, erzählte Conny ihrer Freundin Jule rasch die Neuigkeiten. »Also . . . ein Bauernhof rief bei der

Polizei an und wollte die Pferde nehmen. Na, und danach gab es den richtig großen Wirbel auf der Raststätte »Dammer Berge« ... Die Polizei hat den ganzen Nachmittag versucht, einen Ersatztransporter für die Pferde zu bekommen ... nichts zu machen. Warum? Die Polizistin meint, keine Autofirma wollte das Risiko eingehen, kranke Tiere zu befördern.«

»Warum konnten die Pferde denn nicht erst mal auf dem Parkplatz bleiben?«, wollte Jule wissen. »Der war doch total abgesperrt, habe ich im Fernsehen gesehen.«

Auch das wusste Conny von POM Grotmeyer. Immer mehr Schaulustige waren gekommen und hatten die Zufahrt blockiert.

»Was meinst du, was vor der Raststätte los war«, sagte Conny. »Da tobte die Hölle. Schlimmer als bei einem Konzert muss das gewesen sein.«

Da der Hof nahe lag, entschloss sich die Polizei, die Pferde wieder in den polnischen Transporter zu verladen. Unter Polizeibegleitung war Josephs Lastwagen zu dem Bauernhof bei Bersenbrück gebracht worden, berichtete Conny weiter.

»... und genau dahin sind wir im Augenblick unterwegs. Bitte? Ob Deichgraf dabei war?«

Conny warf einen raschen Seitenblick zu Imke hinüber, die sofort nervös mit den Wimpern zuckte, als der Name fiel.

»Nein, wir wissen noch nicht, ob er dabei ist. Aber in zehn Minuten sind wir schlauer. Klar, wir halten euch auf dem Laufenden. Okay ... Tschüss dann.«

Conny legte das Handy ins Handschuhfach zurück. Herr Jensen ließ die Scheibe an der Fahrertür herunter. Der schwere Geruch von frisch gepflügtem Ackerboden drang in den Wagen. Es roch nach Kartoffelernte.

Sie fuhren an Zäunen vorbei, an denen rote und gelbe Dahlien lehnten und leuchtend blaue Herbstastern. Vor einigen Häusern standen niedrige Verkaufsstände mit Kartoffeln und Äpfeln.

Conny drückte die Nase gegen die Scheibe.

»Ich habe Hunger«, sagte sie. »Tut mir leid, ich weiß, das hört sich irgendwie unpassend an. Trotzdem . . . jetzt ein Stück Apfelkuchen . . .«

In der Eile hatte sie heute Mittag nur eine Tüte Weingummi eingesteckt. Imke warf Conny einen verständnislosen Blick zu. Sie hätte jetzt keinen Bissen herunterbekommen.

Conny zog die Nase kraus und stopfte sich eine Handvoll Gummibärchen in den Mund.

Neben der Straße wechselte jetzt die Aussicht. Endlose Wiesen dehnten sich vor ihnen aus. In einiger Entfernung grasten dunkelbraune Pferde. Im milden Dunst wirkten sie unwirklich, wie ein Bild, das man in Zeitlupe festhält.

Kai Jensen zeigte auf die Koppeln. »Hannoveraner und Oldenburger züchten sie hier. Schöne Pferde.«

»Die in Josephs Transporter sind auch schön«, sagte Imke heftig.

Bevor Herr Jensen antworten konnte, bog die Wagen-Kolonne vor ihnen nach einer weit gestreckten Kurve in eine Einfahrt ein. Sie waren da!

Die rote Schnauze von Josephs Transporter leuchtete ihnen vom Hof des Niedersachsen-Bauernhauses entgegen. Das Ungetüm nahm einen großen Teil des Vorplatzes ein. Mit Mühe fanden die drei heranrollenden Autos Platz neben den beiden Polizeiwagen, die an der Seite des Lasters abgestellt waren.

Kai Jensens Wagen stand am nächsten zu einer Wiese, auf der fast 20 Pferde dicht beieinanderstanden. Ausgehungert schlugen sie ihre Zähne in die letzten spärlichen Herbstgräser und rissen dabei ganze Wurzelstücke mit Erde heraus.

Das mussten die Pferde aus dem Transporter sein! Für Conny und Imke gab es jedenfalls keinen Zweifel.

Die Mädchen stürzten aus dem Wagen, bevor er richtig angehalten hatte. Neben dem Bauernhaus – die Seitenwand war mit eisernen Pferdeköpfen verziert – führte ein schmaler Pfad zur Koppel hinauf. Conny und Imke rannten über den festgestampften Sandweg, um zu den Pferden zu kommen. Herr Jensen war ihnen dicht auf den Fersen.

»Nicht anfassen«, rief er keuchend. »Wer weiß, ob sie krank sind. Dann steckt ihr mir zu Hause alle Schulpferde an.«

Außer Atem blieben die drei vor dem Holzzaun stehen. Neben dem Gattertor stand ein silbergrauer Kombi mit hochgeklappter Hecktür. Im Kofferraum war ein Einsatz aus vielen Schubladen eingebaut, die teilweise aufgezogen waren. Salben und Spritzen lugten heraus. Genauso sah es im Wagen von Dr. Teichmüller aus.

»Der Tierarzt scheint gerade da zu sein«, stellte Kai Jensen mit einem Blick auf den Kombi fest. »Der kann uns sicher mehr sagen.«

Imkes Finger umklammerten den Pfosten des Gattertors. Ihr Blick ging rasch von Pferd zu Pferd.

»Seht ihr Deichgraf?«, fragte sie nervös. »Ich nicht.«

Obwohl die Wiese genug Fläche hatte, standen alle Pferde auf einem Fleck, sodass man leicht einen Überblick bekam. Die meisten waren Braune oder Füchse, breit und stämmig, mit dichten, gewellten Mähnen. Was die rasierten Zeichen und Striche in ihrem Fell bedeuteten, mochte man sich nicht vorstellen. Sicher so viel wie »Der kommt weg«. Nur wenige Tiere sahen aus wie Reitpferde.

In einer Ecke der Wiese war ein schmales Stück mit rot-weißen Absperrgittern abgeteilt.

Aus der Pferdegruppe löste sich jetzt ein schlanker, weißhaariger Mann, eine geräumige Arzttasche in der Hand. So eine, wie sie auch Dr. Teichmüller immer mitbrachte. Offensichtlich also der Tierarzt.

Der Mann setzte die Tasche ab und schleifte die vier schweren Gittersperren zur Seite. Dahinter hatte er vorhin die Pferde einzeln untersucht.

Er stiefelte zu den Leuten am Gatter hinüber. Inzwischen waren die anderen nachgekommen, Anne mit ihrem Vater und POM Grotmeyer.

»Kann man wohl hineingehen?«, fragte Kai Jensen und deutete auf die kleine Herde.

Durch das Gatter kletterte der Tierarzt auf die andere Seite. »Ansteckende Krankheiten scheint jedenfalls keins zu haben«, sagte er. »Aber sie sind alle total erschöpft und in einem erbärmlichen Zustand.«

Der Tierarzt griff nach vier großen Heuballen, die vor dem Gatter bereitlagen, und warf sie über das Tor. Er ging auf die Wiese zurück und verteilte das Heu in zwei hohe Raufen.

Ausgehungert stürzten die Pferde sich auf das Fressen.

»Guck mal, Imke, das Pferd mit dem weißen Stern ist auch dabei.«

Conny entdeckte die große braune Stute, die sie auf dem Transporter in Bargteheide mit Gras gefüttert hatten.

Zwischen den schwergewichtigen Pferden sah sie geradezu zierlich aus.

Die hungrigen Vierbeiner schoben den Tierarzt einfach beiseite. Endlich Futter! Aber immer wieder mussten sie ihr gieriges Fressen unterbrechen. Vor Erschöpfung konnten sie nicht mehr kauen.

Ein Pferd, ein älterer Fuchs, schaffte es gar nicht erst, sich zwischen die anderen an den Futterbehälter zu drängen. Mit hängendem Kopf stand er abseits bei den Sperrgittern. Es fiel ihm schwer genug, aufrecht stehen zu bleiben. Für eine Rangelei um das Heu besaß der Fuchs keine Kraft mehr.

»Darf ich zu ihm?«, fragte Imke und sah Kai Jensen flehend an.

»Geh nur«, murmelte er. Das jammervolle Bild ging auch ihm nahe.

Imke griff nach einer Handvoll Heu, die vor dem Zaun liegen geblieben war, und stieg über den obersten Holm. Vorsichtig ging sie auf den Fuchs mit dem zerschlissenen roten Halfter zu. Die anderen Pferde sahen aus den Augenwinkeln zu ihr herüber, blieben aber an den Raufen stehen.

Der Fuchs hob nicht einmal seinen Blick, als Imke näher kam, so schwach war er. Man sah es seiner Haltung an – er hatte die Hoffnung aufgegeben, dass noch einmal in seinem Leben jemand freundlich zu ihm sein könnte. Imke sprach leise auf ihn ein und hielt ihm die Halme hin.

Zuerst rührte das Pferd sich nicht, blieb einfach kraftlos stehen. Aber dann, nach einigen Minuten, in denen am Zaun atemlose Stille herrschte, streckte der Fuchs den Hals ein wenig, legte seinen Kopf an Imkes Schulter und seufzte tief.

Zögernd nahm er ein paar Halme mit den Lippen auf und zermalmte sie mit angestrengten Kaubewegungen.

»Mein Gott«, flüsterte Conny und wischte sich mit dem Ärmel über die Augen, »so ein lieber Kerl. Wie haben sie den wohl vorher behandelt?«

Anne und Viktoria Grotmeyer griffen zu ihren Taschentüchern und putzten sich die Nase.

»Das geht einem wirklich an die Nieren.«

Niemand hatte die Frau auf dem Sandweg kommen hören, die plötzlich hinter ihnen stand. Es war die Besitzerin des Hofes. Die etwa 50-jährige Frau in Jeanshemd und Cordhose balancierte ein ausladendes Backblech mit duftendem Apfelkuchen.

»Ich bin froh, dass wir unsere Wiese zur Verfügung gestellt haben«, sagte sie und schaute zufrieden zu den Pferden hinüber. »Wir haben gar nicht lange nachgedacht. Als wir die Fernsehsendung sahen, war uns sofort klar: Diese Pferde brauchen eine Bleibe. Obwohl . . . «, sie setzte das Blech auf der Motorhaube des Tierarztwagens ab. »Was mit ihnen wird, weiß ich auch noch nicht. Aber jetzt greift erst mal zu! Ihr müsst ja umfallen vor Hunger.«

Das ließen die Tierschützer sich nicht zweimal sagen.

Sie hockten sich auf die untersten Holme des Zauns, aßen den warmen Kuchen und sahen zu, wie Imke zum dritten Mal versuchte, den rotbraunen Wallach zu einer Heuraufe zu bringen. Jedes Mal, wenn sie sich zum Weggehen umdrehte, folgte er ihr wie ein Hund, den Kopf an ihre Schulter gelegt. Endlich, beim vierten Mal, blieb der Fuchs bei seinen Artgenossen und zupfte am Heu.

Auf Zehenspitzen schlich Imke langsam zum Gatter zurück. Bloß keine hektische Bewegung! Die Pferde waren bestimmt schreckhaft nach der langen Haft in ihrem rollenden Gefängnis.

»Deichgraf ist nicht dabei«, sagte sie als Erstes zu den anderen, als sie über den Zaun stieg. Imkes Stimmung schwankte zwischen lachen und weinen. Sollte sie lachen, weil Deichgraf nicht auf dem Transporter war? Oder weinen, weil die anderen Pferde so schlimm zugerichtet waren?

Sie wusste es nicht. Aber Imke fühlte sich grenzenlos erleichtert. Ihre Magenschmerzen, die sie die ganze Fahrt über gequält hatten, waren wie weggeblasen.

Imke biss herzhaft in ein großes Stück Kuchen. Endlich konnte sie wieder essen!

Deichgraf war nicht auf dem Lastwagen gewesen! Das war das Wichtigste. Auch wenn sie jetzt neu danach fahnden musste, wo ihr Liebling geblieben war. Aber ihre schlimmsten Befürchtungen waren nicht wahr geworden. Dabei waren es gar nicht *ihre* Befürchtungen gewesen, dachte Imke.

Conny schien ihre Gedanken lesen zu können.

»Eigentlich hat uns erst der blöde Albrecht Steinberg eingeredet, dass Deichgraf auf dem Schlachtpferde-Transporter steht«, sagte Conny kauend. »Dieser niederträchtige Al. Wir wären doch nie darauf gekommen.«

Imke nickte und griff nach einem weiteren Stück Kuchen. »Was passiert jetzt mit den Pferden hier?«, fragten sie die Bäuerin. »Sie behalten Sie doch, oder?«

»So einfach ist das nicht.«

Inge Schneider, die Besitzerin des Hofes, stand auf und schüttelte die Krümel vom leeren Backblech.

»Die Pferde sind ja alle längst verkauft, an einen Italiener. Wir müssten sie ihm abkaufen. Wenn nur das leidige Geld nicht wäre! Ich habe schon unseren Tierschutzklub alarmiert. Wir hoffen, dass alle Mitglieder etwas Geld spenden . . .«

Frau Schneider schaute zu den Raufen hinüber, vor denen die Pferde ruhig zusammenstanden.

»Den da«, sie zeigte auf »Imkes« Fuchs mit dem zerschlissenen roten Halfter, »den behalte ich auf jeden Fall. Und wenn sich alle auf den Kopf stellen. Der bleibt hier, das ist der Schwächste von allen.«

Die Bäuerin klemmte das Backblech unter den Arm.

»Ich muss zurück zu den anderen. Die Polizisten verhören gerade den Lkw-Fahrer, diesen Joseph Jablonski. Sie wollen mich dabeihaben.«

11. Kapitel

Schicksalsspiel

Auf den ersten Blick war es ein romantisches Bild.

Vor Inge Schneiders Bauernhaus, das an der Vorderseite mit einem Weintrauben-Spalier bedeckt war, standen zwei lange Bänke aus halbierten Baumstämmen. Die Nachmittagssonne erreichte diese Ecke noch und tauchte sie in warmes Licht. Das Weinlaub leuchtete in allen Rottönen.

Auf den Bänken saßen drei Männer um einen hell gescheuerten Tisch. Zwei große Keramikplatten mit Apfelkuchen standen darauf und dickbauchige braune Tassen, aus denen heißer Kaffee dampfte.

Auf den zweiten Blick bemerkte man allerdings, dass dieses schöne Bild Risse hatte.

Die Idylle wurde gestört durch den schrottreifen roten Pferdetransporter neben dem Bauernhaus. Und dass zwei der Gäste am Tisch Polizeiuniformen trugen, ließ auch nicht gerade auf einen fröhlichen Besuch schließen. Nein, das sah nicht nach einem unbeschwerten Plauderstündchen aus. Und das war es auch nicht.

Während Conny, Imke und die anderen auf der Koppel bei den befreiten Pferden waren, führte die Polizei auf der Bank vorm Haus die Vernehmung durch.

»Sie sind also bei Warschau losgefahren?«

Ein jüngerer Polizist, derselbe, der Josephs Lkw vorhin auf der Autobahn gestoppt hatte, wiederholte die Frage betont langsam. Ungeduldig tippte er mit dem Kugelschreiber auf seinen Notizblock.

Der Lkw-Fahrer war nicht sehr gesprächig.

Auf alle Fragen zuckte Joseph Jablonski hilflos mit den Schultern und starrte auf das Kopfsteinpflaster zu seinen Füßen. Er verdrehte seine Schirmmütze in der Hand, wie immer, wenn er in Bedrängnis geriet. Joseph sprach nicht genug Deutsch, um vernünftig antworten zu können. Lieber sagte er gar nichts. Aus Angst, er könne ein falsches Wort wählen, das die Polizei missverstehen würde.

Elend fühlte Joseph sich, hundeelend. Er würde seinen Job verlieren, das stand fest. Sein Chef machte ihm todsicher die Hölle heiß, wenn er Nachricht von der Polizei bekam.

»Lass dich bloß nicht erwischen«, hatte der Boss ihm eingeschärft. »Du weißt, die Polizei findet immer etwas. Die Bremsen, die Reifen . . . Und dann die Tierschützer, die sich über die Pferde aufregen.«

Die Pferde. Das war das zweite Thema.

Weil er, Joseph, sie zum Schlachthof fahren musste, wurde er von allen wie ein Ausgestoßener behandelt. Wie der letzte Dreck. Dabei war er selber schockiert.

Das war Josephs erster Pferdetransport ins Ausland. Vorher hatte er nur Baustoffe gefahren oder Möbel. Joseph hatte nicht gewusst, welche Strapaze die tagelange Fahrt für die Pferde war. Sicher, er hatte schon oft von schrecklichen Transporten gehört. Aber davon zu hören oder so eine Fahrt selbst zu erleben – das waren zwei verschiedene Dinge.

Joseph hob den Kopf, als Frau Schneider von der Koppel zurückkam und sich zu ihnen an den Tisch setzte. Sie hatte kaum etwas gesagt, da fasste er schon Vertrauen zu ihr. Ihre Art war zupackend und warmherzig.

Frau Schneider goss sich Kaffee ein und unterhielt sich kurz mit den beiden Polizisten. Das Problem war, dass Joseph nur bruchstückweise Deutsch sprach.

»Dass ich nicht eher darauf gekommen bin«, sagte Inge Schneider plötzlich. Sie stand auf. »Meine polnischen Erntehelfer! Sie wissen schon, Äpfel und Kartoffeln. Moment, ich hole den Wenzel. Der hilft uns, er spricht gut Deutsch.«

Inge Schneider lief um das Haus herum zu ihren Apfelfeldern, die sich gleich an die Weiden anschlossen. Als sie wenig später mit einem kräftigen, etwa 30-jährigen Mann zurückkehrte, atmete Joseph auf.

Wenzel jedoch, sein Landsmann, schien absolut nicht glücklich zu sein, Joseph zu treffen. Frau Schneider hatte Wenzel unterwegs von dem gestoppten Pferdetransport berichtet. Ihr Erntehelfer wollte daraufhin gar nicht zur Vernehmung mitkommen, so empört war er.

»So einem helfe ich doch nicht«, hatte er wütend gesagt. Seine Arbeitgeberin redete mit Engelszungen, bis sie den widerspenstigen Wenzel überreden konnte, Josephs polnische Aussagen zu übersetzen.

Wenzel blieb vor dem Tisch stehen und musterte Joseph finster. Mit einer verächtlichen Bewegung schob er seine Baseballkappe in den Nacken. Inge Schneider konnte gerade noch verhindern, dass Wenzel vor Joseph ausspuckte.

Dann sagte Wenzel etwas auf Polnisch. Obwohl man den Inhalt nicht verstand, hörte man an dem scharfen Ton, dass er Joseph beschimpfte.

Sofort griff Frau Schneider auf ihre energische Art ein.

»Hör auf! Joseph hat so eine Behandlung nicht verdient«, wies sie Wenzel zurecht. »Er ist nur derjenige, der seinen Kopf hinhält. Und der alles ausbaden muss.«

Der jüngere Polizist nickte. Manchmal hasste er seinen Beruf. »Es sind immer die Falschen, die wir erwischen.«

Er lehnte sich zurück und sah einen Moment lang mutlos aus. »Die großen Geldverdiener und Tierquäler sitzen woanders. Die Politiker sind auch schuld mit ihren schlappen Tierschutzgesetzen.«

Er zückte seinen Stift und stellte kurze Fragen, die Wenzel übersetzte. Zunächst missmutig, aber als er sich ein wenig mit dem Lkw-Fahrer in seiner Muttersprache unterhalten hatte, wurde sein Ton freundlicher. Selbst Wenzel schien jetzt zu glauben, dass Joseph wenig Schuld an dem entsetzlichen Zustand auf dem Lkw hatte.

Auf einmal wurde die Vernehmung durch lauten Krach gestört, der von der Weide kam.

Die Pferde schnaubten und schnorchelten vor Angst. Bis zum Haus herunter hörte man das. Frau Schneider konnte sehen, dass einige Pferde immer wieder gegen das Gattertor rannten. Voller Panik stießen sie ein kurzes Wiehern aus.

Die Bäuerin sprang auf, Joseph und Wenzel auch.

Was war passiert?

Zu dritt liefen sie zur Koppel hinauf.

»Los, wir müssen hinterher«, sagte der ältere Polizist sofort. »Den Joseph Jablonski dürfen wir nicht aus den Augen lassen. Wenn er sich aus dem Staub macht, bekommen wir ziemlich viel Ärger.«

»Stimmt«, sagte sein jüngerer Kollege und schloss im Gehen die Uniformjacke. »Aber das glaube ich nicht. Der macht einen anständigen Eindruck.«

»Einen guten Eindruck macht dieser Joseph wirklich. Aber du guckst den Menschen immer nur vor den Kopf und nicht hinein«, gab der andere zu bedenken. »Alte Polizistenweisheit.«

Kai Jensen sprach beruhigend auf die Pferde ein, als die ganze Vernehmungsrunde den Weg heraufkam. Allmählich legte sich die Aufregung auf der Weide wieder. Nur vier Pferde kamen überhaupt nicht zur

Ruhe. Als ob sie blind wären, rannten sie immer wieder gegen den Holzzaun.

Jedes Mal zuckten Conny und Imke zusammen, als ob sie selbst dagegen gelaufen wären und den Schmerz spürten.

»Vielleicht können sie nichts sehen?«, fragte Conny. »Sie werden doch nicht gejagt, sodass sie flüchten müssen.«

Imke verstand die Aufregung auch nicht.

»Diese kleine Taube, die vorhin aus dem Heu hochgeflogen ist«, Imke zeigte auf die Raufen, »kann doch ein Pferd nicht so verrückt machen.«

Anne winkte Joseph und Wenzel zu sich herüber. Die beiden kamen näher.

»Wissen Sie nicht, was mit den Pferden los ist?«

Joseph Jablonski verstand die Frage zum großen Teil und antwortete auf Polnisch. Ein Wortschwall ergoss sich über seinen Landsmann.

Wenzel fragte ein paar Mal nach, ungläubig, wie es schien. Während Joseph erzählte, bückte er sich und umfasste seine Fußgelenke mit den Händen.

Kopfschüttelnd hörte Wenzel zu.

»Die Pferde für den Transport kennen nur ein Leben im Stall«, übersetzte er dann. »Das hier ist die erste Weide, die sie in ihrem Leben sehen. Bisher standen sie mit festgebundenen Beinen eng nebeneinander. Sie kennen keine Freiheit und keine Wiese. Natürlich genügt da schon ein Vogel, um sie in Panik zu versetzen.«

Kai Jensen stieg kurz entschlossen über den Zaun, um sich um die Pferde zu kümmern.

»Das wäre wirklich ein Drama«, sagte er über die Schulter, »wenn sie sich hier verletzen, wo wir sie gerade gerettet haben.«

Aufmerksam ging er an die Pferde heran. Als die ersten aufgeregt zur Seite sprangen, blieb er stehen. Erst nach einiger Zeit machte er erneut zwei Schritte vorwärts. Überraschend schnell gewöhnten sich die Tiere an seine Gegenwart. Offensichtlich merkten sie, dass Jensen ein Mensch war, von dem sie nichts zu befürchten hatten.

Stundenlang hätte man den Pferden zusehen können. Drei der mutigsten verloren ihre Furcht ein wenig. Sie wagten schon einen kleinen Ausflug ans Ende der Weide und rupften ein paar Blätter von den Ahornbäumen, die ihre Zweige über den Zaun streckten.

Schließlich klopfte der ältere Polizist mahnend auf sein Notizbuch.

»Sorry, aber wir müssen endlich weitermachen. Unsere Dienststelle kann nicht ewig auf uns warten.«

Sie nahmen Joseph und Wenzel mit nach unten. Die anderen blieben an der Koppel stehen.

»Wie geht es denn nun weiter mit den Pferden?«, fragte Conny und lehnte sich über den Zaun.

Frau Schneider seufzte. »So wie es aussieht, muss Joseph eine saftige Strafe zahlen. Wegen Verkehrsgefährdung mit seinem kaputten Lkw. Er muss ihn reparieren lassen und . . .«

». . . nach Hause zurückfahren«, ergänzte Anne schnell. »Und die Pferde bleiben hier. Sagen Sie, dass das stimmt, Frau Schneider.«

»Leider nicht. Er darf die Pferde wieder aufladen und damit nach Italien weiterfahren. Der Amtstierarzt hat bestätigt, dass die Tiere nach einer Erholungspause von drei Tagen wieder transportfähig sind.«

Für die Mädchen war das eine schreiende Ungerechtigkeit.

»Soll das heißen, dass alles vergebens war?«, fragte Imke und sah Frau Schneider Hilfe suchend an.

»Sehe ich so aus, als ob ich sofort klein beigebe?«

Nein, so sah Inge Schneider wirklich nicht aus, wie sie vor ihnen stand, die Hände in die Seiten gestemmt. Voller Entschlusskraft und Tatendrang. »Ich setze Himmel und Hölle in Bewegung, um die Pferde zu retten.«

Anne und ihr Vater mussten nach Hause. Auch Viktoria Grotmeyer hatte abends eine Verabredung.

Gleich am nächsten Tag wollten die drei sich mit anderen Tierschützern treffen – zur Lagebesprechung.

»Zwei oder drei Pferde bringen wir bestimmt unter«, meinte Anne zuversichtlich, als sie sich verabschiedete. »Bei uns gibt es therapeutisches Reiten, für kranke Kinder, da suchen sie immer Pferde.«

»Einige der Pferde kann man sicher für leichtes Schrittreiten ausbilden«, glaubte auch Viktoria Grotmeyer. »Das könnte ich übernehmen. Ein paar sind wohl richtige Reitpferde, die stammen vermutlich aus der Versteigerung in Bargteheide.«

Kurz nach den dreien fuhren auch die Polizisten ab.

Joseph hatte mit seinem Boss in Polen telefoniert.

Es war genauso gekommen, wie er befürchtet hatte. Der Chef des Schlachtpferde-Transporters hatte ihn hinausgeworfen. Natürlich musste Joseph vorher noch die Pferde nach Italien fahren und den Lastwagen zurückbringen.

Wie ein Häufchen Elend kauerte Joseph zwischen den anderen auf der Bank vor dem Bauernhaus.

Der Mann war verzweifelt. Wie sollte er ohne Job seine Wohnung bei Warschau bezahlen? Er lebte ja schon bescheiden, hatte nur ein Zimmer. Wie sollte es bloß weitergehen? Arbeitsstellen waren bei ihm zu Hause Mangelware.

»Joseph sieht gar nicht wie ein Tierquäler aus«, sagte Imke leise zu Conny, »sondern eigentlich richtig nett.«

Sie dachte daran, dass auch ihr Vater aus heiterem Himmel arbeitslos geworden war. Schlimm, wenn man kein Geld mehr verdiente. Deswegen musste sie ja auch ihren Deichgraf verkaufen.

Obwohl Imke flüsterte, verstand Frau Schneider ihre Bemerkung. Zustimmend drückte sie Imkes Arm. Inge Schneider hatte längst gemerkt, dass Joseph im Grunde ein guter Kerl war. Ihm ging das Schicksal seiner Pferde wirklich nahe.

»Wollen Sie nicht eine Weile hierbleiben und für mich arbeiten?« Aufmunternd zeigte sie über ihren Hof. »Hier gibt es eine Menge zu tun. Können Sie mit

Holz umgehen? Ich meine, wie ein Tischler? Sägen, schrauben?«

Mit der Hand führte sie eine unsichtbare Säge durch die Luft und drehte einen eingebildeten Schraubenzieher.

Joseph war völlig überrumpelt. Hatte er richtig gehört? Zögernd nickte er.

»Also abgemacht«, sagte Inge Schneider zufrieden. »Ich brauche ein paar neue Boxen drüben, hinter dem alten Stall. Können Sie die bauen?«

Joseph griff ihre Hand und bedankte sich überschwänglich. Er wechselte dauernd zwischen Deutsch und Polnisch, so durcheinander war er.

»Wir gehen jetzt hinein und rufen bei Ihrem Chef an.«

Fast brüsk wechselte Frau Schneider das Thema. Zu viel Dankbarkeit war nichts für sie. Sie tat, was sie für richtig hielt. Basta. »Mal hören, welchen Preis er für die Pferde haben will.«

Nach einer Weile kamen die beiden und Wenzel zurück, der übersetzen musste.

Frau Schneider strahlte übers ganze Gesicht.

»Eine Hürde ist genommen. Er hat zwar furchtbar viel Theater gemacht. Egal, das Ergebnis ist – er verkauft uns die Pferde.« Sie zog eine blaue Strickjacke über, die sie aus dem Haus mitgebracht hatte. »Aber zwei große Hürden stehen uns noch bevor. Wir müssen das Geld auftreiben und Plätze für die Pferde finden.«

Mit einem Aufschrei fielen sich Conny und Imke um den Hals. »Und alles nur, weil wir Deichgraf gesucht haben«, jubelte Imke. »Sonst wäre etwas Schreckliches mit all den Pferden passiert.«

Nachsichtig lächelte Frau Schneider. »Mit euch passiert auch etwas Schreckliches, wenn ihr weiter in den dünnen T-Shirts herumlauft«, mahnte sie. »Entweder gehen wir alle ins Haus oder ihr zieht euch etwas über.«

Der Abend war tatsächlich von einem Moment zum anderen kühl geworden. Feuchtigkeit zog von den Grasflächen hoch. Milchiger Dunst waberte über den Hof.

Trotzdem wollte keiner hineingehen. Die Mädchen holten sich ihre Pullover aus Jensens Auto. Auf der Außenbank war es viel aufregender als im Haus. Nicht nur, weil man die Pferde von da aus im Blick hatte. Auch deswegen, weil ständig Autos anhielten, die auf der Straße vorbeikamen. Der rote Schandfleck vor dem Haus, Josephs Lkw-Ungetüm, machte jeden neugierig.

Die meisten Leute in der Umgebung kannten Frau Schneider und ihre Leidenschaft, missbrauchten Tieren zu helfen. Viele riefen durch ihre Autofenster: »Ich komme nachher auf einen Sprung vorbei, Inge.«

Einige fuhren gleich auf den Hof, um nähere Einzelheiten zu erfahren.

Zuerst gesellten sich drei Nachbarn zu der Runde, später kamen Freunde aus der ganzen Umgebung.

Aus Osnabrück, Aurich und Bremen. Es herrschte ein Gewusel auf dem Hof wie bei einem Volksfest. Inge Schneider schleppte ständig neue Kannen mit Kaffee heran.

Conny, Imke und Kai Jensen erzählten zum zehnten Mal, wie sie auf die Spur des Pferdetransporters gekommen waren.

Lautstark beratschlagte man, wer die geretteten Pferde aufnehmen könnte. Und für Joseph hatte fast jeder einen kleinen oder größeren Auftrag. Arbeit würde der gekündigte Lkw-Fahrer demnächst genug haben.

Mehrmals wischte Joseph Jablonski sich verstohlen ein paar Tränen aus den Augenwinkeln. Dass er so viel Beistand fand, hatte er nicht erwartet.

Für die meisten Pferde hatte man bis zum Einbruch der Dämmerung einen Platz gefunden.

Zwei Bauern bei Aurich wollten vier Tiere aufnehmen. Einige Pferde konnten ins Osnabrücker Land vermittelt werden. Sechs, die ärmsten, würden Zuflucht auf einem Gnadenhof an der Weser finden. In der Pferde-Oase bei Brake sollten sie einen schönen Lebensabend verbringen. Den schwachen Fuchs wollte Inge Schneider bei sich behalten.

Das Problem blieb das Geld. Einmal musste der Kaufpreis zusammenkommen, zum anderen die monatlichen Kosten für die Unterbringung der Pferde.

»Aber die meisten kommen doch auf einen Gnadenhof«, warf Imke verwundert ein. »Der kostet doch nichts.«

»Auch ein Gnadenhof muss bezahlt werden«, klärte Frau Schneider die Mädchen auf. »Was glaubt ihr, wie teuer Futter ist. Und Stroh, Tierarzt, Schmied. Das sind jeden Monat ein paar hundert Euro pro Pferd.«

Sie berieten, bis die Köpfe rauchten.

Conny kam schließlich auf die beste Idee.

»Wir könnten doch Patenschaften übernehmen. Für jedes Pferd. Ich sammle bei uns im Stall. Und zu Weihnachten wünsche ich mir Geld für den Gnadenhof.«

»Ich auch«, sagte Imke. »Bastian, Jule und die anderen machen sicher auch mit.«

Frau Schneider war begeistert und gratulierte Kai Jensen zu seiner cleveren Reitschülerin.

Trotzdem blieb das Problem, wie man bis übermorgen genügend Geld für den Kauf der Pferde auftreiben sollte. Man musste Tierfreund für Tierfreund einzeln ansprechen und um eine Spende bitten.

Zwei wichtige Anrufe von Tierschützern wollte Herr Jensen noch abwarten, dann aber schnellstens nach Hamburg zurück.

Conny und Imke fanden es unerträglich, herumzusitzen und nicht helfen zu können. Und wenn das gesammelte Geld nicht reichte? Wurden die Pferde dann nach Italien geschickt? Eine schreckliche Vorstellung.

Irgendetwas musste man tun.

»Wir machen ein Schicksalsspiel«, sagte Conny plötzlich zu Frau Schneider. »Wenn wir gewinnen, heißt das, dass Sie Geld genug sammeln und alle Pferde freikaufen können.«

»Das hört sich ja ganz nach Hexenzauber an«, sagte Inge Schneider erstaunt. »Hmm . . . warum nicht? Aber was ist das für ein merkwürdiges Spiel?« Conny erklärte das Schicksalsspiel.

»Wir müssen hier etwas finden, was wir von unserem Reiterhof Birkenhain kennen. Das bringt Glück.«

Inge Schneider seufzte. »Schön wär's. Und *was* wollt ihr finden?«

Auf dem Tisch lag noch Schreibzeug von der Vernehmung. Conny griff nach Block und Stift.

»Ich schreibe sieben Punkte zur Auswahl auf. Davon muss ein Punkt übereinstimmen.«

Sie nummerierte den Block von 1 bis 7 durch und begann mit der Liste.

1. Die gleichen Boxen wie auf Birkenhain.
2. Dieselbe Marke des Kraftfutters.
3. Die Heuballen müssen gleich groß sein.
4. Gleiche Pferderassen.

Kai Jensen protestierte.

»Pferderassen . . . das ist viel zu einfach. Hier in Norddeutschland findet man in fast jedem Stall Hannoveraner, Holsteiner, Fjordpferde, Friesen und Oldenburger.«

Conny und Imke stritten sich ein bisschen mit Jensen, dann strich Conny hinter »4.« das Wort *Pferderassen* durch.

Sie ersetzte es durch *Pferdenamen.*

5. Zinkenzahl der Heugabeln.
6. Material der Futterkrippen.

7. Farbe der Hofbesen.

»Du hast nicht zufällig einen Leistungskurs ›Hexen‹ belegt, Conny Clasen?«, fragte Herr Jensen. »Ist nur so eine Vermutung von mir, wegen des Besens . . .«

Schmunzelnd goss Frau Schneider den Mädchen Fruchtsaft ein.

»Einen Zaubertrank kann ich euch leider nicht anbieten, aber vielleicht hilft Pfirsich-Maracuja auch«, sagte sie und machte eine einladende Handbewegung. »Guckt euch um, ob ihr etwas findet.«

In einem Zug tranken die Mädchen ihre Gläser leer. Dann gingen sie auf die Suche und durchstreiften Stall und Hof. Alle Pferde der Schneiders waren auf den Weiden. Also freie Bahn, sich ungestört im Stall umzusehen.

Nein, die Boxen glichen denen auf Birkenhain überhaupt nicht. Auch die Heuballen nicht, sie waren viel größer. Selbst die Forken und Futtertröge sahen etwas anders aus. Auch der Markenname des Kraftfutters war ein anderer. Sogar die Hofbesen hatten nicht die leiseste Ähnlichkeit. Auf dem Schneider-Hof waren die Borsten gelb, während bei Jensen mit schwarzen und roten Besen gefegt wurde.

Sechs Punkte von sieben waren abgehakt. Alles Fehlanzeige. Es war wirklich wie verhext.

Imke raufte sich die Haare.

»Du mit deinem blöden Schicksalsspiel«, sagte sie zu Conny. »Was ist, wenn wir auch bei den Namen nichts finden? Bringt das Unglück?«

»Das bedeutet gar nichts«, beteuerte Conny. Insgeheim ärgerte sie sich aber längst, dass sie mit dem Blödsinn angefangen hatte.

Die Mädchen gingen zurück zu den Boxen und studierten die Namenstafeln.

Allmählich dämmerte es in der Stallgasse. Sie suchten nach einem Lichtschalter, fanden ihn aber nicht. Doch auch im Halbdunkel erkannten sie, dass keins der Pferde so hieß wie die Pferde auf Birkenhain: Sally oder Rocky, King Louis oder Flecken-Paula, Leo oder Popcorn, Fuchsi oder Turbo, Cherie oder Lotta, Nappo oder Santana, Godewind oder Nordlicht, Ankum oder Brinkum, Kalle oder Ole.

Eine gewisse Ähnlichkeit gab es nur bei einem Namen – ein Wallach auf dem Schneider-Hof hieß »Oleander«.

»Das kann man zur Not gelten lassen«, meinte Conny und sprach den Namen gedehnt aus. »Ole – ander.«

Aber Imke widersprach. »Du spinnst wohl. Das ist wirklich gequält.«

Pleite auf der ganzen Linie. Nicht mal die Namen der Friesenpferde, von denen zwei auf dem Hof standen, waren ähnlich. In Bersenbrück hießen sie Jelke und Wieger und nicht Ankum und Brinkum wie die auf Birkenhain.

»Dabei behauptet Herr Jensen immer, auf unsere Friesen kann man sich verlassen«, sagte Imke, als sie mit Conny zu dem Bauernhaus zurückschlenderte. Über den Wiesen zog Nebel auf.

Conny hatte ein schlechtes Gewissen, dass sie alle mit ihrem Schicksalsspiel genervt hatte. Ohne Ergebnis kehrte sie an den Kaffeetisch zurück. Aber die anderen schienen das nicht so eng zu sehen.

»Mach dich nicht verrückt, Mädchen!«, sagte Kai Jensen und trank seine Kaffeetasse leer. »Wir haben doch schon jede Menge Glück gehabt. Der Transporter ist stillgelegt, Deichgraf war nicht dabei – wenn das kein Erfolg ist.«

Er stand auf und reckte sich.

»So, nun aber los. Ab nach Hause, bevor wir in die Nebelsuppe kommen. Wir müssen über die Weser, da sieht man oft die Hand vor den Augen nicht.«

Von den Feldern hörte man Wortfetzen und Lachen. In den herbstlichen Dunst mischte sich Rauch.

Conny hielt ihre Nase in die Luft und schnupperte. »Brennt hier etwas?«

»Die Männer machen ein Kartoffelfeuer.«

Frau Schneider war nicht überrascht von dem Brandgeruch.

»Eigentlich pflügen wir das Kartoffelkraut unter die Erde. Aber meine Erntehelfer packen immer etwas zur Seite und stecken es abends an. Ist ja auch gemütlich, rings um die Glut zu sitzen.«

Ein Lagerfeuer!

Sofort bestürmten Conny und Imke ihren Reitlehrer. »Dürfen wir hin, Herr Jensen? Sagen Sie Ja!«

Jensen schlug mit der Hand auf den Tisch.

»Ihr habt sie wohl nicht alle. Zufällig habe ich in

Hamburg noch einen kleinen Reitstall zu versorgen, wenn sich die Damen erinnern. Wir fahren jetzt. Ende.«

Murrend suchten die Mädchen ihre Sachen zusammen. Bevor sie gingen, tauschten sie mit Inge Schneider und anderen Tierschützern Adressen aus. Auch mit Joseph, der sich bereits an der klemmenden Haustür nützlich machte.

Die Mädchen liefen ein letztes Mal zur Koppel hinauf und verabschiedeten sich von den Pferden.

Dann scheuchte Herr Jensen sie ins Auto und fuhr los.

Gleich nach der Hofausfahrt, sie waren höchstens eine Minute gefahren, musste er an einer kleinen Kreuzung halten.

Plötzlich stieß Conny einen Begeisterungsschrei aus. »Da . . . lest doch mal.« Aufgeregt zeigte sie auf ein gelbes Straßenschild.

Nach Ankum 6 km stand darauf.

»Ankum! Der Ort heißt so wie unser Friese. Damit ist das Schicksalsspiel entschieden.«

Zufrieden lehnte Conny sich in ihrem Sitz zurück. »Das heißt – Frau Schneider wird genug Geld auftreiben und die Pferde freikaufen. Super!«

»Sage ich doch immer«, brummte Herr Jensen und fuhr wieder an. »Auf unsere Friesen kann man sich verlassen.«

12. Kapitel

Misstrauen gegen Al

King Louis lag im Stroh und wirkte krank. Immer wieder drehte der braune Wallach sich nach seinem Bauch um.

Mit sorgenvoller Miene blieb Kai Jensen vor seiner Box stehen und warf einen Blick in die Futterkrippe. Hafer und Pellets häuften sich noch im Trog.

Jensen sah sich im Stall um. An der Qualität des Futters konnte es nicht liegen. Rocky, Lotta und Ankum, die er von hier genau beobachten konnte, zermalmten ihre Vormittagsmahlzeit mit Genuss.

Nur das Futter von King Louis lag unberührt im Trog. Kein gutes Zeichen.

Gestern Abend, als er aus Bersenbrück zurückkam, lag eine Notiz von Axel Rakete auf seinem Schreibtisch. »King Louis hat heute kaum gefressen. Habe Fieber gemessen, er hatte aber normale Temperatur, 37,5 Grad. Gruß, Axel.«

»Werd du mir nicht auch krank, mein Alter«, sagte der Stallbesitzer und musterte seinen Herdenchef genauer. Dieses ständige Umgucken, das war das Zeichen für eine Kolik. Eine Darm-Anschoppung begann so. Die entstand, wenn das Futter sich im Bauch sammelte und nicht weiterrutschte. Das konnte passieren, wenn ein Pferd zu viel sperriges Stroh fraß oder zu wenig Wasser trank.

Kai Jensen rieb sich das Kinn. Er war ratlos. Was war mit seinen Pferden los?

King Louis war schon der Vierte in wenigen Tagen, der eine leichte Kolik hatte. Flecken-Paula kam kürzlich gerade noch einmal ohne Tierarzt davon. Aber für seine beiden Fjordpferde Ole und Kalle musste Jensen heute schon in aller Herrgottsfrühe Dr. Teichmüller holen. Der Stallbesitzer hatte seine Fjordies schwitzend in ihren Boxen vorgefunden, beide mit Kolik. Gott sei Dank ging es Ole und Kalle nach Dr. Teichmüllers Behandlung nun besser.

»Ungewöhnlich, diese Anhäufung von Koliken«, hatte Dr. Theo Teichmüller gesagt. »Sieht so aus, als ob eure Pferde zu wenig Wasser trinken. Sind etwa die Automatiktränken bei euch defekt?«

Nein, sie funktionierten einwandfrei.

Zusammen hatten die beiden Männer Tränke für Tränke in jeder Box überprüft.

Das Prinzip der Automatiktränken war einfach. Drückte ein Pferd seine Nase gegen eine Metallzunge im Becken, öffnete sich ein Ventil und Wasser lief in die Tränke. Wie bei einem Wasserhahn. Dr. Teichmüller schöpfte sogar mit der hohlen Hand etwas Wasser aus Oles Becken, schnupperte daran und leckte ein paar Tropfen auf.

»Hätte ja sein können, dass irgendein ekliger Beigeschmack im Wasser ist«, sagte er.

Aber auch das schied aus. Das Wasser schmeckte gut und sah klar aus wie immer.

Kai Jensen sah sich stirnrunzelnd im Stall um und fragte sich, wieso bei ihm plötzlich so viel Unheil passierte. Sein großer Westfale Turbo fiel auch aus. Er hatte zwar keine Kolik, aber einige seltsame blutige Risse an beiden Vorderbeinen.

Jensen grübelte nach, während er dem liegenden King Louis geschickt und schnell ein Stallhalfter überstreifte. Falls der Tierarzt nachher kommen musste, war das Halfter nötig, um dem Pferd hochzuhelfen.

Warum trug der King eigentlich kein Halfter? Jensen ärgerte sich. Das war Albrechts Aufgabe, dafür zu sorgen. Überhaupt dieser Al. Nichts machte er ordentlich, sein neuer Lehrling.

Jensen kam es so vor, als ob sein Stall sich erst in ein Krankenlager verwandelt hatte, seit Albrecht Steinberg da war. Das *konnte* Zufall sein, *musste* aber nicht.

Gerade, als Jensen beschloss, Al ein wenig mehr auf die Finger zu gucken, sah er ihn durch die Stallgasse kommen.

Al Steinberg schob die Mistkarre nach draußen. Bei Kai Jensen blieb er stehen und deutete auf King Louis.

»Krank?«, fragte der Lehrling. Das klang nicht mitfühlend, sondern eher verdrossen. Kranke Pferde bedeuteten mehr Arbeit, das war nichts für Al.

Herr Jensen zuckte die Achseln und sah ihn forschend an.

»Ja, scheint wieder eine Kolik zu sein. Sag mal, du gibst den Pferden doch nicht etwa schimmeliges Heu oder Stroh? Oder fütterst irgendetwas hinter meinem Rücken? Weiches Brot? Verfaulte Äpfel?«

»Aber Chef«, entrüstete sich Al und hob die Karre wieder an. »Ich mache nur das, was Sie sagen.«

Jensen knurrte etwas Unverständliches.

Argwöhnisch sah er hinter seinem neuen Lehrling her, als der die Karre nach draußen brachte. Dieser Junge war ihm nicht geheuer. Er konnte nicht einmal sagen, warum.

Als Kai Jensen sich wieder seinem kranken Pferd zuwandte, ahnte er plötzlich, weshalb er Albrecht Steinberg nicht über den Weg traute. Der Grund dafür lag vor ihm in der Box und hieß King Louis.

Der hatte nämlich beim Anblick von Al die Ohren angelegt und sein Drohgesicht aufgesetzt. Und das, obwohl es ihm schlecht ging. Kranke Pferde kümmern sich eigentlich nicht um ihre Umgebung. King Louis mochte diesen Albrecht Steinberg nicht, das war deutlich zu erkennen.

Jensen gab viel darauf, wie sein Leitpferd Menschen einschätzte. Er glaubte fest daran, dass King Louis einen sechsten Sinn hatte, was Menschenkenntnis betraf. Ganz besonders wenn es um diesen Al ging.

Der Stallbesitzer drehte sich um und ging ins Büro, um Dr. Teichmüller anzurufen. Sicher ist sicher, dachte er. Ein altes Pferd wie King Louis war empfindlicher als ein junges.

»Herr Jensen«, rief Jule von draußen hinter ihm her. »Darf Imke heute Sally reiten? Als Trost . . . wegen Deichgraf.«

»Meinetwegen«, brummte Jensen. »Hab nichts dagegen, wenn die Halle frei ist. Aber ohne Sattel.«

So richtig freute Imke sich nicht über die geschenkte Reitstunde. Seit ihrer Rückkehr gestern Abend war sie zwar nicht mehr so niedergeschlagen wie vorher, aber in Hochstimmung auch nicht gerade.

Nicht einmal die Freudenbotschaft, die Jensen den Mädchen vorhin überbracht hatte, stimmte Imke Zavelstein hundert Prozent fröhlich.

Inge Schneider hatte soeben im Stall angerufen und gejubelt: »Wir haben das nötige Geld aufgetrieben.« Alle Pferde aus Josephs Transporter waren gerettet. Eine fantastische Nachricht.

Aber – wo steckte Deichgraf? Die Ungewissheit lähmte Imke wie eine Krankheit.

Gut, dass Jule ihr keine Zeit ließ, Trübsal zu blasen. Jule wollte alles von gestern haarklein wissen, während sie Sally und das Fohlen aus der Box holte. Wie die Polizisten waren, wie die Pferde aussahen, wer sie aufnahm, einfach alles. Natürlich ärgerte Jule sich schrecklich, dass ihre Eltern ihr einen Strich durch die Rechnung gemacht hatten. Wie gern wäre sie mit zur Raststätte gefahren!

Jule führte Sally in die Halle, das Fohlen tippelte aufgeregt nebenher. Sie half Imke beim Aufsteigen und gab ihr die Zügel. Auf Sallys Rücken machte Imke das Reiten dann doch Spaß. Es war auch zu komisch, wie das zierliche braune Fohlen M2 um Sally herumsprang und empört wieherte. Immer wieder versuchte es, gegen die Stiefel der Reiterin zu stoßen. Es passte der kleinen M2 ganz und gar nicht, dass ein Mensch ihr die Mutter wegnahm.

Wenn Imke antrabte, galoppierte M2 so schnell neben ihr her, bis sie Sally überholt hatte. Dann stoppte das Fohlen plötzlich quer vor Sallys Brust, um sie zum Halten zu zwingen. Zweimal fiel Imke fast kopfüber herunter, weil Sally eine Vollbremsung machte.

Jule stand mitten in der Halle und hielt sich den Bauch vor Lachen, wenn M2 ihre Mutter wieder ausgetrickst hatte. Nach einer halben Stunde tauchte Herr Jensen am Halleneingang auf. Er stemmte die niedrige Tür auf, ging schnurstracks zu Sally hinüber, ließ sie anhalten und hielt einen weißen Briefbogen hoch.

M2 hüpfte um ihre Mutter herum und schnappte nach dem Papier.

»Mir ist nicht nach Scherzen zumute, Kleine«, sagte Herr Jensen, strich dem Fohlen aber trotzdem liebevoll über die Nase.

»Hat das eine von euch geschrieben?«, fragte er die Mädchen und wedelte mit dem Brief.

»Was denn?«, wollte Jule wissen. Sie wusste wirklich

nicht, wer Herrn Jensen eine Geheimnotiz zugesteckt haben könnte. Imke auch nicht.

»Na schön. Moment mal«, knurrte Herr Jensen und stürmte im Laufschritt durch die Sägespäne zum anderen Ende der Halle. Er beugte sich über die Bande, untersuchte die Holzwand und tastete die einzelnen Latten ab.

Fragend sahen Jule und Imke sich an. Was sollte das?

»Ist hier gestern irgendetwas passiert, als wir unterwegs waren?«, flüsterte Imke.

Mit hochrotem Kopf kam Jensen zu den Mädchen zurück. »Wenn das stimmt«, wütete er. »Wenn das stimmt, dann passiert was . . . «

Wem wann was passierte, ließ er offen. Aber Jensens Miene verriet, dass es nicht sehr lustig sein würde, was er vorhatte.

Dann berichtete Jensen vom Inhalt des Briefes. Es ging um Al, Albrecht Steinberg. Folgendes sollte gestern geschehen sein, wenn man dem unbekannten Schreiber glauben durfte.

Als Jensen mit Conny und Imke weggefahren war, ritt Al den Westfalen Turbo in der Reithalle. Der Braune wollte ein paar Mal nicht vorschriftsmäßig in die Ecken gehen. Albrecht ärgerte sich maßlos darüber und jagte Turbo im Jähzorn gegen die Wand, bis das Pferd in seiner Verzweiflung stieg. Mit den Vorderbeinen trat es durch die Holzlatten und verletzte sich.

»Ich habe gerade nachgesehen«, sagte Herr Jensen

und zeigte auf die gegenüberliegende Hallenwand. Seine Stimme bebte vor Zorn. »Ein paar Stellen sind mit Holzkitt bestrichen. Frisch ausgebessert. Und die Wunden von Turbo, die stammen von Holzsplittern, wenn mich nicht alles täuscht.«

Den Mädchen verschlug es die Sprache. Gab es tatsächlich solche Tierquäler in ihrem Stall? Nicht nur bei Schlachtpferde-Transporten?

Sogar das Fohlen schien den Ernst der Lage zu spüren. Jedenfalls wieherte es nicht mehr wie vorher und rannte auch nicht um Sally herum.

»Wisst ihr etwas davon?«, fragte Kai Jensen.

Die Mädchen waren wie vor den Kopf geschlagen.

»Aber Herr Jensen, das hätten wir Ihnen doch sofort gesagt.« Imke konnte es gar nicht fassen. »Tierquäler, überall Tierquäler. Wie kann man so freundlichen Tieren wie Pferden bloß etwas Böses antun?«

Imke streichelte Sallys Mähne, als ob sie die Stute dadurch vor Unheil schützen könnte.

Verwundert sah Jule zu ihrer alten Erzfeindin auf Sallys Rücken hoch. Imke Zavelstein, Ober-Nervi, schmuste mit Sally? Mit Sally, auf der Imke früher nur herumgehackt hatte? Hatten die Erlebnisse um Deichgraf sie etwa in einen anständigen Menschen verwandelt? Fast schien es so.

»Zutrauen würde ich ihm das.« Jule nickte grimmig. »Er ist immer so gemein.«

»Ein richtiger Fiesling«, ergänzte Imke. »Er hat mir eingeredet, dass Deichgraf auf diesem . . . auf diesem ... Transporter sein müsste. Werfen Sie ihn jetzt hinaus?«

»Ich möchte bloß wissen, was die Killerbienen an dem finden«, sagte Jule verächtlich. »Die schlagen sich seinetwegen fast die Köpfe ein – Ilona, Olivia, Senta und die anderen. Wie die den Al anbaggern, das ist oberpeinlich. Aber Ilona hat ihn sich ja wohl gekrallt. Olivia und Senta sind stinksauer deswegen, glaube ich.«

In Herrn Jensens Gehirn begann es plötzlich zu arbeiten. Dass die Killerbienen hinter seinem neuen Lehrling her waren, das hatte er gar nicht bemerkt. Ehrlich gesagt, es interessierte ihn auch nicht. Bis jetzt jedenfalls. Nun sah die Sache anders aus. Sorgfältig strich Kai Jensen das Briefpapier glatt und betrachtete das Anklageschreiben genauer.

Eine Mädchenhandschrift war es, das stimmte. Die Killerbienen? Eifersucht? Wollte sich eine der Killerbienen an Al rächen, weil sie bei ihm abgeblitzt war? Aber wer von den 16- und 17-Jährigen würde ihm grundlos so eine Schweinerei unterstellen? Nein, das mochte er von keinem der Mädchen glauben.

Aber vielleicht war das, was sie beschrieb, ja keine bösartige Unterstellung? Sondern eine Tatsache? Es könnte doch sein, dass die Schreiberin Albrecht auf frischer Tat ertappt hatte. Turbos verletzte Vorderbeine und die geflickten Holzlatten sprachen dafür.

»Was ist, Herr Jensen, werfen Sie ihn jetzt hinaus?« Imke hakte nach.

Herr Jensen fuhr sich durchs Haar. »Mädchen, so einfach ist das nicht. Erst muss ich ihn zur Rede stellen.«

Jule winkte ab.

»Der lügt doch sowieso.«

Der Stallbesitzer zuckte die Schultern, faltete den Brief zusammen und verließ die Reithalle.

»Bringt Sally und M2 in die Box zurück. Genug für heute«, rief er den Mädchen über die Schulter zu.

Er versuchte, ruhig zu erscheinen, dabei kochte er innerlich. Dieser Steinberg. Er musste mit ihm reden. Sofort. Seit Jahren bemühte Jensen sich, seine Schulpferde so zu behandeln, dass sie Vertrauen zum Reiter hatten. Und dann kam so einer wie Al und zerstörte diese Feinarbeit in wenigen Tagen. Monate würde es dauern, bis Turbo seine Angst vor Reitern verlieren würde.

»Na warte, Steinberg«, murmelte Jensen, als er seinen »Liebling« in der Sattelkammer erblickte.

Albrecht Steinberg machte soeben Fotos von Jensens Sätteln und Trensen. Als er seinen Chef sah, ließ er blitzartig die Kamera unter die Jacke verschwinden.

Zu spät. Herr Jensen hatte sie gesehen. Wieder so eine Aktion, die merkwürdig war.

»Was soll das?«, fragte Herr Jensen und zeigte auf die Kamera, die sich unter Albrechts Jacke abzeichnete. »Wozu machst du hier Fotos? Von meinen Sätteln?«

»Brauche ich für mein Berichtsheft, Chef.«

Jensen kniff die Augen zusammen. »Ist mir neu, dass ihr so etwas führen müsst. Das brauchen doch nur Praktikanten, Schul-Praktikanten.«

Obwohl Herrn Jensen die Sache mit den Fotos spanisch vorkam, wollte er sie jetzt nicht vertiefen.

Er faltete das Schreiben ein Stück auseinander, sodass man zwar die Schrift, aber nicht den Inhalt erkennen konnte. Beiläufig sagte er zu Al: »Ich habe vorhin diesen Brief gefunden, gehört wohl einem der Mädchen. Hast du zufällig diese Schrift schon mal gesehen? Wer könnte das sein?«

Al war froh, dass sein Chef nicht länger nach dem Grund für die Fotos forschte. Denn er führte mit den Bildern etwas im Schilde, was den Reiterhof Wochen später in große Schwierigkeiten bringen würde. Jensens plötzliches Auftauchen verwirrte Albrecht. Nur deshalb passierte es ihm, dass er sich nicht auf den Brief konzentrierte. Albrecht Steinberg warf nur einen flüchtigen Blick darauf.

»Klar, die Schrift kenne ich. Senta.« Er grinste schief: »Brutaler Fan von mir, schreibt mir dauernd Liebesbriefe. Geht mir voll auf die Nerven.«

»Bist du ganz sicher? Es ist wichtig.«

»Klar doch. Keine Frage.«

Also doch. Eine von den Killerbienen.

Ohne weitere Worte drehte Jensen sich um und ging auf die Suche nach Senta.

Er fand die 17-Jährige mit dem kinnlangen braunen Haar auf dem Hof. Sie saß neben Ilona auf der Bank am Paddock. Beide hatten einen Sattel auf den Knien, den sie gerade mit Lederfett einrieben.

Ohne Umschweife sprach Kai Jensen Senta auf den Brief in seiner Hand an.

»Hast du das hier geschrieben?«

Senta war völlig überrumpelt. Sie lief feuerrot an und sah schnell zu Ilona hinüber. Senta wand sich wie ein Aal, um einer Antwort zu entgehen. Das Letzte, was sie wollte, war, dass Ilona von diesem Brief erfuhr.

Aber in diesem Fall kannte der Stallbesitzer kein Erbarmen. Man konnte nicht einfach jemanden beschuldigen und dann nicht zu seinen Worten stehen.

»Ja oder nein, Senta?«

»Also . . . ja.«

»Und das stimmt alles, was in deinem Brief steht? Hast du das selbst gesehen?«

»Ja.«

»Komm mit.«

Als Senta keine Anstalten machte, Jensens Aufforderungen zu folgen, nahm er unwirsch den Sattel von ihren Knien und legte ihn auf die Bank. Dann packte er sie am Handgelenk und zog sie hinter sich her in den Stall. Er wollte, dass Senta dabei war, wenn er Al zur Rede stellte.

Einen Moment blieb Ilona erstarrt sitzen. Als sie sich wieder gefangen hatte, schob sie den Sattel zur Seite, sprang auf und lief hinter Senta und Jensen her.

Al war überrascht, als Jensen mit den Killerbienen in

die Sattelkammer stürmte. Aber er ließ sich nichts anmerken, sondern gab sich obercool. Lässig lehnte er sich gegen die Wand und warf sein schwarzes Haar zurück.

»Was hast du gestern mit Turbo gemacht, Albrecht Steinberg?«, fragte Kai Jensen drohend und schwenkte den Brief mit Sentas Handschrift. »Versuch nicht zu lügen, ich weiß, dass er gestiegen ist. Also los, ich höre . . .«

Erst stritt Albrecht alles ab. Aber Kai Jensen ließ nicht locker. Albrecht warf Senta einen verächtlichen Blick zu.

»Was versteht die denn vom Reiten? Die kann das doch gar nicht beurteilen, was eine reiterliche Meisterleistung ist . . .«

»Ich wüsste nicht, dass *du* ein Reitmeister bist«, sagte Kai Jensen frostig.

Al merkte, dass weiteres Leugnen zwecklos war. Da versuchte er, sich mit großen Worten zu rechtfertigen. Ein reines Versehen sei es gewesen, dass Turbo in der Reithalle gestiegen sei.

Ausgerechnet vor der Holzwand. Dass die Hufe die Holzlatten durchschlagen hätten – nur ein unglücklicher Zufall, nicht mehr.

Kai Jensen glaubte ihm kein Wort.

Senta war völlig in Tränen aufgelöst. Wie ein Häufchen Elend kauerte sie auf der Trittleiter neben dem Zaumzeug. Mit ihrem schwarzen Sattelputztuch wischte sie sich über die Augen, bis ihr Gesicht Streifen hatte wie das eines Zebras. Es war so demütigend, wie sie jetzt vor Al und Ilona dastand. Als Neidhammel. Als eine, die Al nur deswegen anschwärzte, weil sie ihn nicht gekriegt hatte.

Ilona weinte auch. Sie wollte es nicht glauben, dass ihr cooler Schwarm so ein Mistkerl war.

Al weinte nicht, der Einzige, der es nötig gehabt hätte.

Jule, Imke und Conny machten sich auf der Stallgasse zu schaffen, um etwas aufzuschnappen. Sie trauten sich nicht zu nahe an die Sattelkammer heran. Herr Jensen wurde wütend, wenn man bei solchen Gesprächen lauschte.

Sie sahen auf den Boden, linsten aber ständig in die Sattelkammer.

Conny schob geringschätzig die Unterlippe vor.

»Meine Güte, wegen Al zu flennen. So ein mieser Typ«, flüsterte sie. »Die Killerbienen hätten mal die Tiertransporte sehen sollen, dann hätten sie Grund gehabt zu weinen. Überhaupt . . . psst!«

Sie unterbrach sich selbst, denn die neue Anschuldigung gegen Albrecht, die Senta gerade stockend hervorgebracht hatte, war ungeheuer.

Senta behauptete, Al habe ständig nachts die Tränken abgestellt. Wenn Herr Jensen nicht da war, auch tagsüber. Das bedeutete: Wenn die Pferde nichts trinken konnten, verrichteten sie auch seltener ihr kleines Geschäft und machten das Stroh nicht nass. Al musste also viel weniger ausmisten. Dass die Pferde von Wassermangel eine Kolik bekommen konnten, nahm Al in Kauf. Aus reiner Faulheit.

Herr Jensen wollte kaum glauben, dass ein Pferdewirt dazu in der Lage war.

»Denkst du dir auch wirklich nichts aus, Senta? Weil du sauer auf Al bist?«

Doch Senta blieb dabei.

»Nein, Herr Jensen. Der Al hat damit geprahlt, als Sie gestern zur Autobahn unterwegs waren«, schluchzte sie. »Man müsste schön blöd sein, sich so viel Arbeit zu machen, hat er gesagt. Einfach Wasserleitung zu, zack, und zwei Stunden Ausmisten gespart. Ilona und Olivia wissen es auch.«

Al sah Senta von oben bis unten an und sagte: »Du bist doch eine selten blöde Kuh.«

Ilona putzte sich die Nase und gab leise zu, dass Senta recht hatte.

»So viel Anstand hat Ilona immerhin«, flüsterte Conny den anderen zu, während sie die Strohreste in Zeitlupe auf eine Schaufel schob, »dass unsere Pferde ihr wichtiger sind als ihr toller Al.«

Zu blöd, in dem Moment rutschte Conny die Schaufel aus der Hand und fiel scheppernd auf die Stallgasse.

Jensen drehte sich um, entdeckte die Mädchen vor der Sattelkammer und zog die Tür zu. Aus mit Lauschen. Wenn er jemand zusammenstauchte, wollte er keine Zuhörer.

»So ein Mist«, schimpfte Conny. »Ich finde, wir haben ein Recht, alles zu erfahren.«

Während die Mädchen ungeduldig warteten, klingelte in der Sattelkammer das Telefon.

»Ja, richte ich aus«, hörten sie Herrn Jensen sagen. Sicher eine Nachricht für einen Privatreiter.

Wenig später öffnete sich die Tür wieder.

Heraus kam Albrecht Steinberg mit hochrotem Kopf. Dahinter folgten die beiden Killerbienen mit verweinten Augen. Senta zusätzlich mit schwarzen Zebrastreifen im Gesicht. Ohne ein Wort zu sagen, verschwanden alle drei nach draußen.

Kai Jensen kam als Letzter. Sorgfältig steckte er Sentas Brief in die Hosentasche.

»Und?« Conny lehnte ihre Schaufel an Lottas Box und sah den Stallbesitzer an. »Was ist nun?«

Auch Jule und Imke kamen gespannt näher.

»Ist er weg?«, fragte Imke.

Kai Jensen nickte.

»Der kommt nicht wieder. Ich habe ihn fristlos hinausgeworfen. Pferdeschänder dulde ich nicht auf Birkenhain.«

Jubelnd warf Jule die Arme hoch und fiel Conny um den Hals. »Super! Wir helfen Ihnen im Stall, Herr Jensen, versprochen. Endlich ist es hier wieder schön.«

Als Imke sich gar nicht mit ihnen freute, stieß Jule ihr den Ellenbogen in die Seite. »Freu dich gefälligst auch!«

Imke starrte auf ihre Reitstiefel und sagte leise: »Schön ist es erst wieder, wenn ich weiß, wo Deichgraf geblieben ist.«

Kai Jensen nickte.

»Ja . . . Deichgraf . . . das ist auch so ein Fall, den Al auf dem Gewissen hat.«

Imke wurde kreidebleich. »Wieso?«

»Keine Angst, nichts Schlimmes.«

Mit dem Kopf deutete Jensen aufs Telefon. »Frau Decker war gerade dran. Du weißt schon, Deichgrafs neue Besitzerin. Dreimal hatte sie vorher schon angerufen und immer war Al am Apparat. Der sollte dir sagen, dass Frau Decker auf deinen Besuch wartet. Hat er nicht ausgerichtet, stimmt's?«

Jensen wühlte in seiner Hosentasche, fischte einen Zettel mit einer Telefonnummer heraus und steckte ihn Imke zu.

»Du sollst den nächsten Bus nach Bargteheide nehmen. Hier ist ihre Handy-Nummer. Frau Decker will dich vom Bahnhof abholen.«

Nervös trat Imke von einem Bein auf das andere.

»Lebt Deichgraf?«

Lächelnd legte Kai Jensen dem Mädchen die Hand auf die Schulter.

»Aber klar doch«, sagte er.

Ohne Zeit zu verlieren, stürmte Imke aus der Stalltür und rannte zum Fahrradstand.

In der Eile vergaß sie ihre teure Weste im Stall und sogar ihre Putzbox mit der fast leeren Reitkarte. Vor lauter Aufregung machte sie sich zuerst an einem falschen Fahrradschloss zu schaffen. Kurz gesagt – sie war ein Nervenbündel.

Ein paar Stunden später ging auf dem Reiterhof Birkenhain das Telefon. Weil Kai Jensen Unterricht gab, nahm Conny Clasen in der Sattelkammer ab.

»Imke? ... Was? ... Wieso bist du in Plön? ... Ich begreife das nicht ... Nicht so durcheinander ... Noch mal, ganz langsam.«

Conny deckte die Sprechmuschel ab und brüllte durch den Stall: »Neues von Deichgraf. Kommt her.«

Im Nu war sie umringt von einem Dutzend Reitermädchen, auch Jule war dabei. Bastian kam eilig aus der Box von King Louis dazu.

»Deichgraf ist in einer Reha-Klinik in Plön«, gab Conny halb laut an die Umstehenden weiter.

»Was ist, Imke?«, sagte sie jetzt wieder in den Hörer. »Was muss Deichgraf machen? ... Auf einem Laufband durch ein Wasserbecken gehen ... Vier Wochen noch ... und damit kriegen die sein Bein wieder hin, das ist ja irre ... Mann, du hast ein Glück ... Klar gönnen wir dir das ... Stimmt, du hast Stress satt gehabt.«

Als Conny aufgelegt hatte, lief sie zur Reithalle, um Herrn Jensen die Neuigkeit brühwarm zu erzählen.

Jensen stand an der Bande und ließ seine Reitabteilung gerade gemeinsam eine Wendung auf der Vorhand machen. In Stichworten berichtete Conny ihre Neuigkeiten.

Herr Jensen schmunzelte.

»Ich weiß. Frau Decker hat mir noch etwas erzählt, was sie Imke selber sagen will – wenn Deichgraf wieder fit ist, bringt sie ihn zu uns zurück, nach Birkenhain. Sie braucht eine gute Reitbeteiligung für Deichgraf, wenn er wieder geritten werden kann. Und wer kennt ihn besser als Imke?«

Mit hochgezogenen Augenbrauen verfolgte Kai Jensen die Wendungen seiner Reiter.

»Oha. Ich muss in die Halle«, sagte er und ging zu der Reiterin auf Flecken-Paula hinüber. »Noch einmal Frau Vogel«, sagte er, »Gewicht nach rechts verlagern. Am inneren Zügel nachgeben. Das war aber wirklich nichts.«

Conny grinste und drehte sich um. Sie winkte Jule und Bastian, ihr zu folgen. Sie gingen durch den Stall nach draußen zu den Außenboxen.

Imkes Putzkasten stand vergessen neben den Silageballen. Conny öffnete den Deckel und holte das Namensschild mit der Aufschrift »Deichgraf« aus der Kiste.

Sie wischte die Tafel mit dem Sweatshirt-Ärmel sauber und hielt sie hoch.

»Was haltet ihr davon, wenn wir das Schild wieder an Deichgrafs alte Box schrauben?«, fragte sie. »Bevor Imke zurückkommt?«

»Gute Idee«, sagte Jule.

Bastian besorgte Werkzeug von Kai Jensens Heimwerkerbank und fing an zu schrauben.

Jule und Conny setzten sich auf einen weißen Silageballen und sahen ihrem Freund zu.

»Himmel, waren das hektische Herbstferien«, seufzte Jule und stürzte ihren Ellenbogen auf die Knie.

»Und alles wegen Imke und Deichgraf. Dass ich wegen Imke meine Ferien opfere, hätte ich mir nie träumen lassen. Wegen einer der Nervis – unglaublich.«

Bastian, der vor der Boxentür kniete, sah sich über die Schulter zu den Mädchen um.

»Andererseits«, meinte er und nahm zwei Schrauben aus dem Mund, »ohne Deichgraf hätten wir den polnischen Pferdetransporter nicht gefunden. Genau genommen hat Deichgraf die Pferde gerettet. Oder noch genauer – eigentlich verdanken sie Imke ihr Leben.«

Es war nicht leicht, sich mit diesem Gedanken anzufreunden. Ausgerechnet eine aus der Nervi-Truppe als Engel der Pferde? Aber es stimmte.

»Nervis sind auch Menschen«, sagte Bastian gönnerhaft und drehte die letzte Schraube in Deichgrafs Namensschild.

Anhang

Bei diesen Adressen bekommst du Informationen über Tiertransporte:

Deutsche Vereinigung zum Schutz des Pferdes e. V.,
Wienkamp 11, 46354 Südlohn

Bund gegen den Missbrauch der Tiere e. V.,
Viktor-Scheffel-Str. 15, 80803 München

Animal's Angels e. V., Antoniterstr. 1, 79106 Freiburg

Margot Berger

Reiterhof Birkenhain

Ein Pferdesommer ohne Ende

Für die drei Freundinnen Conny, Luisa und Jule ist der Reiterhof Birkenhain der schönste und wichtigste Ort auf der Welt. Hier dreht sich alles um ihre geliebten Pferde – und jeder Tag hält eine neue Überraschung bereit! Doch die ausgelassene Ferienstimmung schlägt in helle Aufregung um, als die Fjordpferde in einer Sturmnacht plötzlich in Gefahr geraten ...

Dieser Doppelband enthält die Bände »Sturmnacht am Meer« und »Rettung in letzter Minute«.

Arena

288 Seiten • Gebunden
ISBN 978-3-401-45437-5
www.arena-verlag.de

Margot Berger

Reiterhof Birkenhain

Sonne, Wind und Pferdeliebe

Für Conny, Luisa und Jule ist der Reiterhof Birkenhain der schönste Platz auf der ganzen Welt. Mit den beiden Fjordpferden Ole und Kalle ist immer etwas los. Und als sich auch noch das Fernsehen auf dem Hof anmeldet, hat Jule mit der Holsteiner Stute Sally ihren ganz großen Auftritt.

Dieser Sammelband enthält die Bände: »Aufregung im Stall« und »Großer Auftritt für Sally«.

Arena

296 Seiten • Gebunden
ISBN 978-3-401-45446-7
www.arena-verlag.de

Margot Berger

Die Pferde vom Friesenhof

Pferde, Sommer, Abenteuer

Lea kann ihr Glück kaum fassen: wochenlange Ferien unter lauter Pferdefans, Ausritte auf prächtigen Friesenpferden, gutmütigen Haflingern und auf den lustigen Shettys, die überall für Stimmung sorgen. Und das Beste: Der Ferienreiterhof Eichhorn liegt direkt am Meer!

Dieser Sammelband enthält die Bände »Flucht bei Nacht und Nebel« und »Angst um Magic«.

Arena

280 Seiten • Gebunden
ISBN 978-3-401-45443-6
www.arena-verlag.de

Margot Berger

Pepper und Flo

Mein größter Pferdesommer

Flo bekommt endlich ein eigenes Pferd! Doch dabei läuft nicht alles nach Plan. Wird Flos großer Traum dennoch in Erfüllung gehen? Pepper und der Haflinger Alpino sollen auf die Sommerweide – und ihre Besitzerinnen Flo und Emily dürfen die Verpflegung der Pferde selbst übernehmen – ein Riesen-Abenteuer, an dem beinahe ihre Freundschaft zerbricht. Margot Berger erzählt spannende Geschichten, gespickt mit wichtigen Informationen und nützlichen Tipps rund um die Themen Pferdekauf und Pferdehaltung.

Dieser Sammelband enthält die Einzeltitel »Ein Wunschpferd kommt selten allein« und »Ferien auf der Sommerweide«.

Arena

416 Seiten • Arena-Taschenbuch
ISBN 978-3-401-50548-0
www.arena-verlag.de